Para Ariel

1

El hogar era una pequeña cabaña amarilla en una calle vacía. Había algo de desolador en ella, pero Naomi estaba acostumbrada a eso. La madre joven que abrió la puerta era diminuta y aparentaba muchos más años de los que tenía. La cara parecía tensa y cansada.

—Buscadora de niños —dijo.

Se sentaron sobre un sofá en una sala vacía. Naomi notó una pila de libros infantiles en una mesa que había al lado de una mecedora. Estaba segura de que la habitación de la niña estaría exactamente igual que antes.

—Le pedimos disculpas por no habernos enterado antes de usted —dijo el padre, refregándose las manos desde su sillón junto a la ventana—. Intentamos de todo. Todo este tiempo...

—Hasta una psíquica —agregó la joven madre con una sonrisa dolorosa.

—Dicen que usted es la mejor para encontrar niños perdidos —añadió el hombre—. Ni sabía que había investigadores que hacían ese trabajo.

—Me pueden llamar Naomi —dijo ella.

Los padres la observaron: de contextura robusta, manos bronceadas que parecían saber lo que es trabajar, pelo largo castaño, una sonrisa encantadora. Era más joven de lo que imaginaban... no llegaba a los treinta.

—¿Cómo sabe de qué manera encontrarlos? —preguntó la madre.

Ella esbozó esa sonrisa luminosa.

—Porque sé lo que es la libertad.

El padre pestañeó. Había leído su historia.

—Me gustaría ver su habitación —pidió Naomi después de un momento, tras haber apoyado la taza de café.

La madre la llevó por la casa y el padre se quedó en la sala. La cocina parecía estéril. El polvo se juntaba en el borde de un antiguo frasco que decía "Galletitas de la abuela". Naomi se preguntó cuándo habría sido la última vez que la abuela los visitó.

—Mi esposo cree que tengo que volver a trabajar —dijo la madre.

—Trabajar hace bien —respondió Naomi con delicadeza.

—No puedo —admitió la madre, y Naomi la comprendió. No puedes dejar la casa si tu hijo puede volver en cualquier momento.

La puerta dio acceso a una habitación perfectamente triste. Había una cama individual con un acolchado de Disney. Algunas fotos en las paredes: patos volando. Sobre la cama un cartel bordado decía "Habitación de Madison". Había una biblioteca pequeña y un escritorio más grande tapado de bolígrafos y marcadores desordenados.

Encima del escritorio, un cuadro de lectura de la maestra del jardín. Decía "Superlectora". Había una estrella dorada por cada libro que Madison había leído ese otoño, antes de desaparecer.

Olía a polvo y a encierro; el olor de una habitación que está desocupada desde hace años.

Naomi se acercó al escritorio. Madison había estado pintando. Naomi la podía imaginar levantarse del dibujo y salir corriendo hacia el auto mientras el padre la llamaba, impaciente.

Era un dibujo de un árbol de Navidad cubierto de bolas rojas y pesadas. Había un grupo de gente al lado: una mamá y un papá con una niña y un perro. La leyenda anunciaba: "Mi familia". Era un dibujo típico de un niño, con cabezas grandes y figuras de palotes. Naomi había visto decenas de ellos en habitaciones parecidas. Cada vez sentía una puñalada en el corazón.

Levantó del escritorio un diario con renglones anchos y ojeó las anotaciones torpes, pero exuberantes, decoradas con dibujos de crayón.

—Escribía bien para su edad —resaltó Naomi.

La mayoría de los niños de cinco años a duras penas podían garabatear.

—Es inteligente —respondió la madre.

Naomi se acercó al ropero abierto. Dentro había una selección de pulóveres coloridos y vestidos de algodón bien lavados. Notó que a Madison le gustaban los colores brillantes. Naomi acarició el puño de un pulóver y luego, otro. Frunció el ceño.

—Están deshilachados —observó.

—Jugaba con los puños... con todos. Desarmaba los tejidos —dijo la madre—. Me la pasaba intentando que dejara de hacerlo.

—¿Por qué?

La madre se detuvo.

—Ya ni sé. Haría cualquier cosa...

—Sabe que es muy probable que esté muerta, ¿no? —dijo Naomi con suavidad. Había aprendido que lo mejor era decirlo de una vez. En particular si había pasado tanto tiempo.

La mamá se quedó helada.

—Yo no creo que esté muerta.

Las dos mujeres se miraron a la cara. Tenían casi la misma edad, pero las mejillas de Naomi rebosaban de salud y la madre parecía demacrada por el miedo.

—Alguien se la llevó —dijo la madre con firmeza.

—Si se la llevaron y la encontramos, no será la misma. Debe saberlo desde ahora —dijo Naomi.

Los labios de la mujer temblaron.

—¿Cómo volverá?

Naomi se acercó. Se acercó tanto que casi se tocaban. Había algo de magnífico en su mirada.

—Volverá y la necesitará.

Al principio, Naomi pensó que no lo iba a encontrar, aunque tenía las indicaciones y las coordenadas que le habían dado los padres. La ruta negra estaba mojada tras el paso de la máquina quitanieves; la nieve se acumulaba a los costados. A ambos lados del auto se extendía la misma vista: montañas de abetos verdes oscuros cubiertos de peñascos negros y cimas blancas heladas. Había estado conduciendo durante horas hacia arriba, hacia el Bosque Nacional Skookum, muy lejos del pueblo. El terreno era áspero, brutal. Era una tierra salvaje, llena de grietas y frentes glaciares.

Había un destello de amarillo: los restos destrozados de una cinta de ese color que colgaban de un árbol.

¿Por qué se detuvieron ahí? Era el medio de la nada.

Naomi bajó del auto con cuidado. El aire era brillante y estaba frío. Inhaló con una bocanada profunda y reconfortante. Se metió entre los árboles y se sumergió en la oscuridad. Las botas crujían en la nieve.

Se imaginó a la familia: habían decidido pasar un día entero conduciendo para cortar su árbol de Navidad. Se detendrían a comprar donas frescas en el caserío de Stubbed Toe Creek. Se abrirían camino por una de las viejas rutas que serpentean entre las montañas nevadas. Encontrarían su propio abeto de Douglas especial.

Seguramente había hielo y nieve por todas partes. Podía imaginarse a la mamá calentándose las manos con la calefacción del auto, la niña en el asiento trasero, envuelta en una parka rosa. El padre que decide —o que tal vez está cansado de decidir— que este es el lugar ideal. Frena. Abre el baúl para sacar el serrucho, de espaldas; la esposa se abre camino con timidez dentro del bosque, la hija que sale corriendo...

Le dijeron que todo pasó en unos pocos instantes. En un momento Madison Culver estaba ahí y al siguiente ya no. Habían seguido sus huellas lo mejor que pudieron, pero empezó a nevar, y fuerte, y las huellas desaparecían ante sus ojos mientras ellos se abrazaban, llenos de terror.

Para cuando llamaron a los equipos de búsqueda, la nieve se había convertido en una ventisca y tuvieron que cerrar las calles. Se reanudó la búsqueda cuando las pudieron despejar, unas semanas después. Ninguno de los lugareños había visto ni escuchado nada. La siguiente primavera enviaron a rastrear a un perro policía, pero volvió sin resultados. Madison Culver había desaparecido, suponían que su cuerpo estaba enterrado en la nieve o se lo habían comido los animales. Nadie podía sobrevivir mucho tiempo en el bosque. Y menos una niña de cinco años con una parka rosa.

Mientras miraba hacia arriba, entre los árboles silenciosos, Naomi pensó que la esperanza es algo hermoso. El aire frío le llenaba los pulmones. La parte más gratificante de su trabajo era cuando se recompensaba con vida. Y la peor, cuando solo traía tristeza.

Volvió al auto y tomó unas raquetas y su mochila. Ya tenía puesta una parka abrigada, un gorro y botas gruesas. El baúl de su auto estaba lleno de ropa y equipo de búsqueda para todo tipo de terreno, desde el desierto hasta las montañas o la ciudad. Siempre tenía todo lo que necesitaba ahí, a mano.

En el pueblo, tenía una habitación en la casa de una amiga que quería mucho. Ahí guardaba sus archivos, sus registros, más ropa y recuerdos. Pero para ella, la vida de verdad estaba en la calle, cuando trabajaba en sus casos. Se había dado cuenta de que, en particular, la vida estaba en lugares como este. Había tomado clases de supervivencia en lugares salvajes, además de cursos de búsqueda y rescate, pero ella se basaba en la intuición. Las tierras más salvajes la hacían sentir más segura que una habitación con una puerta que se traba desde adentro.

Comenzó en el lugar exacto donde se había perdido Madison y absorbió la zona. No empezó una búsqueda formal. En cambio, trató el lugar como a un animal que estaba conociendo: sentía su cuerpo, comprendía su forma. Era un animal frío, impredecible, con partes sobresalientes, misteriosas, peligrosas.

A pocos metros de internarse en el bosque la ruta desapareció tras ella y, de no haber sido por la brújula que tenía en el bolsillo y las huellas que había dejado, podría haber perdido todo el sentido de la ubicación. Los altos abetos tejían un dosel sobre su cabeza y casi eliminaban el sol, aunque en algunas partes el sol se asomaba entre los árboles y las columnas de luz llegaban hasta el suelo. Se dio cuenta de lo fácil que sería confundirse, perderse. Había leído que algunas personas habían muerto en esa tierra salvaje a menos de un kilómetro de un camino.

Para su sorpresa, el suelo cubierto de nieve no tenía nada de malezas. La nieve esculpía patrones contra los troncos rojizos. El terreno subía y bajaba a su alrededor; la niña podría haber ido prácticamente en infinitas direcciones y su figura seguramente habría desaparecido en cuestión de segundos.

Naomi siempre empezaba aprendiendo a amar el mundo donde había desaparecido el niño. Era como desatar con cuidado una madeja de hilo enredada. Una parada de autobús que llevaba a un conductor que llevaba, a su vez, a un sótano, tapizado con cuidado a prueba de sonidos. Una zanja totalmente inundada que llevaba a un río, en cuya orilla esperaba la tristeza. O, su caso más famoso: un niño perdido durante ocho años, encontrado en el comedor de la escuela donde había desaparecido, solo que seis metros bajo tierra, donde su captor, un vigilante nocturno, había construido una guarida subterránea secreta en un depósito detrás de una caldera en desuso. Recién cuando Naomi consiguió los planos originales de la escuela, todos se enteraron de que existía esa habitación.

Todos los lugares perdidos son un portal.

En lo profundo del bosque, los árboles se abrieron de golpe y Naomi se encontró parada en el borde de un barranco abrupto y blanco. Ahí abajo, la nieve le devolvió una mirada vacía. Más allá, el terreno se elevaba hacia las montañas vertiginosas. Mucho más allá, una cascada congelada parecía un león a la carga. Los árboles estaban envueltos en blanco, una visión de los cielos.

Pensó que era marzo, todavía estaba todo congelado.

Naomi imaginó a una niña de cinco años, perdida, temblando, vagando por lo que podría parecer un bosque infinito.

Hacía tres años que Madison Culver había desaparecido. Ahora tendría ocho años... si había sobrevivido.

En el camino de vuelta por la montaña vio una tienda solitaria, tan camuflada con la nieve y el musgo que casi la pasa de largo. Estaba construida como una cabaña de troncos, con un porche destartalado. El cartel despintado hecho a mano que estaba sobre la puerta anunciaba "Tienda Strikes".

El estacionamiento estaba vacío y tenía una capa de nieve fresca.

Naomi estacionó. Pensó que la tienda podría estar abandonada. Pero no, solo estaba descuidada. La puerta tintineó tras ella.

Las ventanas estaban tan sucias que en el interior era siempre de noche. El viejo que estaba al otro lado del mostrador tenía la cara llena de arañas vasculares. El gorro sucio parecía estar pegado al pelo ralo y gris.

Naomi notó las cabezas de animales embalsamados llenas de polvo que estaban detrás de él, los cartuchos debajo del mostrador de vidrio manchado. Los pasillos eran amplios, para poder caminar con raquetas. En los rincones se apilaban repuestos de autos; los estantes de metal estaban llenos de todo tipo de objetos, desde muñecos baratos hasta fideos secos o los extremos con grillete de las trampas de animales.

Los fideos le llamaron la atención. Naomi había aprendido bastante de la vida como para diferenciar una tienda de supervivencia de una parada turística en la calle. Agarró una bolsa de nueces rancias y una gaseosa.

—¿Todavía hay gente que vive por aquí? —preguntó con curiosidad.

El viejo frunció el ceño con desconfianza. A ella se le ocurrió que era una reserva forestal. Tal vez había restricciones.

—Ajá —fue el comentario del viejo con tono agrio.

—¿Cómo sobreviven?

Él la miró como si fuera estúpida.

—Cazan, ponen trampas.

—Debe ser un trabajo muy frío en esta zona —dijo ella.

—Todo es trabajo frío aquí arriba.

La vio irse y la puerta se cerró tras ella.

Naomi estableció su base en un pequeño motel al fondo del bosque, el último lugar muerto y desolado en el que alguien podría quedarse sin armar una carpa o cavar una cueva de hielo.

El motel tenía un aspecto sórdido. Se había acostumbrado a eso.

La recepción estaba llena de muebles raídos. Un grupo de montañistas rubicundos llenaba el espacio, con todo su equipo y su olor a transpiración.

Naomi no dejaba de sorprenderse ante los pequeños mundos que existen fuera del propio. Todos los casos parecían llevarla a una tierra nueva, con culturas, herencias y personas distintas. Había comido pan frito en reservas indígenas, había pasado semanas en una antigua plantación de esclavos en el sur, se había adormecido en Nueva Orleans. Pero este era su estado preferido, su hogar en el espinoso Oregón, donde cada curva de la ruta parecía llevarla a un paisaje totalmente diferente.

Sobre el mostrador había un recipiente de plástico lleno de mapas. Tomó uno y lo pagó mientras se registraba. En más de ocho años de investigaciones, ya había perdido la cuenta de la cantidad de habitaciones de hotel en las que estuvo.

Había empezado a trabajar a los veinte años. Era inusual que un investigador empezara a esa edad, ya lo sabía. Pero, como decía a veces arrepentida, sintió que tenía que hacerlo. Al principio vivía al día y dormía en el sillón de las familias que la contrataban, muchas de las cuales eran demasiado pobres para pagarle un hotel. Con el tiempo aprendió a cobrar según el caso, y alentaba a las familias a pedir ayuda económica si era necesario. Así, podía ganar lo suficiente como para poder pagar al menos una habitación.

No era que necesitara dormir, podía dormir en cualquier lado, incluso enroscada en su auto. Era la soledad. Era la oportunidad de pensar.

Todos los años se reportaban más de mil niños perdidos en Estados Unidos; mil formas de desaparecer. Muchos eran secuestrados por los padres. Otros, accidentes terribles. Los niños morían en congeladores abandonados donde se habían escondido. Se ahogaban en canteras de roca o se perdían en los bosques, como Madison. A muchos no los encontraban nunca. Se sabía que cerca de cien casos al año eran secuestros de desconocidos, pero Naomi creía que los números reales eran mucho más altos. Los secuestros eran sus casos más publicados, pero ella se hacía cargo de cualquier niño perdido.

Desplegó el mapa sobre la cama. Y lo desplegó. Y lo desplegó.

Ubicó el lugar donde había desaparecido Madison e hizo un círculo diminuto. Un círculo en un mar de verde infinito. Sus dedos siguieron las calles cercanas como arañas, descubrieron que las distancias entre ellas eran demasiado grandes como para comprenderlas.

¿Dónde estás, Madison Culver? ¿Volando con los ángeles, con una manchita plateada en el ala? ¿Estás soñando, enterrada bajo la nieve? ¿O es posible, después de tres años desaparecida, que todavía estés viva?

Esa noche cenó en la cafetería que estaba junto al motel mientras sus ojos absorbían a todos los lugareños: hombres fornidos en camisas de leñador, mujeres maquilladas con sombras de todos colores, un grupo de cazadores que parecían estar de mal humor. La mesera le sirvió otra taza de café y la llamó querida.

Naomi miró el celular. Ahora que había vuelto a Oregón podría pasar por su habitación, en la casa de su amiga Diane. Y, lo que era más importante, tenía que llamar a Jerome y encontrar un momento para visitarlos a él y a la señora Cottle, la única familia que recordaba. Había pasado demasiado tiempo.

Con la misma mezcla de miedo y nostalgia de siempre, pensó en Jerome, parado fuera de la casa de hacienda. La última conversación que habían tenido se había acercado peligrosamente a algo que ella no estaba lista para enfrentar. Guardó el celular. Llamaría más adelante.

En cambio, vació el plato (filete de pollo frito, maíz y papas) y con gentileza aceptó la torta que le ofreció la mesera.

Esa noche, los niños que había rescatado formaron fila en sus sueños y armaron un ejército. Cuando despertó, se escuchó a sí misma decir "Conquistar al mundo".

2

La niña de nieve recordaba el día en que había nacido.

Había sido creada en la nieve brillante, ambos brazos cansados estirados, como un ángel, y su creador estaba ahí. La cara del hombre era como un halo de luz.

Él la había levantado sin dificultad y se la había cargado al hombro. Tenía un aroma intenso, cálido, reconfortante, como el interior de la tierra. Ella se veía las manos: las puntas tenían un color azul curioso y estaban duras como la piedra. El pelo le colgaba alrededor de la cara, las puntas tenían hielo.

En el cinturón del hombre se sacudían criaturas largas y peludas. Ella miró las pequeñas garras aferrar la nada sobre la nieve blanca que se balanceaba.

Cerró los ojos, volvió a dormirse.

Cuando despertó estaba oscuro, como si estuviera en una cueva. Afuera caía la nieve. No podía verla, aunque podía sentirla. Es curioso poder escuchar algo tan suave como la nieve que cae. El hombre estaba sentado frente a ella. Le costó un poco acostumbrar los ojos afiebrados a la luz tenue. En realidad, había una lámpara, pero tenía algo en los ojos, porque veía todo borroso y rojo.

Estaba acostada en una cama pequeña, que era más bien un estante cubierto de pieles y mantas. Las paredes que la rodeaban estaban hechas de barro. De ellas asomaban ramas. El hombre estaba sentado en una silla de madera hecha con ramas tejidas, como las que se ven en los libros. Como la silla donde se sienta un abuelo amable o el Padre Tiempo.

Sabía que estaba muy enferma. El cuerpo palpitaba de dolor y podía sentir que las mejillas estaban calientes y resbalosas. Se sacudía en espasmos de fiebre. Le dolían los dedos de los pies. Los dedos de las manos. Las mejillas. La nariz.

El hombre la cubrió de pieles y parecía inquieto y preocupado. La hizo tomar agua fría. Le controló los dedos. Se los veía muy mal, como si les hubiese crecido piel gruesa. Él se los puso en la boca para calentarlos.

Ella quiso vomitar, pero incluso en la cueva de su pancita sentía frío, como hielo. Se desmayaba y volvía una y otra vez.

Cuando se despertó de nuevo, el hombre la estaba haciendo tomar más agua. El agua tenía gusto a hielo. Se volvió a dormir.

Ella *necesitaba* a alguien, y en la fiebre la llamó a los gritos, pero las palabras que salieron de su boca parecieron no alterarlo. Él le miró los labios y se enojó. Le tapó la boca con la mano. Ella lo mordió, aterrada. Él recuperó la mano y le pegó fuerte, y ella se tambaleó. Luego él se fue.

Ella daba vueltas en infinitos sueños afiebrados. Se le hincharon los dedos hasta parecer las manos graciosas de un dibujo animado, solo que a ella no le causaron gracia. Las ampollas se abrieron y mojaron las mantas. Ella lloraba de dolor y miedo.

Cuando el hombre volvió, ella trató de hablarle, de pedirle disculpas con los labios hinchados. Los ojos le siguieron los labios de nuevo y él se volvió a enojar.

Ella no dejaba de gritar las palabras, y esas palabras eran: "Mami, papi".

Él se dio vuelta y se fue.

El hombre garabateó una *B* en un cuadrado de laja. Había bajado la lámpara y la luz creaba un juego de sombras con todo. La cueva estaba bañada en amarillo.

Ella estaba despierta, las pieles y las mantas que la acunaban estaban empapadas en sudor. Sintió la nieve caer afuera. Los ojos bien abiertos miraron al hombre.

Él volvió a controlar sus deditos. Hizo un sonido divertido, como un chasquido de aprobación. Ella levantó los dedos y los miró contra la luz, como si nunca los hubiese visto antes. Estaban menos hinchados, pero la piel se estaba poniendo rara, violeta y negra. Parecía como si estuviera a punto de caerse, como a una lagartija.

Tal vez se estaba convirtiendo en algo nuevo.

El hombre le miró los dedos de los pies, que estaban bajo las mantas. Le había sacado las medias y las zapatillas, y por primera vez vio que los dedos de los pies también estaban gordos e hinchados y la piel estaba horrible, roja y violeta. Parecía que las uñitas diminutas estaban a punto de caerse.

Él levantó la pizarra. ¿B? Ella asintió levemente y él parecía satisfecho.

—¿Te llamas B? —preguntó en un susurro ronco. Él le miraba los labios. No respondió.

—¿Cómo llegué aquí? ¿Dónde están mi mami y mi papi?

El señor B sacudió la cabeza.

La niña de nieve entró en pánico. Seguía débil por la fiebre, pero intentó levantarse, luchar para alejarse de ese hombre extraño e ir hacia sus padres, que seguro la esperaban fuera de esa cueva. Él se enojó y la retuvo con fuerza. Ella luchó, desconcertada; se sacudía, pateaba y pegaba.

El señor B le pegó de nuevo, fuerte, en la cara. La tomó de los brazos y le apretó tan fuerte que le dolía, y ella lloriqueó. Retrocedió, impactada y dolorida, y se acurrucó contra la pared de barro, entre las pieles y las mantas; desde ahí lo miraba con ojos desencajados.

Él se paró y la ira lo hizo parecer más alto; se dio vuelta y se fue.

La niña de nieve no tenía idea de cuánto tiempo estuvo con fiebre. Su cuerpo mudó la piel, los dedos se pusieron rosas bajo el negro y al final los pudo volver a mover, pero las puntas estaban plateadas y tenían cicatrices. Los dedos de los pies no perdieron las uñas y se redujeron hasta volver a su forma diminuta y rosadita.

Las mejillas ya no se sentían ásperas y podía dormir profundo.

La cueva estaba oscura, pero se filtraba bastante luz entre las tablas rústicas que había sobre su cabeza, así que podía saber cuándo era de día y cuándo de noche.

Cuando se despertaba, el señor B le llevaba comida y un balde viejo de metal en el que hacía sus necesidades. Tenía miedo de hacer número dos en el balde, pero parecía que al señor B no le molestaba. Se lo tomaba con naturalidad cuando se iba.

El señor B entraba y salía por una escalera que bajaba de una trampilla. A veces tenía puesto un chaleco lleno de bolsillos. Nunca respondía cuando ella hablaba, suplicaba o lloraba.

Las palabras se desvanecían a su alrededor, vacías y carentes de sentido.

A veces se lanzaba hacia él, lo pateaba y hacía un escándalo, y pensaba que la persona que ella buscaba estaba al otro lado de la trampilla. Ella solo tenía que ir hasta allá.

Pero aprendió a no intentarlo, porque el señor B se enojaba y la lastimaba.

Cuando él se iba, ella sentía que gritaba y aullaba durante horas, hasta quedarse afónica. Pero no pasaba nada. Con el tiempo, se convenció de que sus padres no estaban al otro lado de esas paredes. Se habían ido. Tal vez para siempre. Tal vez la dejaron ahí porque se había portado mal.

Se esforzaba por pensar qué había hecho. ¿Fue porque le rompió la cola al jerbo en la escuela? Fue sin querer, solo trataba de levantar a Checkers, y la punta de la cola se le partió en la mano, así como si nada. Estaba tan asustada por lo que había hecho que escondió la puntita de la cola rota entre el aserrín de la jaula y, después, cuando la maestra preguntó quién había lastimado a Checkers, ella no dijo nada. Ahora pensaba mucho en ese pedazo de cola gris, enterrado entre el aserrín de cedro.

Luego de un tiempo, dejó de hablar. El señor B le llevaba sopa que tenía gusto a grasa y era asquerosa, la cubría con las mantas y aceptaba su silencio sin emitir palabra.

Cuando se iba, quitaba la escalera y siempre trababa la trampilla.

Dave, el guarda forestal, era alto y delgado y parecía muy cansado. La casa del guardabosque estaba bien arriba, en el punto más alto del distrito Elk River, a menos de 25 km al sur de donde había desaparecido Madison.

Al subir por la empinada ruta de montaña, entre montículos de nieve acumulada, Naomi pasó por un edificio que parecía ser un intento fallido de cabaña de caza. El techo se había derrumbado y las ventanas eran como heridas vacías. Sobre el techo se había posado un búho inmenso. Tuvo que mirar dos veces para comprobar si era de verdad. La estación del guardabosque estaba fresca y llena de una luz suave. Las nubes se reflejaban por las ventanas y se movían por el piso. Naomi pensó que era como estar en una catedral.

El guarda Dave estaba de pie junto a las ventanas y miraba la inmensidad que se desplegaba ante sus ojos.

—Recibí tu mensaje —dijo—. Te busqué e hice un par de llamadas. Un tipo de Salem dijo que encontraste a más de treinta niños.

Ella asintió.

—¿Crees que puedes rescatar a cualquiera? —preguntó.

—¿Por qué no? —respondió ella con una sonrisa.

Él señaló más allá de la ventana.

—Ahí tenemos dos millones y medio de hectáreas de bosques, glaciares, lagos y ríos. Siempre se pierde alguien, al menos dos veces al año. De hecho, acabo de volver de rescatar a unos montañistas mal equipados. —Naomi notó varias filas de afiches cerca del escritorio que aleteaban bajo el aire de un calentador eléctrico diminuto—. Pero si puedo ayudar, soy todo oídos.

Naomi era sensata. No era que no quería que la ayudaran; el problema era que nunca se sabe quién puede estar involucrado. Lo había aprendido del peor modo. En uno de sus casos se había encontrado con una red de tráfico sexual a cargo de un policía corrupto.

—Me gustaría ver tus informes de búsquedas —dijo con amabilidad.

—Por supuesto —respondió él, enérgico y eficiente. Abrió un cajón y le entregó un expediente con una etiqueta prolija: "Culver, Madison". En el interior había una foto sujeta con un clip a la primera hoja: una niña rubia con una sonrisa inmensa y un bello suéter para la primera foto escolar.

—Dime si encuentras algunos restos —le dijo él.

Ella asintió y de pronto las lágrimas acudieron a sus ojos. Se le inundó la mente de imágenes. ¿Había encontrado treinta niños? Sí.

Pero no todos estaban vivos.

Observó los afiches de personas perdidas que estaban en la pared. Madison estaba al principio; a su sonrisa le faltaba algún diente. Tras ella había un senderista perdido en una tormenta de nieve, un grupo de montañistas visitantes atrapados en las mismas condiciones, un recolector de hongos y muchas otras víctimas de malas decisiones y las circunstancias. Naomi se relajó un poco. No parecía haber un patrón. A veces, un niño perdido llevaba a otros; en algunos casos, a muchos otros.

En el medio había un afiche de diez años de antigüedad: una mujer joven con ojos brillantes y pelo largo y oscuro. "Sarah es montañista experta. Se perdió durante una tormenta".

Al final de todo había un afiche descolorido en blanco y negro. Era un niño pequeño que se había perdido en el bosque hacía más de cuarenta años. Naomi se detuvo a leerlo.

El guarda la observó y sus ojos siguieron el contorno delicado de su rostro.

—Dejo los afiches puestos hasta que se encuentran los cuerpos —explicó.

Ella se dio vuelta.

—Me da curiosidad la gente que vive aquí.

Él pareció sorprenderse.

—Bueno, tenemos algunas casas viejas de hace mucho tiempo, algunos caseríos en las partes más bajas. Hace demasiado frío y está demasiado lejos; la mayoría no se queda. —Se rio—. Salvo un par de vejestorios.

—Conocí a uno. El dueño de la tienda que no está muy lejos de donde se perdió Madison.

—¿Earl Strikes? Es inofensivo.

Ella desvió la mirada. Todos eran inofensivos hasta que aprendías la lección.

Dirigió la mirada más allá de la ventana cubierta por el reflejo de millones de árboles cubiertos de nieve.

—¿Me puedes decir dónde viven todos?

—¿Todos? La verdad, no lo sé. Aquí no hay censos.

Estaba parado demasiado cerca. Ella se alejó.

Naomi echó un vistazo al anillo que tenía él en el dedo y lo miró en forma de advertencia. Nunca había entendido por qué la tragedia hacía eso con las personas. Con el dolor, parecían querer enterrarse en el otro, sin consideración de la distancia que eso creaba.

Pero él solo le quería dar algo del escritorio.

Era un localizador atado a un cinturón.

—Si tienes planeado hacer búsquedas, quiero que lleves esto —esbozó una sonrisa sardónica y dolorosa—. No quiero que tú también te pierdas.

Ella lo agarró y lo examinó con desconfianza.

Naomi conocía la contradicción de su vida: era desconfiada y confiada, intrépida y temerosa. Y, lo que era más importante, a menudo en simultáneo.

Dave suspiró.

—No sabré dónde estás a menos que lo prendas. Y espero que no lo hagas, a menos que tengas una emergencia. Porque iré corriendo.

Esa noche, cómoda y estirada en la habitación cálida del motel, con el calentador al máximo junto a ella, Naomi leyó el expediente del guardabosque sobre Madison. Él sabía lo que hacía. El expediente estaba lleno de cuadros y gráficos. Había un análisis del terreno, un boceto de la tierra y otras cosas. A lo largo de su carrera, Naomi había visto decenas de informes como ese, en general entre los expedientes de los detectives y los líderes de las partidas de búsqueda. Se preguntó si servían para algo o si solo eran una defensa contra la irracionalidad.

Percibió la tristeza del guarda entre las líneas que leía:

Madison Culver es una niña de cinco años. Los padres dicen que le gusta leer, escribir y caminar en la naturaleza. Estaba contenta porque iban a buscar un árbol de Navidad.

Notas de campo: Impedimentos de viaje: grieta oeste, nieve profunda, temperaturas bajo cero, ropa inadecuada (zapatillas).

Ventajas de viaje: ninguna.

Perfil de conducta del sujeto perdido: Madison no podría haberse ido lejos.

Habría estado confundida y habría entrado en hipotermia; tal vez se habría sacado toda la ropa. Pudo haber alcanzado la etapa terminal y haber comenzado a cavar hasta quedar enterrada bajo la nieve.

Naomi sabía que en las últimas etapas de la hipotermia las víctimas sienten mucho calor, se quitan la ropa y mueren desnudas en la nieve o el hielo. A veces, por motivos que nadie comprende (tal vez por seguir a las partes más primitivas del cerebro), empiezan a cavar y mueren en un túnel bajo la nieve.

Naomi leyó hasta la última página, hasta las oraciones conclusivas:

Es muy probable que Madison haya fallecido poco después de perderse en diciembre. Notificamos a sus padres que el perro de búsqueda de cadáveres volvió sin resultados, pero es lo que se espera, dada la cantidad de depredadores. Envié una tarjeta a los padres. Consultar con el detective Winfield, de la policía estatal, por su investigación.

Naomi se dio vuelta y miró la foto: Madison, pequeña, prolija y preciosa, la cara con forma de corazón, pelo rubísimo y las orejas incongruentes, adorables, largas, como las de un viejo. La sonrisa resplandecía desde la foto e irradiaba una sensación de magia y alegría.

El mundo no podía permitirse perder a esa niña.

Naomi soñaba de nuevo, solo que esta vez era el gran sueño. Lo llamaba así porque en realidad era una pesadilla sobre el pasado, su horrible inicio. Era como la historia de la Biblia: Dios creaba la tierra, y lo que no tenía forma y estaba desolado se convertía en verde y cobraba vida. La palabra *grande* tenía algo que la atraía con un dolor incomprensible.

En el sueño era de noche y volvía a ser una niña desnuda que corría por un campo oscuro. No tenía edad y se había despojado de su nombre y su yo falso del mismo modo en que se había despojado de la ropa. El campo estaba mojado, negro y pegajoso. Los pies giraban a toda velocidad, las rodillas se elevaban y ella sentía el viento en el pelo, en las mejillas y alrededor de los puños indefensos.

El terror había nacido dentro suyo como la noche, y ella corría, corría para escaparse.

Algo no estaba bien. Se detuvo. El mundo había nacido a su alrededor, pero faltaba algo.

Se dio vuelta y...

Naomi se despertó de un salto con la respiración agitada. Las sábanas estaban enredadas entre sus pies: había estado corriendo dormida de nuevo.

Afuera, los hilos plateados del amanecer pálido surcaban el cielo.

Se quedó acostada, jadeaba y sentía que el sueño se disipaba como la neblina matutina del exterior. Desde que la habían encontrado, tenía el gran sueño cada tanto. Pero en las últimas semanas, desde que había decidido volver a Oregón para trabajar en este caso, se había repetido con una frecuencia vívida y aterradora.

Era como si, a medida que volvía a su pasado (y a Jerome), en el sueño aumentara la promesa oscura y potencialmente espantosa de obtener respuestas.

Se levantó para hacerse una taza de té con la tetera del motel.

Envuelta en las sábanas, se sentó junto a la ventana y miró el sol elevarse por sobre las montañas. Como siempre, después de tener el sueño, trataba de descubrir la verdad. ¿Qué parte era verdad y cuál era fantasía? Las historias que nos contamos, ¿son ciertas o se basan en lo que soñamos que son?

En el primer recuerdo de Naomi, ella corría desnuda de noche por un campo de fresas hacia un fuego que crujía junto a un bosque. Un grupo de trabajadores golondrina estaba en un claro, un bebé mojado sobre un regazo. Una voz llegó desde el humo de la fogata como un fantasma:

—Por Dios, miren eso. Ven aquí, querida.

Alguien la envolvía en una manta suave, le limpiaba la cara con un paño cálido y reconfortante.

—¿Qué hacemos?

La limpiaron, le dieron de comer y ella se acurrucó temblorosa junto al fuego y era todo ojos. Habían hablado junto al fuego en tono bajo y preocupado.

—Bueno, entonces está decidido: la llevaremos con el comisario. Ven aquí, querida, te puedes acostar junto a mí.

Pero Naomi tenía demasiado miedo para dormir. Se acurrucó junto al fuego, que se iba apagando, hasta que se le durmieron los pies. Los ojos perforaban el bosque.

A la mañana siguiente ella estaba casi catatónica por el shock. La pusieron en una camioneta sin quitarle la manta. El viento que entraba por la ventanilla le levantaba el pelo como una promesa dulce del mañana. Se había escapado. Era libre.

Después de eso, recordaba todo. Antes de eso, había perdido todo. Lo había anulado por completo. Era como si hubiera nacido en ese momento y estuviera libre de todo recuerdo. Pensó que tal vez lo que le había pasado era demasiado terrible como para recordarlo. Solo tenía sus sueños y los indicios espantosos de lo que había sufrido.

Durante toda su vida había huido de sombras horribles que ya no podía ver y, cuando escapó, corrió directo hacia la vida. En todos los años que habían pasado, se había dado cuenta de que el sacramento de la vida no necesitaba recuerdos. Como una hoja que bebe el rocío matinal, no te cuestionas la salida del sol a la mañana ni el sabor dulce en la boca.

Solo bebes.

3

Una mañana, la niña de nieve se despertó y el mundo se sentía distinto. Ya no tenía fiebre. Se incorporó en el nido de pieles y mantas y miró a su alrededor; veía bien. Salió de la cama y se paró en el piso de tierra.

Nada se movía debajo de ella: el mundo estaba sosegado. ¿Dónde estaba? ¿Qué había pasado? Empezó a llorar. Y entonces se dio cuenta de que ella había cambiado.

Sintió las costillas, la cadera, las piernas, todo hasta abajo, hasta los pies, que todavía le dolían. Se miró las manos nuevas, todas rosadas y recién nacidas. Al igual que la niña del cuento, se había despertado en un mundo muy diferente.

La niña de nieve conocía los cuentos de hadas. En esos cuentos, los niños comían manzanas envenenadas y dormían durante años; frotaban piedras, pedían deseos y se transformaban en animales; tomaban té y encogían; se caían por túneles y despertaban en tierras regidas por sombrereros locos y reyes benévolos. Había niños creados con barro, amasados con masa, nacidos del hielo.

La niña de nieve pensaba que tal vez había caído por un túnel mágico y había llegado a ese lugar. Tal vez ella misma había sido creada de la nada, la habían hecho con nieve y deseos.

En un rincón de la pared de barro encontró una línea gastada, como si otro niño hubiera tallado algo ahí antes que ella.

Se estremeció ante esa idea. Sus dedos siguieron el contorno. Parecía un número 8.

Sintió la forma y se preguntó qué era. ¿Qué significaba?

A la noche, el señor B le llevó comida; ella comió y cayó en un sueño profundo.

A veces, en el medio de la noche, la visitaban partes del bosque. Las ramas entraban en su cuerpo y le recorrían los lugares más privados. Su cuerpo pertenecía al bosque, y si a veces el bosque venía y se metía dentro de ella, bueno, era el precio que debía pagar.

Su corazón preguntaba: "¿Pagar por qué?". El alma respondía: "Pagar por vivir".

A la mañana se despertaba y el señor B ya no estaba. Ella cerraba los ojos y repasaba las palabras que había tallado con fuerza en las paredes, se detenía y sentía la grieta entre sus piernas. La aferraba con firmeza y empezaba a llorar fuerte en silencio.

La niña de la nieve se quedó en esa cueva por una eternidad. En algún momento debió haber sido una especie de sótano, pero ahora era una cueva. Era pequeña, perfecta y oscura.

Aprendió que no existía el tiempo. Solo había nieve. Caía en silencio sobre ella, a veces más ligera con la lluvia de primavera, a veces copiosa y pesada, pero tarde o temprano, siempre llegaba.

En la oscuridad filtrada, tocaba las paredes de barro hasta el punto más alto que alcanzaba, sentía los nudos de las raíces mojadas y olía su aroma, extraño y salvaje. Se paraba sobre el estante donde dormía y trataba de alcanzar las tablas de la trampilla que tenía por encima. No las alcanzaba por muy poco.

Con frecuencia se sentía sola y lloraba. Se acurrucaba sobre el estante, se abrazaba las rodillas y se balanceaba, como un niño enroscado dentro de su madre. Una vez sacó un pedazo de madera del estante y, mientras sentía la tierra con las manos, talló palabras en las paredes. Tallaba las letras bien profundas para poder acordarse. También hacía dibujos: criaturas de otro mundo, como un perro llamado Susie y un hombre alto y amable llamado Padre.

Sobre el piso de tierra dibujó una figura grande llamada MAMI. Se acostaba dentro de ella y hacía de cuenta que le pertenecía. Ahí recogía todo el cuerpo y se chupaba el pulgar como un bebé.

Cuando el señor B volvía, ella escuchaba el crujir de sus pisadas sobre su cabeza.

Cada vez que la visitaba, llevaba la linterna y, aunque esta iluminaba las paredes (que con el tiempo se llenaron de jeroglíficos de la imaginación), él no veía nada malo en ellas. Examinaba las paredes talladas con la linterna y sonreía, como si ella le hubiera hecho un regalo.

"Tal vez no sabe leer", pensó. Esta idea la satisfizo. Tal vez ella sabía algo que él no.

Aun así, él no hablaba nunca y parecía no escucharla cuando ella hablaba. Se dio cuenta de que en ese mundo no había un idioma oral. Todo era silencioso.

Ella ansiaba que llegara el señor B con su linterna. Cuando estaba con él, todo estaba bien.

El señor B le llevaba comida en un contenedor de aluminio que despertaba un eco en ella, algo que alguien alguna vez llamó "cena de TV". El señor B los usaba más de una vez. Ella se daba cuenta de eso porque solía haber el mismo residuo seco de salsa en los bordes.

Ella no estaba acostumbrada a la comida de la bandeja: era comida de nieve. Había una especie de guiso grasoso, con un gusto penetrante a almizcle. Los pedazos de carne suave tenían gusto al interior de la tierra. A medida que comía, sentía que las venas se le llenaban de nutrientes, como si fuera uno de los árboles de ahí afuera que bebía la leche de la nieve derretida.

Luego de comer, dormía enterrada en las pilas de pieles. Y entonces soñaba con nieve, hielo y dedos que la tocaban. Una mañana se levantó y el señor B estaba junto a ella en el estante. Él se levantó de un salto, como si lo hubiesen atrapado. Ella disfrutaba de su calidez, de su consuelo. Había soñado con una mujer llamada Mami que estaba acurrucada con una niña sobre un sofá en una tarde larga y soñolienta, con la televisión adormilada que mostraba otro capítulo de *Tom y Jerry*.

El señor B se quedó parado en la oscuridad. Bajo la manta áspera, ella estaba desnuda. No recordaba haberse quitado la ropa. Quería encontrar la forma de preguntarle al señor B qué había ocurrido. Pero tenía miedo de que se enojara. Entonces escondió la cara e hizo de cuenta que estaba durmiendo.

Luego de un tiempo, él se fue. Subió y quitó la escalera. Ella escuchó la traba de la trampilla. Él había dejado la bandeja de aluminio doblado en el piso, junto a ella. La lamió hasta limpiarla y la dio vuelta. En la luz tenue distinguió las letras estampadas en la parte inferior: *Hungry-Man Dinner.*[1]

Siguió el contorno de las letras y luego las presionó contra su mejilla.

En esos momentos de gran despertar, la niña de nieve aprendió mucho sobre sí misma y sobre el mundo. Aprendió que el mundo es un lugar solitario, porque cuando lloras, no viene nadie. Aprendió que el mundo es un lugar incierto, porque en un momento eres una persona y al siguiente caíste de cabeza, estás confundida y te despiertas en un sueño. Aprendió que el mundo es un lugar salvaje, lleno de imaginación, porque esa era la única forma de explicar lo que le había sucedido.

Antes pensaba que era otra persona, pero se dio cuenta de que estaba equivocada. Esa niña era tan real como el humo en las montañas que resulta ser lluvia, como el llamado del animal que parece un niño, pero no lo es. Esa niña nunca podría sobrevivir ahí.

Pero si no era esa niña, ¿quién era?

Era otra cosa, algo que había sido creado de la nieve.

En la oscuridad se abrazaba a sí misma. "Niña de nieve", se decía a sí misma. "Soy la niña de nieve".

El guarda Dave le había dicho "aquí no hay censos", pero Naomi sospechaba que no era cierto.

Siempre había un censo, ya fuera algo escrito en el cuaderno garabateado de un hacendado que registra a los ayudantes del campo o grabado en la mente de una vieja que puede recitar la genealogía completa de tres generaciones de todos los residentes.

---

1   *Hungry-Man Dinner* es una marca estadounidense de comidas preparadas y congeladas (N. de la T.)

El asunto era encontrarlo.

Naomi se levantó e hizo flexiones en la habitación. Era aplicada para mantener su estado físico, siempre seguía el entrenamiento que había recibido en las clases de defensa personal. Caminar hacía bien, pero también era importante conservar la fuerza y la capacidad del torso. Con la piel brillante y cálida por el ejercicio, agarró una magdalena del mostrador de la cafetería y salió.

La Oficina de Administración de Tierras estaba en el caserío de Stubbed Toe Creek, al fondo de la ruta que pasaba por la cadena montañosa y que los Culver habían recorrido unos años antes. El caserío parecía una antigua aldea; los techos de las casas tenían pendientes pronunciadas para que no se acumulara la nieve. Un río congelado bajaba por unas piedras verdes que estaban cerca.

Naomi estacionó en la calle principal, cerca de una panadería. Allí estaba reunido el grupo de montañistas que había visto en el motel; reían y tomaban café en tazas humeantes. El aroma embriagador de las donas le llegaba desde la ventana. Un cartel ofrecía ganache casero.

Un poco más allá sobre la misma calle había una carnicería con las ventanas cubiertas con papel blanco y los precios por procesar animales de caza (grasa adicional con recargo) y del tasajo de alce casero. Los lugareños que entraban en la carnicería tenían un aspecto muy diferente a los montañistas de la panadería: eran ancianos canosos con abrigos de hule junto a sus hijos sin edad; manipulaban rifles como si fueran extensiones de las manos. Frente a la carnicería había una camioneta chocada con un alce apoyado en la parte trasera sin mucha ceremonia; un hilo de sangre caía de la puerta.

—Me gustaría ver las solicitudes de propiedad —le pidió Naomi a la empleada en la pequeña oficina dentro de una municipalidad extensa y ventosa, donde también había una biblioteca diminuta y un museo histórico que parecía interesante. La empleada era una mujer de mediana edad y pelo inflado; llevaba una blusa color verde lima y pantalones que iluminaban la sala sombría. Ofrecía el tipo de ayuda que Naomi había conocido varias veces a lo largo de los años: era la historiadora del pueblo, la que conocía todos los chismes y la bibliotecaria, todo en uno. Con su amabilidad natural, Naomi había aprendido a valorar la ayuda de este tipo de personas y demostrar su gratitud.

Había más de cuarenta solicitudes. Naomi las esparció sobre una mesa larga. Algunas solicitudes eran de hacía un siglo: papeles descoloridos y ornamentados con letra cursiva y lenguaje florido. *Saludamos a todos los presentes.* Algunas eran tan viejas que estaban firmadas por el presidente Theodore Roosevelt.[2] Otras eran más recientes, de un par de décadas.

Estaban escritas en un idioma que Naomi no entendía: *Trescientas noventa y cinco hectáreas en el cuarto noroeste de la sección dos en el municipio tres, al sur de la cadena cinco y al este del meridiano de Willamette...*

Se frotó la frente. Encontraría la forma de resolverlo.

—Es confuso, ¿no? —sonrió la empleada desde su escritorio.

Se acercó a Naomi y le mostró cómo ubicar las solicitudes en el mapa. El estómago cálido estaba apoyado sobre el brazo de Naomi y la reconfortaba.

—La mayoría de estas solicitudes eran de trescientas noventa y cinco hectáreas —le explicó la mujer—. Nadie necesitaba tanto terreno para hacer una cabaña, pero la tierra venía así. El gobierno pensaba en el cultivo, aunque es bastante evidente que aquí no se puede cultivar nada.

La empleada tomó una de las solicitudes: *Desmond Strikes.* Ubicó la zona con bastante rapidez y usó el lapicito grueso para dibujar el terreno en el mapa. Estaba sobre la ruta justo por debajo de donde había desaparecido Madison.

—Bueno, esta es fácil. Es el terreno de Strikes. Todavía tienen una tienda ahí. Ahora la atiende el nieto.

Naomi no dijo nada, solo sonrió con esperanza.

La empleada tomó otra.

—Esta de aquí es para lo que llamamos el Distrito del Diablo, porque por ahí andaban los carcayús antes de que los cazaran a todos.

Le mostró a Naomi en qué parte del mapa estaba ese terreno: en las partes más altas.

Naomi pensó en los bosques glaciales: hermosos, pero inhóspitos.

---

2   El presidente Theodore Roosevelt gobernó entre 1901 y 1909 (N. de la T.)

—Pero ¿por qué presentarían una solicitud para este lugar?

La empleada le sonrió.

—No se olvide de que Oregón fue construido con leña y caza con trampas. Los que crearon la Ruta de Oregón fueron los comerciantes de pieles y los cazadores de trampa. Cuando se promulgó la Ley de Asentamientos Rurales, algunos pensaron: "Ah, mi propio pedazo de tierra del que puedo vivir". No pensaban que podría ser muy difícil lograrlo.

—¿Cuántos se quedaron?

—Bueno… Aquí, el comercio de pieles duró más que en muchos otros lugares. Todavía quedan algunos cazadores de trampa. Los verá por ahí… Parecen hombres de las montañas hechos y derechos. —Largó una risa alegre—. Antes, la tierra tenía valor por los árboles. Pero luego el gobierno frenó todo eso, así que ya nadie la quería. Algunos vinieron por el oro y solo quedaron como idiotas. Pero hoy estas tierras se heredan. Todo lo demás son terrenos fiscales.

A Naomi se le apareció una imagen repentina: una niñita con la pierna atrapada en una trampa aúlla de dolor, perdida en el bosque.

—Parece que sabe mucho.

—Mi abuelo era cazador. Tenía una cabaña allí arriba, en Mink River. De pequeña salíamos a caminar con las raquetas.

—¿Qué pasó con el terreno?

—Uf, no lo sé... eso fue hace años. Tal vez esté en ruinas.

—¿Hay alguna forma de saber si alguien estuvo acampando en alguno de estos terrenos?

La empleada rio un poco y el estómago se sacudió bajo la blusa verde lima.

—Bienvenidos sean.

Terminaron de marcar el mapa pasado el mediodía, y la empleada parecía cansada. Naomi sintió que le debía un café. Le llevó un café con chocolate caliente de la panadería, además de una caja de ganache envuelto. La empleada aceptó la golosina como si la hubiera hecho su abuela; en ese caserío, era probable que así fuera.

Naomi le extendió el fajo de solicitudes.

—¿Puedo hacerles fotocopias?

—Por supuesto —respondió la mujer—. Tengo una fotocopiadora atrás —se detuvo un momento y luego preguntó con deferencia—: ¿Es historiadora?

—Algo así —dijo Naomi y sonrió.

Salió al cielo despejado. Las montañas altas, todas de blanco, la llamaban desde arriba.

Volvió a las montañas en el auto, quería usar las últimas horas del día para buscar.

Comenzaba a disfrutar de los momentos en el bosque, a pesar de que el motivo por el que estaba ahí era triste. Podía ver pequeñas aves de garganta roja sobre la nieve. Podía oír el sonido fuerte y seco de un búho entre los árboles oscuros. Los halcones daban vueltas sobre su cabeza y se movían tan lento que parecían ser parte del cielo. Bajo los halcones había visto varias águilas con garganta blanca como la nieve.

El bosque estaba vivo.

Pelo de oso en un árbol. El cielo como un cuenco invertido de oro; de él caía aguanieve que le dejaba estrellas en el pelo. Un olor a almizcle llegaba de lejos: un zorrillo iba a toda velocidad; alcanzó a ver la silueta jorobada con la franja negra. Hacia el final del día, antes de que el cielo o el reloj le dijeran que se acercaba la noche, el sonido de los lobos despertó el anochecer.

Se halló pensando que a Jerome le habría gustado eso; sus ojos estaban clavados en un grupo impresionante de cedros que parecían postes en el medio de la tierra salvaje.

Jerome encontraba belleza en todo, incluso en ella misma.

Era un pensamiento demasiado triste para Naomi, y empezó a correr un poquito en la nieve; se sintió como una niña tonta y luego como una niña que lloraba. Se acostó e hizo un ángel de nieve. Cuando se levantó, notó la forma de luna de sus nalgas y la curva de la cadera y se acordó de que, después de todo, era una mujer.

—Vengo a devolverle el expediente —le dijo al guarda Dave desde la puerta de la estación. Tras ella, la puesta de sol convertía los árboles coronados de nieve en visiones de oro. La nieve reflejaba el cielo y las nubes se atropellaban como jirones del paraíso.

El guarda levantó la mirada del escritorio, sorprendido. Ella notó la soledad en su cara. Él la ocultó enseguida y sonrió ante la visita.

Ella entró; él se levantó y tomó el expediente. Detrás de él, el calentador sacudía un poco los afiches y le recordaban a ella por qué estaba ahí.

—¿Alguna vez hace calor aquí arriba?

—Tenemos un verano breve —respondió Dave—. Pero no, aquí nunca llega a hacer calor de verdad.

—Madison, ¿cómo se pudo haber calentado?

Él frunció el ceño y en ese momento ella se dio cuenta de que él no era como Jerome; Jerome se habría entusiasmado por debatir la pregunta. Así era la mayoría de la gente: mantenían los pensamientos amurallados.

—Bueno… ¿sola en el bosque? ¿En diciembre? No hay forma de calentarse, a menos que tengas una carpa, un saco de dormir y provisiones. Caminas y caminas y caminas, y cuando te detienes, bueno… Es como la historia de Jack London y el fuego. Primero empieza con las extremidades, las manos y los pies. Si sabes un poco del tema y tienes una pala, puedes detenerte a cavar una cueva. A mí me sucedió alguna vez que estuve ahí fuera buscando gente perdida y llegó una tormenta de nieve. Pero yo tengo un saco de dormir para temperaturas bajo cero. Fuego. Comida.

—¿Y si encuentras una cabaña?

—¿Te refieres a las casas antiguas? —preguntó divertido—. Siguen ahí. Me encontré un par mientras buscaba o exploraba. La mayoría están abandonadas, pero todavía tenemos algunas familias antiguas que se mantienen. Supongo que, si de casualidad te encuentras con una casa vacía, puede servir de refugio. Pero aun así estarías perdida —dijo dubitativo—. Tendrías que esperar a que te encuentren antes de morir de hambre.

—O sea, que la única forma de calentarse es que alguien te encuentre.

—Es casi la única forma aquí arriba —respondió—. Si estás perdida.

—Y sola —agregó Naomi.

El guarda la miró; estaba enmarcada en la luz dorada. Los hombros eran fuertes y las piernas, elegantes. Solo los ojos decían algo más. Parecía un animal atento.

Con un destello de perspicacia, le preguntó:

—¿Alguna vez has estado perdida?

—Ah, sí —contestó ella, y él se sorprendió al verla esbozar su amplia sonrisa.

Esperaba que dijera que se había perdido alguna vez buscando un niño y le contaría una historia sobre aquella vez en que se había equivocado de camino. Pero en cierto modo supo que la pregunta era más profunda, y por eso se la hizo.

—Hace mucho tiempo —dijo ella—, antes de que tuviera memoria.

Esa noche Naomi estudió el mapa mientras cenaba en la cafetería: pan de carne con arvejas y de postre torta cremosa casera de ruibarbo. El lugar donde se había perdido Madison ya no era un círculo solitario: estaba rodeado de constelaciones. El terreno más cercano era el de Strikes, con la tienda. El segundo era de un señor llamado Robert Claymore, que había conseguido la ladera de una montaña hacia el sur de donde se había perdido Madison. Un poco más arriba estaba el Distrito del Diablo que la empleada había marcado, en las partes más inhóspitas del bosque; un tal Walter Hallsetter había solicitado ese terreno unos cincuenta años antes. Notó que todos los terrenos estaban trazados a partir de las rutas principales. Eso tenía sentido: deben haber construido las rutas solo para estos propietarios. O las empresas madereras.

El mundo comenzaba a tomar forma, la madeja de hilo tenía puntas que ella podía seguir. Podía empezar con el terreno de Strikes.

Los trabajadores golondrina la habían llevado en auto un día entero. Cuando caía la tarde, estacionaron frente a una pequeña oficina de ladrillos y entraron con ella; allí había un hombre alto con un uniforme verde oliva que se puso de pie, sorprendido. El hombre intentó que los trabajadores golondrina se quedaran, pero ellos sacudieron la cabeza y salieron de la oficina apenas él levantó el teléfono.

El comisario hizo un par de llamadas y puso a Naomi en la camioneta. Fue muy amable y gentil, pero Naomi no quería saber nada: se apretó contra la puerta del acompañante, como si quisiera escaparse por la cerradura.

Él la llevó a una casa de hacienda sobre una colina, enmarcada en la puesta del sol. Se halló parada en la sala limpia, demasiado brillante. De la cocina salió una figura de aspecto amable, como una abuela: una *mujer*, se secaba las manos con un repasador desvaído. Detrás de la puerta de la cocina asomaba un niño de pelo negro.

—¿Cómo se llama? —preguntó la señora Cottle al comisario.

—No sé —reconoció él.

—¿Cómo te llamas, dulce?

—Naomi —susurró ella.

—¿De dónde vienes? —preguntó la señora Cottle.

—No sé —susurró ella.

La señora Cottle la miró con un océano de compasión que parecía no tener límites.

—¿Entonces por qué corrías? —le preguntó.

—Monstruos —fue lo único que Naomi recordaba.

Ahora, fuera de los atisbos de sus sueños, seguía siendo lo único que recordaba.

4

Un día se abrió la trampilla. El señor B bajó. Agarró a la niña de nieve por el brazo y la alzó con violencia. La subió por la escalera. La luz le lastimó los ojos.

Se encontró parada dentro de una cabaña. La cabaña estaba hecha con troncos que parecían los de juguete, pero menos prolijos. A estos se les veía la corteza. El espacio entre los troncos se completaba con barro seco. La parte inferior del techo tenía vigas pesadas de madera, oscurecidas por el tiempo y el humo.

La cabaña tenía mucho olor a sudor y piel y el aroma puro y limpio de la nieve. Las ventanas estaban tapadas con mantas que habían sido clavadas; los clavos que las sostenían eran viejos y estaban oxidados, como si hubieran estado ahí desde mucho antes de que ella fuera creada.

El señor B apoyó las manos sobre sus hombros para hacerla sentarse en la mesa de madera. Había un banco.

En ese instante la niña de nieve descubrió lo que hacía el señor B. Encontraba animales. Los abría con un cuchillo sobre una pileta grande. La sangre caía. Era bella, de color rojo brillante. El señor B pelaba la piel de los animales. Ponía las pieles en un lugar, cortaba la carne y la ponía en una olla sobre la cocina a leña. El señor B paraba de vez en cuando para afilar el cuchillo plateado y largo sobre una piedra que emitía un sonido relajante. La niña se paró y se acercó a él. Él frunció el ceño. Ella tocó un cuero mojado y pidió permiso con los ojos. Él asintió. Ella acarició la piel suave. El señor B sonrió.

Más tarde comieron caldo. Afuera la nieve siseaba contra las ventanas cubiertas de tela, pero ¿adentro? Adentro se estaba seguro y calentito.

El señor B tenía una cama. Estaba sobre el piso, en un rincón de la cabaña de un ambiente, detrás de una cortina deshilachada. La cama parecía grande y acogedora. Estaba justo al lado de la trampilla. La escalera que usaba para bajar estaba apoyada en la pared. De un gancho colgaba la llave grande y deslucida que usaba para abrir el pestillo. La cerradura parecía vieja y estaba doblada. La niña de nieve se preguntó cuán fuerte era.

Cuando llegó el momento de volver a la cueva, la niña decidió que se portaría bien y seguiría al señor B. No tendría que empujarla y agarrarla. Pero tenía miedo de las ramas de la noche, de la oscuridad, el dolor y el miedo que existían incluso cuando dormía. No quería ir a la cueva; allí pasaba los días tallando letras en las paredes porque tenía miedo de olvidarlas. En la cueva tenía miedo y extrañaba a las personas que temía haber inventado.

Ella quería quedarse en la cabaña. Habría hecho cualquier cosa por quedarse donde había luz y calor y donde estaba el señor B. Ella sabía que él no la comprendía; por lo tanto, no tenía sentido hablar. La niña de nieve tenía un idioma especial. Apoyó su mano sobre el pecho de él. Él se paralizó al verla, y luego sonrió.

La mente de la niña le decía que había nacido de la nieve. Había nacido de la belleza.

Afuera, la nieve de primavera golpeaba y ronroneaba. Los árboles alzaban sus propios brazos para sentirla. El sol estaba muy, muy lejos: una gota de limón que no podía calentar nada.

La niña y el hombre estaban entrelazados en la cama. Ella se sentía amada. No necesitaba oscuridad. Podía quedarse despierta. A la noche durmió contra él; era una dicha, era un recuerdo, era sentir el roce.

A la mañana siguiente, cuando volvió al sótano, se acostó sobre la figura que era MAMI y lloró.

Luego de ese episodio la niña de nieve se contó el primer cuento de hadas. Era algo así:

Había una vez, en un mundo sin nieve, una niña pequeña que se llamaba Madison.

Madison era como cualquier niño: mitad de fantasía.

Un día su madre dijo:

—Iremos a las montañas a cortar un árbol para Navidad.

Las montañas eran mucho más grandes de lo que Madison había imaginado. El auto parecía una hormiga que trepaba por un frasco de azúcar.

Al final, se detuvieron. Madison estaba muy emocionada por ver la nieve. Fue corriendo hacia los árboles y se sorprendió al ver la oscuridad que había en el bosque.

Madison se dio vuelta. No veía ni a su madre ni a su padre. Su corazón empezó a latir con fuerza. ¡Estaba perdida! Madison corrió y corrió y gritaba:

—¡Mami! ¡Papi!

Pero cuanto más corría, más se perdía.

De pronto, cayó por un acantilado alto y blanco.

El piso subía y bajaba, y ella solo veía nieve.

Madison aterrizó en un lugar donde la nieve le llegaba más arriba de la cintura. Le llevó mucho tiempo, pero se abrió camino hasta otro bosque. Temblaba. Cayó la noche.

Madison caminó toda la noche y tocaba los árboles oscuros con sus manos desnudas. Cuando volvió a salir el sol, dejó de temblar. Empezó a sentirse muy acalorada.

La nieve parecía suave y reconfortante. Madison quería acostarse y dormir. Se tropezó y al caer se golpeó la cabeza con un árbol.

Luego, todo se puso blanco.

La puerta de la tienda hizo un ruido metálico detrás de Naomi.

Earl Strikes levantó la mirada del mostrador; vendía cartuchos y cerveza a un grupo de cazadores. Parecían venir de otro tiempo, con las barbas largas y enredadas y los abrigos rígidos y manchados. Con ellos había una anciana que se aferraba a un bidón de vino barato. Tenía puesta una chaqueta, un camisón y botas.

Naomi se quedó parada en la puerta y observó a los lugareños cuando se iban. El grupo se apiñó en una camioneta baja con moho en las ruedas. El camisón de la anciana asomaba por la puerta de la camioneta, y se fueron montaña abajo.

—¿Quiénes eran? —preguntó al volver al mostrador.

—¿Quiénes, ellos? Son los hermanos Murphy. Una banda de estúpidos. Y su mamá, una pobre borracha.

—¿Dónde viven? —preguntó ella.

—Pasando Stubbed Toe Creek. Solo vienen aquí porque yo aún les vendo cerveza. Soy así de idiota. ¿Por qué? ¿Piensa que tienen a la chica?

—¿Perdón?

—El guarda dice que está buscando a esa niñita —comentó Earl lacónico.

Naomi sintió un ataque de ira. De todos los desafíos de su trabajo, uno de los más difíciles era cuando los oficiales hablaban de más. Si lo sabía este viejo estúpido, seguramente se enterarían todas las personas de la zona; y si Madison seguía viva, había muchas posibilidades de que la mataran. La mayoría de los captores preferían matar a un niño antes que verse atrapados.

—Me dijeron que tiene un terreno —dijo luego de decidir sacarle el mayor provecho; sacó la fotocopia y la alisó sobre el mostrador. Earl Strikes abrió los ojos como platos—. Lo debe haber heredado.

—Eso es cierto —respondió y se irguió.

—¿Vive aquí en la tienda?

—Justo aquí atrás. Puede verlo. Ahí tampoco tengo ninguna niña.

Naomi no dudó. Sabía que, si pedía lo que quería en una afirmación, muchas personas no sabían que podían negarse. Con el paso de los años había aprendido a no pedir permiso, sino a fingir autoridad.

—Lo que me interesa no es la habitación trasera, aunque seguro la veré más tarde. Lo que necesito ver es la cabaña familiar.

—Usted no se asusta fácil, ¿no? —preguntó Earl y la llevó al bosque detrás de la tienda.

Parecía que la tierra les iba a saltar encima en cualquier momento: estaba llena de malezas enredadas mucho más densas que la zona que había investigado. Esto tal vez se debía a que estaban a menor altura y a la deforestación. Pasaron por tocones circulares cubiertos de nieve, tan grandes que Naomi podría haberse acostado sobre ellos. Los árboles de segunda formación se entrelazaban en un tejido muy estrecho, como un dosel. Entre la nieve asomaban helechos frondosos.

—Yo no creo en el miedo —respondió Naomi.

—¿Por qué no? —elaboró él.

—¿Para qué?

—La mantiene a salvo.

La escarcha de su piel, llena de manchas de edad, asomaba bajo la parte trasera del gorro. Ella observó el balanceo de las manos, los nudillos poderosos.

—El miedo nunca mantiene a salvo a nadie —respondió.

—¿Entrará en el sótano como hacen en la tele?

—No, le pediré a usted que lo haga.

—No tengo nada que esconder.

Al final, la casa de la familia de Earl era exactamente lo que él había dicho: una cabaña vieja que se caía a pedazos con una chimenea de barro derrumbada donde ahora vivía una decena de pájaros. Había una ardilla gorda sentada sobre una pared derruida cubierta de nieve. La cabaña estaba acurrucada entre los árboles. Consternada, Naomi se dio cuenta de que podría haber pasado caminando junto a ella sin verla; los troncos viejos y mohosos se camuflaban muy bien. Buscar estas cabañas sería mucho más difícil de lo que creía.

Se asomó por encima de la pared y observó el interior destruido. Había algunas partes del piso colapsadas.

—Ahí está su sótano —dijo Earl al señalar la sombra bajo el piso. Naomi miró con atención hacia abajo. El sótano era pequeño y profundo y estaba vacío. En una pared había una escalera rota apoyada.

Miró a su alrededor, al bosque frío.

—No parece que necesite una bodega para verduras por aquí.

Él rio, socarrón.

—Verduras no. Era para conservar pieles.

Luego de inspeccionar la cabaña con detenimiento, Naomi volvió a la tienda detrás de Earl. Le insistió que debía examinar el lugar, desde la habitación de atrás —un lugar pequeño más ordenado de lo esperado, decorado con una colección de carpetas hechas a mano por la difunta esposa— hasta los fardos de pieles de olor rancio en la galería trasera cubierta, que él parecía reacio a mostrarle. Earl le explicó que todos los años llevaba las pieles a Prineville; allí se celebraba una subasta de pieles crudas con el Consejo Territorial de Oregón sobre Pieles. Luego de que el consejo recibía la comisión, le enviaban un cheque que él depositaba en el banco del pueblo. Se esforzó demasiado por dejar en claro que todo era legal.

En la parte delantera examinó la camioneta vieja y decrépita, llena de basura y envoltorios, e iluminó con la linterna debajo del porche, que se elevaba a escasos centímetros del piso mojado.

—¿Aún piensa que tengo a esa niña? —preguntó Earl mientras la miraba trabajar. Había pasado de la amargura a la diversión.

Naomi se detuvo y sacudió la linterna. Lo miró desde abajo, con las rodillas sobre la nieve sucia. Tenía una expresión medida: había una niña desaparecida de verdad.

—¿Quién la tiene? —preguntó sin rodeos.

—Se la llevó la nieve, tan seguro como que mañana saldrá el sol. Es tristísimo. —Apuntó al cielo turbio—. Tan seguro como el cielo allí arriba.

Naomi se limpiaba el barro de las botas en el asiento de su auto cuando Earl volvió a salir de la tienda. La chimenea lanzaba un espiral de humo. Naomi observó interesada cómo el humo se dispersaba en el aire frío, como si nunca hubiera existido.

—Señorita —le dijo, con el gorro entre las manos. La cabeza estaba coronada de blanco, como una tonsura.

Ella miró hacia arriba, los ojos bien grandes en la luz suave.

—Yo no diré a *naides* lo que *usté* está haciendo —dijo.

—¿Cómo sabe lo que estoy haciendo, Earl?

—Es que no lo sé —dijo. Apuntó al cielo, ahora amenazante—. Se viene una tormenta, señorita —agregó—, lo mejor es que vuelva a casa. A menos que quiera pasar la noche conmigo.

Cometió la audacia de guiñarle el ojo.

Ella no se lo tomó en serio hasta que estuvo a mitad de camino de regreso al motel: lo que al principio eran unos copos azarosos pronto se convirtió en una cortina borrosa y espesa. Tenía los limpiaparabrisas al máximo, que golpeaban con frenesí, y aun así la nieve insistía, ligera, mortal.

Tanteó la radio para encenderla.

—No hay nada como una borrasca de primavera —decía el hombre con voz jovial—. Agarre bien fuerte el sombrero y abróchese ahí abajo. No es momento de andar regando el bosque —bromeó.

Naomi demoró un momento en comprenderlo.

Sonaba tan cerca que podría haber estado hablándole al oído.

Para cuando llegó al motel se abría paso en una tormenta de nieve. Las manos se aferraban al volante. Las montañas habían desaparecido tras ella.

—Él es Jerome —dijo la anciana amable en la cocina. Naomi se apretaba contra la falda de la mujer y absorbía ese aroma tranquilizador (*extraño*) a mujer adulta. Con una mano acariciaba la tela. Naomi sabía que bajo la falda había algo que la vinculaba a esa anciana amable, y eso la consolaba profundamente, porque la anciana parecía ser fuerte. Como si pudiera pegarle a la maldad con la sartén negra de hierro para no dejarla pasar por la puerta.

Pero ¿y el niño que estaba frente a ella, con ese pelo negro como la noche en la cabeza, pómulos tensos y ojos negros maravillosos? Naomi nunca había visto un niño así, de eso estaba segura.

—Me llamo Jerome —dijo el niño con una sonrisa. Tenía aspecto de insolente.

Incluso en la forma de pararse, como si tuviera el derecho de expandir los brazos por toda la cocina. Que, por cierto, olía muy bien.

La anciana le cortó una feta gruesa de pan, la tostó, la untó con manteca y la puso en un bol. Le tiró un chorro de leche tibia encima, saborizada con canela, vainilla y azúcar. Todo el tiempo se quedó bien cerca de Naomi.

—Parece que necesitas alimentarte —dijo con calidez.

Se sentaron en la mesa de la cocina. Había papeles; después aprendió que se llamaban facturas. Un puñado de lápices y lapiceras en un recipiente. ¡Lapiceras! ¡Papel! Un cuenco con manzanas. Una ventana. Al otro lado de la puerta trasera de mosquitero cantaban los grillos.

Naomi comió la tostada con leche y sentía que cada mordisco le llenaba el estómago; la anciana y el niño la observaban.

—Me llamo Mary Cottle, pero me puedes decir señora Cottle —dijo la mujer—. Jerome es mi hijo adoptivo. He cuidado a muchos niños. Conmigo estarás segura.

El bol estaba vacío. La cuchara recogía los rastros de leche y se llevaba todo lo que quedaba. Miró desde abajo a la señora Cottle y al niño llamado Jerome; la cara de él absorbía cada una de sus expresiones. Su boca quería disculparse. Su boca quería decir muchas cosas, pero todas ellas se le escapaban del mismo modo que los recuerdos y la dejaban con una sensación de vacío, igual que el bol. Al final, habló.

—¿Segura? —preguntó con la voz que nunca había usado.

—Segura —respondió la señora Cottle.

Había una cama pequeña con una manta brillante encima y un lavamanos con un cepillo de dientes en un vaso. La señora Cottle le consiguió un piyama, guardado en un ropero para ocasiones como esta, y luego la metió en la cama.

Naomi esperó a que todos durmieran, se levantó y recorrió la casa; la examinó hasta conocer todas las trabas de las puertas y la forma en que se abrían las ventanas, y se aseguró de que estuvieran todas trabadas. Encontró papel metálico e hizo bolitas que luego apoyó en todas las ventanas; pensó que podría revisarlas a la mañana para ver si alguien había intentado meterse.

Se quedó parada junto a la puerta principal a la madrugada y miraba por la ventana. El cielo negro se extendía hacia el infinito.

—Segura —se susurró a sí misma—. Segura.

El comisario que la había llevado con la señora Cottle había intentado investigar algo; tal vez era más que eso. Desde el punto de vista de Naomi, le hicieron preguntas y se sorprendieron ante su inocencia vacía. Naomi no recordaba nada, salvo correr por el campo, el calor de un fuego y los trabajadores golondrina que la habían llevado al comisario.

Cuando le preguntaban más sobre los monstruos, ella se cerraba y entraba en un estado casi catatónico que asustaba a todos, en especial a la señora Cottle.

Los hombres que la dejaron se habían ido a toda velocidad antes de que pudieran encontrarlos. El comisario supuso que tendrían miedo de la ley. Naomi era como una niña caída del cielo, de piel pálida, pelo castaño y ojos color miel.

¿De dónde había venido? El dentista del pueblo, con su silla grande color óxido en el mismo edificio donde guardaban el correo y servían crema casera helada, le revisó los dientes y dijo que consideraba que tenía unos nueve años. El doctor dijo que alguien la había cuidado. "Tal vez un poco demasiado", le susurró a la señora Cottle, y ambos sacudieron la cabeza con tristeza.

Ella no tenía cumpleaños, no tenía inicio y pensaba que no tendría final.

Todas las noches se paraba en el porche de la casa con la puerta al alcance de la mano, para sentirse segura, y contaba las estrellas. De algún modo, sabía contar. De algún modo, sabía leer un poco. Alguien le había enseñado esas cosas. Eso quería decir que podía volver a aprender.

Las estrellas eran brillantes y se asomaban como ojos cálidos y pequeños en el cielo. Ella pensó que su madre estaba ahí, mirándola desde arriba. Diciéndole que ahora era seguro recordar.

Pero ella no podía. Se quedaba parada en el porche hasta que el frío del otoño y el invierno incipiente le calaba los huesos. Se paró ahí todas las noches durante meses y trataba de resolver el rompecabezas de su mente. ¿Quién era? ¿Dónde había estado?

5

Le llevó mucho tiempo —calculó que habría sido la niña de nieve durante casi un año—, pero un día, con la mano sobre el pecho de él, le mostró al señor B que podía confiar en ella.

Era un día intenso de invierno y la nieve se movía como si estuviera viva: formaba y volvía a formar correntadas, como en un juego. El señor B tomó un par más pequeño de las zapatillas graciosas que tenía, una especie de canastas para los pies. Envolvió las zapatillas destrozadas de ella con pieles cálidas y ató las cintas de cuero crudo alrededor de los tobillos; sus manos hicieron una pausa, como si recordara algo. Luego, abrió la puerta y la dejó salir.

Ella se paró ahí con ojos desencajados y respiró la esencia de sí misma. El señor B sonreía. Ella corrió y jugó en la nieve con los brazos bien abiertos mientras el señor B la observaba y controlaba el bosque con atención; notaba cómo las oleadas de nieve rellenaban las marcas apenas la niña las hacía. Poco tiempo después la hizo entrar de nuevo. Ella se sentó en la mesa, saciada.

Pero por algún motivo el señor B se enojó. Empezó a arrastrarla al sótano. Ella no se resistió. Era como si ya no estuviera en el sótano, sino afuera, en medio de la nieve, esa maravilla salvaje y hermosa.

Luego de mucho tiempo, la dejó salir de nuevo. Las esperas se hicieron más cortas, la cantidad de tiempo que podía estar afuera se extendió y de a poco el señor B dejó de preocuparse tanto. Ella aprendió a ser paciente, como una buena niña de nieve.

Se deleitaba con todo lo que había afuera, en particular aprendiendo a caminar en las canastas amarillas mágicas que te hacen flotar sobre la nieve. El señor B le mostraba con sus propias piernas fuertes: "No dejes que las piernas se arqueen. Al contrario, rota los tobillos un poco hacia adentro".

Al poco tiempo las piernas de ella también eran fuertes. Como los pilares de hielo sobre la montaña bañada por el sol amarillo, la que ella llamó la iglesia dorada.

El señor B sabía todo lo se debe saber sobre animales. Sabía cómo encontrar huellas diminutas bajo las malezas. Podía leer el vuelo de los halcones sobre los lugares donde se escondían los animales. Sabía dónde la nieve se acribillaba con huecos exquisitos, y que ahí debajo encontraría cadáveres cálidos de carne y sangre.

La niña aprendió que las líneas de trampas que él había colocado seguían la vida de los animales, no solo de temporada en temporada, sino además según el clima. Aprendió a reconocer al zorro, astuto y sagaz, a la marta elegante, al zorrillo que nunca faltaba, al coyote inteligente y al lobo distante y su aullido. Aprendió a identificar las marcas amarillentas de la orina reveladora, la nieve suave y porosa de una madriguera cavada. El calor de la mierda cuando se hunde, la pista de algunos pelos atrapados en una rama, el olor a almizcle de un animal en la distancia.

Ella era la niña de nieve y podía correr en la nieve para siempre mientras el señor B aplaudía y hacía esas muecas graciosas de alegría. Pero lo más importante era que se había convertido en cazadora de trampas y había aprendido a seguir las huellas de él como el cazador más infalible.

En la nieve es fácil perderse. La niña de nieve tenía pedacitos de hilo en los bolsillos, los que había deshilachado de los puños de su suéter, que ahora se desangraba en hilos sobre su brazo. En los pocos momentos en que el señor B no estaba mirando, metía la mano en el bolsillo donde tenía los hilos y los ataba a las ramas. No a mucha altura, donde pudiera verlos el señor B, sino a su nivel, escondidos entre los árboles.

Se decía a sí misma que lo hacía para encontrar la forma de volver a la cabaña si alguna vez se perdía. Pero sabía que el señor B nunca la dejaría salir sola. Si ella intentaba escaparse, él la rastrearía y la mataría.

Ella sabía que eso era tan cierto como el sol, y podía imaginar el rojo de sus intestinos brillando sobre la nieve.

Había otro motivo para hacerlo, un secreto que ella no podía contarse ni a sí misma, porque si lo hacía, el señor B podría sentirlo. Podría verlo en sus ojos, en los que confiaba.

Se preguntaba si el señor B se daría cuenta o si notaba los pedacitos diminutos de hilo atados en lugares discretos: en un brote nuevo de un abeto, alrededor de una rama frágil de un cedro. Pero él nunca lo notó. Estaba demasiado ocupado buscando animales en la nieve.

Cuando Naomi se despertó, vio por la ventana el estacionamiento vacío y cubierto de nieve y más allá la estación de servicio Shell.

Y luego el mundo desaparecía.

Nieve entre tú y yo, Madison: nieve y un mundo de dolor que tuvo que pasar durante tres años, incluso si estás muerta, y en especial si estás viva.

Naomi apoyó las manos abiertas sobre la ventana y sintió las gotas frías de condensación en las palmas. Le dirigió un gesto de enojo al banco de nieve sobre las montañas. No le gustaba atrasarse.

Tras ella sonó el teléfono. Se dio vuelta y supo quién podía ser.

—Estuve pensando en ti —dijo al atenderlo.

Su voz era como un trago de agua luego de una enfermedad larga.

—Es la señora Cottle —dijo Jerome.

—Voy —respondió ella enseguida.

Se alejó de la cadena montañosa; conducía despacio a medida que la nieve desaparecía de las calles y el aire perdía el frío, luego tomó la autopista que pasaba por el pueblo donde vivían los Culver y su buena amiga Diane, y siguió hasta el valle fértil, donde el aire estaba igual de frío, pero el césped verde comenzaba a crecer.

Oregón tiene eso: uno puede viajar de la nieve al desierto en un solo día. El pueblo de Opal era la felicidad entre ambos paisajes.

Jerome la esperaba fuera de la casa de hacienda; ella llegó pasado el mediodía y estacionó. Absorbió las canaletas prolijas, el techo limpio y la cerca arreglada. Una hacienda sin ganado, un hogar sin hijos. Allí el mundo moría. Pero ahí debajo la tierra seguía latiendo. Sus ojos admiraron las colinas conocidas, los valles y las montañas donde habían acampado y caminado tantas veces.

Salió del auto. Como siempre, su corazón pegó un salto al verlo.

Jerome: su hermano adoptivo. Jerome, que había perdido un brazo en la guerra, que ahora trabajaba a medio tiempo como ayudante del comisario en la misma oficina donde ella había llegado por primera vez.

La manga vacía de la camiseta estaba arremangada y cosida al hombro. El pelo negro se movía con la brisa fresca. La cadera estaba envuelta en unos vaqueros ajustados; ella notó los músculos de su estómago a través de la tela fina de la camiseta.

Él la abrazó con su único brazo. Olía a jabón de menta.

Subieron juntos los escalones.

—Has mantenido bien la casa —comentó ella.

Él se encogió de hombros.

—Custodio de la nada.

—Bueno, bueno… —Pero ella había pensado lo mismo.

La señora Cottle estaba envuelta en un cárdigan grueso y tres capas de mantas tejidas al crochet. Su Biblia estaba a mano. Estaba durmiendo en paz y los párpados con venas azules temblaban. Naomi se inclinó sobre ella y le besó la mejilla con amor.

—Juro que estaba despierta hace un minuto —dijo Jerome entre risas.

—Lo sé.

Comieron pastel de papa y zanahorias frescas en la mesa del comedor. Jerome tomó un vaso de sidra. Ella tomó agua.

Jerome tenía algo de reconfortante. Había sido así desde que la llevaron a ese lugar. Una parte de ella exhaló, y ni sabía que estaba conteniendo la respiración. La señora Cottle solía hacer bromas y decir que eran como gemelos: ambos forjaban el fuego de la vida.

Pero no eran gemelos. Eran otra cosa.

—Me deberías haber dicho —dijo ella.

—No quería molestarte —respondió él mientras cortaba el pastel de papa con su única mano—. Tú tienes tu trabajo. —Se llevó un pedazo a la boca—. Además, no habría cambiado nada.

—Eres bueno por cuidarla.

—Te extraño, Naomi.

—Extraño... —Naomi se ruborizó.

Sus ojos oscuros la miraron bajo las cejas lampiñas. Cuando eran más pequeños, ella pensaba que eran cejas mariposa, tan amables y expresivas como eran.

—Pasó mucho tiempo desde la última vez que nos vimos —dijo él.

—Apenas un par de meses —respondió ella expectante.

—Más bien seis —declaró él y suavizó las palabras con una sonrisa.

—¿Los cuentas? —preguntó ella con ligereza.

—Estamos destinados a estar juntos —respondió él.

Ella lo miró: los tendones suaves del cuello, el nudo de hueso herido bajo el hombro, donde faltaba el brazo derecho. Poco después de que ella llegara, él la llamaba para que saliera y corrían bajo los campos bañados por el sol. "Ven a ver las piedras, Naomi", le decía. "Ven a ver...".

—Tengo que volver —dijo ella. Quería quedarse, pero tenía miedo de hacerlo.

—Quédate esta noche —le suplicó él.

Ella pensó en Madison Culver. Tal vez ya no era nada, solo huesos y carne secándose que se mantenían unidos con lo poco que quedaba de cuero (algo que ella había visto) o tal vez algunos pedazos arrastrados por animales salvajes.

A veces no había un niño al final del viaje, solo un recuerdo. No quería que ese fuera el caso para los Culver, pero había sucedido antes. Si no podía darles nada más, les podía dar ese consuelo. Ella sabía que no había nada peor que no tener una respuesta.

Mientras hubiera una posibilidad, no podía quedarse. Ella pensó que Jerome no lo entendía. O tal vez sí; sus ojos decían que sí. Tal vez entendía que ella siempre tendría un motivo para irse.

"Ven a ver las piedras, Naomi", la llamó Jerome unos días después de que ella llegara, y corrieron por las crestas sobre la hacienda y un mar de césped, para luego llegar a una montaña de roca bajo el estruendo azul del cielo. Corría con Jerome y las estebas ondulaban a la altura de su cintura...

En la punta del risco, con el cielo tan cerca que casi lo podían tocar, se detuvieron: las piedras.

Era un lugar mágico que no conocían ni los cazadores de rocas locales, un acantilado donde la tierra se había abierto y mostraba su verdadero ser en todo su esplendor: una cascada de jaspe brillante y ágatas cálidas, prismas y chispas de cuarzo; allí podías meter la mano y sacarla llena de joyas. Tal vez las gemas naturales no tenían valor, pero para Naomi y Jerome eran especiales.

—Dentro de cada piedra hay una gema —le explicó Jerome—. A veces la naturaleza hace un milagro.

Ahí se contaban sus secretos. Se turnaban para sostener las piedras, cerraban los ojos y los puños y espiaban cada tanto para mirar al otro; sí, estaba escuchando. Jerome compartió que su madre era una aborigen kalapuya que murió cuando él era un bebé. Había ido de una casa adoptiva a otra hasta que terminó con la señora Cottle, como si fuera un santuario. En la cómoda conservaba una foto de su mamá. Todas las noches, la señora Cottle lo animaba a besar la foto y rezar. Dijo que estaba orgulloso de ser kalapuya porque eran valientes e inteligentes.

Naomi confesó que había intentado, pero no recordaba nada de antes, solo que tenía sueños. Sentía que debía buscar a alguien. Pero no sabía quién era. Solo sabía que sentía la obligación de buscar en el borde de todos los campos. Pero si no sabía el nombre, ¿a quién llamaría?

Al decir eso, Jerome le tomó la mano que tenía la gema.

—Yo te ayudaré —le dijo con los ojos bien grandes.

"Ven a ver las piedras", Jerome la llamaba y ellos corrían, regaban los campos con sus risas, incluso cuando eran más grandes y en la mejilla de él empezó a aparecer pelo, y hasta el cráneo de ella se agrandó. Cada vez que se hallaban en ese trono de Dios, muy por encima de todo lo demás en el valle fértil, Jerome tomaba una joya y se la entregaba con ternura: un ópalo, un cuarzo, un ágata brillante.

Sus ojos decían "más bella que las piedras", y el cielo mismo tronaba azul porque estaba de acuerdo.

"El regalo bendito de Dios".

Las palabras le resonaban en la cabeza mientras Naomi conducía de regreso por el valle y atravesaba estancias en tanto el sol le daba el beso de buenas noches al mundo. Las colinas delicadas estaban cubiertas de terciopelo verde, los campos bajos estaban salpicados de huertos abandonados. Las nubes rosadas se desplegaban en el cielo.

En el pasado, la gente valoraba los lugares como este. Naomi recordó que la vida en el valle era una cosecha constante: fresas enormes sobre las planicies, frijoles verdes en pilas polvorientas que venían del campo, calabazas dulces para hacer pastel. Ahora, la mayoría de los pueblos estaban vacíos. Las haciendas familiares tradicionales fueron reemplazadas por productores gigantes con aspersores móviles que cruzaban el cielo de tierra. Nadie vivía en esas casas de hacienda inmensas, salvo los encargados y los trabajadores temporales.

En un impulso, Naomi bajó en la salida siguiente y supo exactamente qué le había activado la memoria. Entró al pueblo vacío de Harlow, pasó por edificios de ladrillo, el balanceo de los carteles de madera y una única carretilla roja para niños estacionada junto a la calle. Se detuvo y se asomó: solo tenía una muñeca con botones en los ojos. Se acordaba de que no mucho antes esas calles estaban llenas de niños. Incluso uno llamado Juan.

Condujo hasta el cementerio que estaba en la otra punta del pueblo, lleno de piedras antiguas. Apenas se estaba poniendo el sol y una brisa fresca atravesaba la tierra vacía. Se arrodilló y limpió la tierra de la tumba.

Juan Aguilar fue uno de sus primeros casos. Su madre era indocumentada y trabajaba en una hacienda; al evaluar el riesgo de acudir a la policía por el hijo desaparecido contra el riesgo de que la deportaran, eligió a la policía y fue deportada. En la celda donde la habían confinado y esperaba el autobús que se la llevaría, le había dicho a Naomi que le había puesto Juan a su hijo porque significaba "el regalo bendito de Dios".

Naomi era nueva y le faltaba confianza; eso es lo que se decía después. Ella sospechaba de un hombre, un capataz, más que nada por su mirada. Había empezado a seguirlo. Quería saber más sobre él, encontrar pistas sobre quién era y por qué se sentía así sobre él.

Pero él la había visto. Él sabía.

Un día, lo había seguido mientras conducía por el pueblo en una camioneta vieja y destruida. Se detuvo en el correo; llevaba una caja grande y sospechosa envuelta en cinta plateada. Se quedó un momento y luego salió.

Ella se sentía curiosa, esperó un poco y entró al correo; se preguntaba qué habría enviado. Tal vez era evidencia. La caja estaba sobre el mostrador, totalmente vacía. En la parte de la dirección solo decía "Vete a la mierda".

Cuando volvió a salir, él había desaparecido.

Al día siguiente, encontraron a Juan en el fondo de un pozo. No se había caído, lo habían puesto ahí: tenía ambas piernas rotas y todo el pozo era un baño de sangre. Cuando lo sacaron, la figura delgada y dorada estaba cubierta de glóbulos, como rubíes pegados a la piel. El hombre había desaparecido y todavía no lo habían encontrado. El caso se consideró como no resuelto.

Luego de ese caso, Naomi prometió que no volverían a engañarla. Sospecharía de todo acto, dudaría de todo testigo y consideraría toda la evidencia posible que se encontrara en el camino como una trampa.

Se arrodilló junto a la tumba, con la nariz casi pegada al piso.

—Cuando estés listo para vivir en un cuerpo nuevo, te estaremos esperando —dijo.

Para el ente que se llamaba B la vida se veía en destellos de luz, como reflejos de colores vívidos sobre el agua de un lago que todavía está congelado los primeros días de verano. Se veía en la forma de las nubes o en un abeto contra el cielo plateado.

El día después de que la niña durmió en su cama por primera vez, el señor B volvió de cazar y se sentó en el borde de la cama. En él había *cambiado* algo y, sin embargo, no sabía qué era. Se tocó la cabeza con ambas manos; sintió el pelo, los ojos que podían ver. Se puso los dedos en la boca y se preguntó por qué los demás parecían tener una forma de *conocerse* cuando movían los labios. Se tocó las orejas y sabía que eran parte del problema. Había visto el modo en que la niña se daba vuelta cuando él se acercaba. Había visto cómo los zorros movían las orejas. Sus orejas no se movían. Sentía ruidos en su interior: el latido de su sangre, el batir de la vida. Podía sentir esa vida en la punta de los dedos. Podía saborear la comida. Podía tocar a la niña. Le gustaba tocar a la niña. Era suave. La niña tenía esa cosa que él no tenía, pero no estaba seguro de qué era. La hacía darse vuelta. La hacía abrir los ojos bien grandes. La hacía sonreírle.

A él, a quien nunca nadie le había sonreído.

Mucho tiempo antes, la criatura que se llamaba B pensaba que era real. Tenía cierto sentido de conexión, como el cordón que iba de una madre zorra a un cachorro recién nacido cuando lo sacaba de la madriguera. Podía oler a esas criaturas, mojadas y ciegas cuando apenas habían nacido, maravillarse ante los ojos cerrados y luego rodearlas con la mano firme y presionar. La conexión se había perdido hacía mucho tiempo y solo la recordó cuando llegó la niña.

La niña era mágica. Lo estaba devolviendo a la vida. Entonces, ¿por qué sentía tanta rabia?

6

Había pasado más de un año y medio desde que había sido creada, y la niña de nieve no podía evitar crecer. Era por tomar la leche del bosque, la sangre roja del cedro. Le corría por las venas y los codos que asomaban del suéter destrozado. Las zapatillas le lastimaban los dedos de los pies. La ropa interior, amarilla brillante, estaba gris y hecha jirones.

Se le acortaron los pantalones y empezaron a asomar los tobillos, hasta que un día ella se dio cuenta de que eso era parte de la magia. Crecería tanto que podría correr por encima de los árboles. Desde la altura podría ver a los animales en las trampas y avisarle al señor B.

Cuando ella le mostró las zapatillas viejas y mugrientas y que los pantalones le apretaban en la cintura, el señor B frunció el ceño. Se enojó. La arrastró hasta el sótano y la empujó por la escalera. Más tarde, le llevó comida. Ella comió y se quedó profundamente dormida.

Cuando se despertó, él se había ido. Le dolían las muñecas y la cola. Ella intentó no darse cuenta de eso. A veces el bosque no se portaba bien.

El sótano estaba frío. Por lo menos tenía mantas y pilas de pieles rancias. Él le había dejado comida: una bolsa de papas marrones que comió crudas y un frasco de mantequilla de maní con una cuchara de metal doblada.

La mantequilla de maní estaba tan rica que rompió el frasco y lamió el interior con cuidado; luego, enterró los restos en el rincón para volver a sacarlos cuando le diera hambre, porque pensaba que tal vez aparecería más.

A la noche lloró hasta dormirse.

Más tarde, se bajó y apoyó las manitos sobre el piso de tierra para sentir las vibraciones de la tierra. Imaginó que era así como la escuchaba el señor B: mediante las vibraciones. Él escucharía que ella estaba arrepentida y volvería.

Se abrió la trampilla. La luz se coló en el sótano. Él bajo la escalera, pero se quedó arriba.

Luego de un tiempo, la niña de nieve juntó el valor y subió.

Sobre la mesa había una caja de cartón húmeda. En una de las caras decía "caridad".

Avanzó, atontada. Él la tomó del codo y la hizo sentarse.

Le acercó la caja mientras emitía los sonidos de cuando estaba feliz, ansioso o cualquiera de esas sensaciones que podrían convertirse en ira enseguida. La niña de nieve estaba contenta porque había dejado sus propias sensaciones atrás.

La ropa de la caja tenía olor a humedad y encierro. La sacó: un camisón de mujer diez talles más grande, un guante violeta, un zapato de muñeca, pantalones de niño que podrían entrarle y una sandalia de goma. Polvo y medias de bebé.

El señor B la miró expectante.

De pronto, ella se dio cuenta de que el señor B no podía ir así nomás a buscar una tienda y pedir ropa para niña de nieve. No es que hubiera un lugar así en el mundo. Debería haber viajado y esperado con paciencia hasta encontrar ese tipo de tesoros.

Le sonrió para tranquilizarlo. Sacó un suéter rosa suave y largó un gritito: ¡era lindo! También unas calzas largas negras desgastadas con unicornios brillantes en el dobladillo. Era el regalo más lindo de todos. Quería abrazarlo bien fuerte, pero en cambio se detuvo y le sonrió.

Esa noche la dejó dormir en su cama de nuevo.

Había una vez una niña llamada Madison que odiaba la escuela. Madison sabía que debía gustarle. A la mayoría de los niños les gustaba, decían los maestros. Pero a Madison no le gustaba, y su mami la comprendía.

—No a todos les gustan los techos —le había dicho—. A algunos nos gusta el cielo.

A Madison le encantaba leer y escribir. Solo que no le gustaba la escuela. Le gustaba estar en casa y salir.

Un día, la maestra de Madison trajo un globo terráqueo.

—Este es el mundo —les había dicho.

Madison pensó que ese mundo parecía demasiado grande y frío. Estaba rodeado de agua azul y era redondo y resbaloso como una pelota.

—Y esta es su tierra —dijo la maestra. En ese momento sostenía un mapa que parecía un lío de líneas y colores, y eso era Estados Unidos.

Madison se quedó más tranquila. Si tenía que esconderse, sería fácil: solo debía hacerlo entre las líneas.

Más tarde ese mismo día los niños cantaron *Esta tierra es tu tierra* en clase y luego jugaron *tetherball* afuera, bajo el sol brillante.

Era una lástima que a Madison no le gustara la escuela. Si le hubiese gustado, tal vez habría aprendido más sobre cómo escaparse del mundo.

La historia había terminado, la niña de nieve abrió los ojos y vio la cuchara doblada de metal sobre el piso de barro que había dejado luego de comer mantequilla de maní.

Se levantó, llevó la cuchara al rincón y la enterró ahí con cuidado.

El siguiente era el terreno de los Claymore.

Naomi comió un desayuno abundante en la cafetería, donde la mesera ya no le decía querida, sino que le asentía con indiferencia, como si fuera una lugareña más. Como siempre, nadie le había preguntado qué hacía en el pueblo. Se había dado cuenta de que hoy en día la gente tenía una manera de aparecer y desaparecer de la vida de los otros, de modo que ya nadie preguntaba "¿Es por trabajo?" ni "Por Dios, tienes cara de cansada" ni "Dime, ¿tienes familia por aquí?". Estados Unidos era un iceberg destrozado en miles de millones de fragmentos, y en cada uno de ellos había una persona rotando como un témpano de hielo en una tormenta.

"Este lugar está empezando a afectarme", pensó. Hielo y tormentas.

Recogió lo que quedaba del tocino blando, terminó la última rodaja de tostada con mermelada de fresa y salió.

En el mapa había una línea diminuta y apenas visible que podría haber sido una calle donde el terreno de los Claymore llegaba al asfalto, a varios kilómetros hacia las montañas desde donde había desaparecido Madison.

Naomi condujo despacio; a los costados de la calle se apilaba la nieve de la última tormenta. Encontró la salida, una de las pocas que se adentraban en el bosque. Hacía mucho tiempo que la había vencido la vegetación. Ahora la entrada era un muro de nieve comprimida.

Estacionó, tomó su equipo y siguió a pie. Sus pasos se habían acostumbrado a las raquetas y disfrutaba la sensación agradable de trabajar los muslos. Se cerró más la capucha para taparse las orejas y bajó un poco el cierre de la parka para que saliera el calor.

Al ver los árboles pequeños que habían crecido en el camino, se hizo evidente que hacía años que la calle angosta de tierra no se usaba. Se preguntó cuánto esfuerzo requeriría limpiarla en ese terreno y seguramente a mano.

En esa zona el bosque era más alto, los árboles eran anchos y acogedores, pero había pozos de nieve profunda que prometían traiciones si uno se acercaba demasiado; Naomi había escuchado que algunos senderistas habían caído en esos pozos y habían quedado atrapados.

La calle trepaba por la ladera escabrosa de la montaña, y ella también trepaba. Iba cada vez más arriba hasta chocarse con una cara que no era más que una pared y ofrecía vistas impresionantes al otro lado, con una pared desconcertante de nieve sobre ella. Naomi caminaba y respiraba con ligereza. Mucho más abajo había un río amplio y arrugado; era primavera y todavía estaba congelado de nieve. Se preguntó si en ese lugar se derretiría la nieve en algún momento o si los ríos congelados y los glaciares simplemente alimentaban los ríos y lagos de más abajo. Del otro lado del cañón llegó un ruido sordo distante.

Naomi se detuvo.

Una de las pocas veces que había cometido el error de aceptar una entrevista sobre su trabajo, le habían preguntado por qué tomaba semejantes riesgos. Ella no supo cómo responder la pregunta.

—Todos morimos en algún momento —dijo y sintió que la respuesta era débil. La verdadera respuesta es que sin trabajo no habría Naomi.

Prefería pensar en lo que había dicho Jerome cuando ella los visitó poco después de que él volviera de la guerra y cuando recién había salido del hospital militar. Él estaba parado en la entrada de la cocina con el hombro vacío envuelto en vendas recién puestas y la cabeza rapada con unos pocos pelos incipientes.

—Todos necesitamos sentir que tenemos un propósito —había dicho.

Ella se había estado preparando y la señora Cottle le había preguntado:

—¿Tan pronto? Acabas de llegar.

Jerome la observaba con su mirada gentil y agregó:

—Cuídate de que tu propósito no te destruya.

En ese momento, Naomi pensó: "No se puede destruir la nada".

El sonido cesó y ella comenzó a caminar de nuevo; su respiración era profunda y purificadora. Ahí el aire estaba tan límpido y frío que era como tomar salud. Sintió la fuerza en las piernas, el objetivo seguro en su andar. La piel le hormigueaba de energía.

La calle terminaba en un pequeño claro abierto en la ladera de la montaña, donde encontró un hueco grande enmarcado con troncos que lo sostenían. En el exterior había una bandeja de tamiz antigua tirada de costado. Había pilas de tierra vieja bajo montañas de nieve. Naomi observó el hueco enmarcado desde la distancia. La mina parecía abandonada, pero eso no decía mucho. Se acercó despacio.

Desde el hueco llegaba un golpe frío de aire fétido.

¿Qué había dicho la empleada? "Algunos vinieron por el oro y solo quedaron como idiotas".

¿Por qué el colono original había decidido que ese era el lugar ideal para cavar una mina de oro? ¿Era un pensamiento mágico o una esperanza disparatada? Qué difícil debe haber sido extraer la tierra fría, derretirla en el tamizador, buscar con dedos congelados las pepitas reveladoras y encontrar solo bultos de tierra negra.

No había signos de presencia humana reciente, pero podía haber otra entrada. Madison podría estar adentro.

Buscó la linterna en la mochila. La luz blanca y fría sondeó el interior de un hueco amplio y negro. No había una salida a la vista.

Naomi respiró profundo y entró.

Dave, el guardabosque, estaba afuera y controlaba las calles luego de la tormenta; vio un auto estacionado de forma casual junto a una pila de nieve cerca del asfalto. Lo reconoció enseguida: era el que había llevado Naomi cuando lo había ido a ver a la estación forestal.

Se llenó de irritación y admiración. Esta mujer no se daba por vencida. Le hacía recordar a su papá cuando hablaba de su mamá, con quien estuvo casado por cincuenta y cuatro años hasta que ella murió: "Cada día que no mato a esta mujer, la admiro más".

El auto de Naomi la esperaba con paciencia, como si fuera un perro. El guarda se sacó un guante y tocó el capó. Estaba frío. Notó el rastro del hielo bajo el coche: ella había viajado a ciudades donde se usaba hielo químico. El calor de otros viajes al desierto había decolorado la pintura. El interior vacío parecía preparado para que los ladrones de las ciudades no quisieran robarlo.

Y en el asiento trasero estaba el localizador que le había dado.

Se irguió y abandonó la exasperación: empezó a preocuparse. Era la mitad de la tarde. La buscadora de niños se había adentrado en un distrito peligroso de glaciares sin el localizador. Sola.

Evaluó qué hacer. ¿Debía esperarla para asegurarse de que volviera segura? Eso significaba esperarla hasta la noche y luego tendría que esperar hasta el amanecer para buscarla. En ese mundo, los rescates con vida se solían dar a las horas, no a los días.

Dave examinó el cielo sólido; incluso en ese momento se negaba a revelar sus secretos. Estaba gris y cargado de nubes. Naomi ya debería saber que allí las tormentas caían sin mucho aviso previo.

Carajo. Abrió la puerta de la camioneta con violencia y tomó las raquetas del piso del acompañante. Llevaba siempre el equipo de supervivencia en la mochila, listo para la acción: equipo de escalada, una soga, una pala pequeña en caso de que tuviera que cavar una cueva de hielo en una tormenta, comida y bengalas.

Siguió las huellas de las raquetas, que cruzaban el banco de nieve hacia lo que distinguió como un camino abandonado. Él ni sabía que ese camino viejo estaba ahí. Pero de algún modo Naomi sí lo sabía, y la llama de admiración creció un poquito en su pecho.

Caminó, contuvo la respiración en el borde del acantilado y al final llegó al hueco rudimentario enmarcado con madera. A lo largo de los años se había encontrado con algunas de estas minas abandonadas; eran trampas mortales para los curiosos.

Las huellas de Naomi iban directo hacia allí.

Naomi había dudado solo un momento. Si volvía para pedir ayuda, le llevaría tiempo. Ella sentía la misma adrenalina que sentía siempre que buscaba a un niño, sin importar cuánto tiempo llevaba perdido.

También había otra cosa: pedir ayuda a otra persona era más peligroso que hacer algo sola. Una parte de lo que arrastraba de su pasado olvidado era el peligro de los que se hacían los simpáticos. Su mente le decía: "Nunca sabes con quién estás a salvo", y esa convicción formaba un muro sólido dentro de ella. Muy pocos habían superado ese muro: Jerome, la señora Cottle y su amiga Diane. Se sentía más segura si lo hacía sola.

Tenía que inclinarse un poco para poder caminar por la galería. Con la linterna inspeccionó las rocas del interior. Obsidiana negra: lava antigua y suelo fértil ennegrecido por el tiempo. No había ni un destello de esperanza.

Y aun así el minero había decidido continuar. Un poco divertida, pensó que era típico del ego masculino. Sabrá Dios cuántos años dedicó a excavar ese hueco de mala muerte.

A sus pies el suelo era resbaloso; había hecho unos pocos metros cuando se dio cuenta de que la galería iba hacia abajo. Era consciente de las toneladas de tierra y roca que tenía encima, una montaña de presión.

El aire frío aumentó y se convirtió casi en un viento que atravesaba la galería; Naomi comenzó a preguntarse sobre los ríos subterráneos, las aguas que atraviesan montañas, como cascadas ocultas, y de pronto los pies pisaron la nada y comenzó a caer.

Sentía que la mochila se rasgaba en la espalda y las rocas rodaban bajo ella; luego se halló rodando y cayendo por el aire.

Cuando se despertó, se dio cuenta de que todavía tenía la linterna; de hecho, la mano la aferraba como a la vida misma. Naomi estaba acostada boca arriba sobre una pila de tierra suelta y rocosa caída del hueco que estaba sobre ella.

La luz de la linterna se había atenuado. Había quedado inconsciente, pero no sabía por cuánto tiempo.

Soltó un poco los dedos y movió la linterna para iluminar a su alrededor. El minero había cavado hasta una cueva subterránea. Las paredes negras brillaban con el agua; el agua negra que tenía a los pies reflejaba la luz. Era imposible determinar la profundidad. Se estremeció un poco. Se preguntó cómo se habría sentido el minero cuando la pica abrió no una veta de oro, sino una caverna fría y oscura.

Mientras iluminaba todos los rincones, pensó que al menos sabía que Madison no estaba ahí.

Tuvo suerte de haber aterrizado sobre la pila de tierra y no en el agua, que estaba más abajo. Mañana le dolería todo, pero nada más; eso si podía volver a la galería de la mina. Se paró con cuidado sobre la tierra floja. Se le habían dormido los pies. Los sacudió un poco y sintió el cosquilleo.

Naomi se movía con cautela y miraba hacia arriba. Tragó saliva. La galería de la mina estaba bastante por encima de su cabeza; había tenido *verdadera* suerte de caer en la tierra. Para llegar a ella debía escalar la pared negra y resbalosa. Si se encontraba con una sola roca suelta, la caída sería peor que la anterior.

Lentamente sintió la superficie de la pendiente y tocó las rocas mojadas. Se tomó su tiempo y examinó todos los ángulos. Era demasiado empinada; de hecho, la pared negra se cernía sobre ella, por lo que era imposible treparla.

Se volvió a sentar y trató de que el miedo no se le colara por los bordes de ese lugar duro de su interior del que ella dependía. Apagó la luz para ahorrar las pilas. Su estómago gruñó y le recordó que pronto tendría hambre.

Naomi se rodeó las piernas con los brazos y trató de mantener la calma. Se obligó a moderar la respiración. Se recordó que había una forma de salir. Siempre había una forma de salir. Se calmaría hasta que se le ocurriera una idea.

El goteo del agua se convirtió en su reloj. El tiempo pasaba y en su interior empezó a invadir el pánico. Estaba atrapada. Se vio a sí misma corriendo por un campo oscuro y la ansiedad que había comenzado a corroer los bordes de su existencia comenzó a florecer y convertirse en miedo de verdad.

Se levantó. Encontraría una salida.

—¿Necesitas ayuda?

Se vio iluminada por una luz. Sabía que era el guarda, aunque la cara era imposible de discernir desde abajo. Naomi lo miró.

Normalizó la voz a propósito, para que no sonara quebrada.

—Si no te molesta.

El guarda tardó un poco en fijar las cuerdas antes de poder subirla.

Caminaron en silencio por la galería de la mina.

Afuera caía la tarde. El sol la hizo pestañear y se dio cuenta de que había estado inconsciente varias horas. Se frotó la frente bajo el sombrero y sintió un hilo fino de sangre.

—Déjame curar ese corte —le dijo Dave; su voz tenía un dejo de autoridad.

Ella se sentó sobre un tronco caído. Él sacó un botiquín de primeros auxilios de la mochila y vendó la herida con rapidez y prolijidad. Se detuvo para examinar los ojos de Naomi, para buscar signos de contusión. Observó la piel lechosa, la sombra del agotamiento bajo los ojos, la boca ancha y dulce.

Los ojos cándidos de ella le devolvieron la mirada.

—Cometiste una estupidez al entrar ahí —le dijo. Ella no respondió, solo preguntó:

—¿Cómo supiste que estaba aquí?

—Vi tu auto junto a la ruta. Me preocupé.

La mirada que ella le lanzó daba la idea de que no le creía del todo. Ella se paró y sacudió las piernas para devolverles la vida; se volvió a atar las raquetas enseguida.

—¿Cómo supiste que existía este lugar? —preguntó él en total desconcierto ante su calma.

—Busqué las antiguas solicitudes de terrenos —respondió ella.

—Bien hecho. Pero no hay forma de que Madison haya llegado hasta aquí.

—Eso es cierto.

Él frunció el ceño.

—No creerás que se la llevó alguien, ¿no? Esa familia se detuvo en un lugar al azar. No es que Jack el Destripador los esperaba entre los árboles.

Ella se volvió a poner la gorra e hizo una leve mueca de dolor cuando se tocó la herida vendada.

—¿No pensaste que podría haber vuelto a la ruta y que alguien se la llevó? —preguntó.

Él se ruborizó.

—No, la verdad que no.

Ella se ajustó la mochila y ya estaba lista para irse. Parecía indomable.

—Dejaste el localizador en el auto —le dijo él. Le tocó a ella ruborizarse.

—Disculpa.

—No creo que lo hayas olvidado. Creo que no confías en mí.

—¿Qué importa?

Él podía ver su reflejo en los ojos de ella.

—Solo intento ayudarte... me das curiosidad —dijo.

—¿Por qué? —preguntó ella—. No hay nada que saber sobre mí.

La forma en que lo dijo lo hizo estremecer, como si ella fuera anónima como los árboles, amorfa como el viento, vacía como la cueva donde había caído. Como si pudiera desvanecerse con la misma facilidad que los niños que buscaba.

—No tiene por qué ser así —dijo él.

Ella esbozó una sonrisa fácil, generosa, y en esa ocasión él pudo notar la tristeza que acarreaba.

—Agradezco que me hayas salvado —dijo, como si para Naomi salvar a la gente fuera cosa de todos los días, y él sospechaba que así era.

—Dices que no vale la pena salvarte —espetó.

—Mi único valor son los niños que encuentro —respondió ella con suavidad—. Y ahora tú me has ayudado para que yo pueda rescatar a Madison, así que te agradezco.

Él la observó y quería preguntarle "¿Eso es todo?". Pero en su cara se notaba que eso era todo.

Ella se dio vuelta y empezó a caminar, la cara estaba enmarcada entre la nieve y los árboles, tenía un mechón de pelo castaño en el hombro, la curva de la cadera ondulaba.

Dave la siguió por el viejo camino. Los pies estaban tan acostumbrados a las raquetas que ya no los sentía. La mochila al hombro. El peso en su corazón.

Pensaba: "Yo ya perdí, Naomi. No me hagas perder de nuevo".

Frente a él, la figura de ella avanzaba con determinación.

Cuando era más pequeño, solo quería una cosa, lo que tenían sus padres: amor verdadero. Nada había logrado corromper esa visión. Y durante un tiempo lo tuvo *de verdad*. Era como estar acostado en el lugar más suave que se podía imaginar. Y cuando lo perdió, perdió también parte de él.

Nadie te dice qué hacer cuando pierdes un amor. Todo siempre se trata de capturarlo y conservarlo. No se dice nada acerca de verlo irse por la puerta, de cuando prefiere morir solo y no en tus brazos.

En su cabeza oía: "Naomi no te quiere".

Pero él no se daría por vencido. El corazón le decía que no lo hiciera.

La primera criatura que Naomi permitió que se le acercara no fue la señora Cottle. Ni siquiera Jerome, aunque él llegó después.

No, la primera criatura que Naomi permitió que se le acercara fue el gato de la casa.

Se llamaba Conway Twitty y Naomi lo amaba.

Nunca había tenido una mascota, y él había ido a buscarla ronroneando como un demonio y lleno de gases, válgame Dios, como decía la señora Cottle. Todas las noches, Naomi abandonaba la cama, que era demasiado grande, tenía demasiado espacio entre el piso y la manta y entre las sábanas y poco espacio para correr, y buscaba otro lugar para dormir: el pasillo delantero, cobijada en un saco de dormir; otras veces, con mayor frecuencia, el armario bajo la escalera, con su propia puertita con traba, donde se sentía escondida y a salvo. Y todas las noches Conway llegaba paseando a cualquier lugar que ella había encontrado, se acurrucaba sobre sus piernas religiosamente y se quedaba dormido. La sensación del peso era pura felicidad.

Naomi ahora recordaba esos primeros meses: la sensación cálida de Conway entre las piernas y la sonrisa de Jerome, salpicarse la cara en el lavamanos al llegar corriendo de la escuela, con las pestañas llenas de agua, los tres sentados para cenar, sin nadie más.

En ese momento Naomi se dio cuenta de que el amor no tiene nada que ver con la cantidad. No tiene que ver con venderse ni pretender nada a cambio. Ni con desear seguridad. Era solo...

Ese ronroneo.

Más tarde su amiga Diane le explicó que, en el espectro del dolor, para un niño es mejor sentirse apegado a un abusador que experimentar el agujero ciego del abandono. Los bebés criados en orfanatos sin el tacto de otro humano se convertían en monitos, se disminuían por la falta de atención. Al no tener una cara que mirar, incluso podían enceguecer.

Diane le había explicado que en los casos de abuso, al menos se tiene a alguien contra quien luchar. El abuso comienza con la premisa de que uno existe, aunque sea para ser maltratado. Había dicho que es un comienzo avanzado.

—Tienes una forma graciosa de decir las cosas —le había dicho Naomi.

Diane la ignoró y respondió:

—La clave es convertir ese apego insalubre en uno saludable.

El gran paso para ella había sido permitir que la señora Cottle la bañara. Durante meses, los piyamas lavados y doblados con prolijidad descansaban sobre la tapa del inodoro y su cobertor de alfombra, se llenaba la bañera, el espejo se empañaba y Naomi entraba al baño sola y cerraba la puerta.

La señora Cottle siempre esperaba respetuosa al otro lado de la puerta y cada tanto preguntaba si todo iba bien. Naomi se despojaba de la ropa, siempre miraba cómo su cuerpo aparecía tras la tela, notaba que los brazos se oscurecían por el sol y se asombraba con el lugar entre sus piernas. Ni siquiera dejó entrar a la señora Cottle cuando empezó a mirar su propio cuerpo sin miedo.

Se lavaba y se enjuagaba sola y jugaba con los juguetes que había junto a la bañera. Con el tiempo tomó conciencia de lo que era ser una niña. Pero la puerta siempre permanecía cerrada. La señora Cottle no se quejó ni una sola vez y tampoco sugirió ningún cambio; se limitó a esperar con alegría y calma.

Un día, Naomi se detuvo en medio del juego. Corrió la cortina de la ducha para tapar su desnudez y llamó vacilante:

—¿Señora Cottle?

Del otro lado de la puerta se oyó:

—¿Sí, querida?

—¿Me puedes lavar la espalda?

—Por supuesto, querida.

La señora Cottle entró y le lavó la espalda, y Naomi no tenía ni la más remota idea de por qué no podía dejar de llorar mientras su mamá adoptiva hacía eso.

Le llevó un año volver a amar.

—Hace ya un año que estás aquí —le había dicho la señora Cottle—. Imagino que tienes diez años.

Su madre adoptiva lo dijo con naturalidad, como si no hubiera nada de qué avergonzarse. La señora Cottle sabía que no debía preguntarlo.

Estaban pelando nueces en el porche. La señora Cottle dijo que estaba muy antojada de comer panoja. Naomi ni sabía qué era, pero se imaginó que sería delicioso, porque todo lo que salía de la cocina de la señora Cottle era como néctar para su boca.

La señora Cottle partió otra nuez grande con el cascanueces. Lo hacía tan bien que las dos mitades salieron sin un rasguño. Las frotó un poco y la piel que parecía papel se salió como si nada. La pilita de nueces rotas de Naomi parecía aserrín, como solía decirle Jerome en broma. Él estaba adentro haciendo la tarea bajo un haz de luz amarilla. Los bichos bailaban en el mosquitero y todo estaba bien, salvo por un movimiento que Naomi había notado donde el bosque se encontraba con el campo. Al instante se había puesto en alerta, concentrada en prestar atención.

—¿Qué ves allí, querida? —preguntó la señora Cottle.

—La estoy buscando —respondió Naomi con ligereza, sin siquiera darse cuenta de que estaba hablando.

—¿A quién buscas?

La voz suave le llegó desde lejos; sostenía una nuez con cuidado en el medio de la palma cerrada. Y aún más suave:

—¿Es tu madre?

Naomi negó con la cabeza.

—Es demasiado pequeña —dijo, todavía inconsciente de que estaba hablando.

De pronto se sacudió y se despertó, pero antes la señora Cottle logró verle la expresión. No era terror, como había esperado, sino esperanza beatífica. Sea quien fuera que Naomi buscaba, era una persona que ella había amado.

Naomi tomó otra nuez, hizo un intento con el cascanueces y la destrozó en pedazos. La señora Cottle se rio.

—Mira la fuerza que tienes. Debería mandarte a cortar leña.

Se quedaron sentadas un poquito más en tanto crecía la pila de nueces. Tras ellas, escucharon a Jerome levantarse mientras silbaba al azar y abría la puerta del refrigerador. La señora Cottle solía exclamar "Ese niño se comerá la casa y el hogar si Naomi no le gana de mano". Ambos eran como uña y carne, comían como lima nueva.

—Supongo que *sí* tengo diez años ahora —anunció Naomi de pronto.

La mirada de la señora Cottle se iluminó.

—Puedo apostar que sí. Deberíamos hacer una fiesta.

—¿Qué es eso? —preguntó Naomi, y la señora Cottle tuvo que mirar a otro lado para que ella no notara su reacción. La niña la seguía sorprendiendo cada tanto: en un momento mostraba tanta sabiduría y al siguiente completa ignorancia. Desde que había llegado, había que enseñarle las cosas más sencillas: cómo encender el televisor, cómo marcar el teléfono. La señora Cottle esperaba encontrarla durmiendo en cualquier otra parte a la noche, pero no se imaginó que la encontraría acurrucada en los lugares más extraños durante el día. Una vez la encontró encima de la biblioteca, acostada como una serpiente. "Me gusta estar aquí", había dicho la niña. La señora Cottle no la retó. Su espíritu salvaje la protegería.

—Es algo que haces con una torta para celebrar.

Naomi asintió.

—Te amo, señora Cottle —dijo de pronto y destrozó otra nuez.

La señora Cottle contuvo las lágrimas.

—Yo también te amo.

Esa noche, luego de que Dave la rescatara, Naomi estaba exhausta. Se tomó un plato de sopa de arvejas en la cafetería y para cuando llegó a la habitación se le cerraban los ojos. Se acurrucó entre las mantas y se quedó profundamente dormida. Esa noche volvió a soñar el gran sueño. Abría y cerraba las manos dormida y sentía una pérdida terrible; cuando se despertó a la mañana, tenía la cara empapada, como si se acabara de bañar en las aguas del paraíso.

El sueño le dejó una sensación de arrepentimiento. Pero no sabía por qué. La vergüenza es una bestia peculiar y Naomi lo sabía. Sospechaba que todos la sentían: el dragón que querían matar. Pero para ella era diferente. Naomi quería bañarse en ella, quedarse bajo esa cascada y emerger bendecida.

Siempre que encontraba vivo a un niño, le decía que todo iba a estar bien. Lo alentaba a ser completo en sí mismo, a no olvidar nunca, pero siempre a avanzar.

No podía ni imaginar en alcanzar semejante paz para sí misma.

7

Las manos del señor B eran amables... cuando ponía las trampas. Los que más le gustaban a la niña de nieve eran los lazos de alambre. Eran tan bellos, colgados de los plantones como hilos de saliva. El señor B le enseñó a usar raquetas más pequeñas para hacer un camino falso, para que el animal lo siguiera y cayera justo en los huecos finos y elegantes. Al día siguiente podían encontrar un coyote con el hocico lleno de nieve.

El señor B abría los cepos de metal con cuidado y los enterraba en la nieve; luego salpicaba la zona con sangre del balde de sobras. El animal cavaba tras los rastros embriagantes con la esperanza de encontrar un cadáver y en cambio se encontraban con la pata en la trampa. A la niña de nieve le gustaba buscar los zorros después, como bufandas rojas delicadas sobre la nieve.

El señor B llevaba una barra de metal en el cinturón para cuando los animales seguían vivos al encontrarlos. Le mostró cómo acabar con ellos rápidamente con un golpe en la cabeza. A la niña de nieve no le gustaba hacer eso, entonces lo hacía el señor B.

En los lechos congelados de los arroyos cazaban conejos. En las colinas encontraban martas marrones. En las malezas silvestres y frondosas se agachaban y arqueaban la espalda. El mundo requería de viajes interminables: podían caminar un día entero por una sola piel. Y a veces, al igual que una nevada, en el mundo que los rodeaba llovía la carne.

En esos tiempos las mejillas del señor B se ponían coloradas junto al fuego y él parecía un padre o tal vez un abuelo. Ella lo ayudaba a limpiar los cueros; luego los secaban y los apilaban en fardos.

Cuando los fardos eran bastante grandes, él la llevaba al sótano y la dejaba ahí. Ella aprendió a ser paciente; su interior le decía "No entres en pánico", porque cuando volvía, él estaba muy orgulloso. Allí, sobre la mesa, había una lata de margarina, un frasco de aceite —ay, cuánto se le antojaba el aceite—, bolsas de papas, zanahorias y harina, latas de comida y siempre había una comida *Hungry-Man*.

El señor B calentaba la comida *Hungry-Man* en la cocina a leña. Al principio no la dejaba ver cómo comía ese tesoro y la llevaba al sótano. Pero esta vez la dejó mirar. Mientras saboreaba, tarareaba para sí mismo: un pedacito de puré de papas, carne en su jugo, el cuadradito del postre. Ella lo observó babeando. Cuando él terminó, los pies con medias apoyados sobre la cocina, asintió y le hizo una seña a ella, que gateó como una mascota y se acercó a su lado. Él le acarició el pelo distraído y le dio la bandeja.

Entonces ella descubrió que le había guardado un poco: un pedacito de cereza, un bocado de carne y lo último del puré. Ella se sentó a sus pies y lo miró desde abajo con adoración. Él la miraba y estaba encantado, y por primera vez ella oyó el ruido sordo de una risa dentro de él.

Él estaba tan sorprendido como parecía: esa alegría había entrado en el señor B y había encontrado su corazón.

Un día estaban en una zona de trampas lejos de la cabaña, bien alto en la montaña. Muy por debajo de ellos, ella vio una línea que no era natural. Se extendía de una forma que la naturaleza no comprendía. Una parte antigua de su mente dijo:

"Calle".

El señor B notó que observaba la calle y por su expresión ceñuda ella entendió que no estaba contento. Cuídate, niña de nieve, o te volverá a encerrar en el sótano. Tal vez para siempre y morirás allí.

A ella no le interesaba Calle. Miró a otro lado y buscó la mano de él. Poco después él la tomó.

Esa noche él estaba enojado. Era difícil comprender por qué se enojaba; era como las tormentas que caían sobre las montañas. En un momento estaba tranquilo y al siguiente oscuro y torrencial, y caía hielo tan frío que quemaba.

La sacó del sótano a la rastra; la había dejado ahí cuando regresaron. La mesa estaba cubierta con cepos de metal. Los había abierto a todos. De pronto, ella se quedó sin saliva. Había visto cómo se cerraban las hojas, los huesos destrozados del zorro, el coyote y el delicado conejo, que sabía a césped y agujas de pino. Con la velocidad del rayo, el señor B la tomó del pelo. La acercó a uno de los cepos abiertos para que ella lo viera. Ella asintió. Le levantó una mano a la fuerza y ella la abrió como una estrella de mar suplicante. Él sostuvo la mano suave y pálida sobre una de las dentaduras de metal oxidado, para que ella supiera. Los ojos azules lo miraban desde abajo y decían: "Comprendo". Sintió que la inundaban las lágrimas y las contuvo.

Despacio, ella se soltó el pelo para que lo tocara. Él era así de sensible: como una planta ante el viento. Él absorbió su cabello y se sintió satisfecho. Sus ojos se relajaron y le soltó la mano. En ese momento, la niña de nieve supo qué hacer. Él la había hecho, ¿o no?

Se dio vuelta y antes de que él pudiera detenerla, puso la mano dentro de la trampa. El dedo se detuvo junto al gatillo de metal. Ella sostuvo la mano ahí y lo miró de frente; le dio una respuesta con los ojos. Ella estaba dispuesta a sacrificarse, a ser el animal roto en la trampa.

El señor B tenía una mirada satisfecha. Esa ofrenda le decía: "No correré. No me iré".

Los padres miraron a Naomi con los rostros llenos de miedo. Era la primera reunión de avance y Naomi no tenía nada para decirles. La madre tenía las manos apoyadas sobre las rodillas. El padre, como era típico en muchos hombres, miraba por la ventana. Estaba sentado en la mecedora de nuevo, lo más lejos posible de su esposa.

Con cuidado, Naomi les dio una idea general de lo que había hecho hasta ese momento. No mencionó los mensajes en el teléfono con el pánico de otros padres, la fila que siempre aumentaba. Entre ellas, muchas llamadas de la abogada del caso local, Danita Danforth, que inundaba las noticias.

—Le podemos pagar más... —comenzó la madre, frenética.

—No lo hago por el dinero —saltó Naomi. Luego se calmó porque sabía la angustia que estaban pasando, pero de todas formas quería que comprendieran—. A veces no descubro nada —dijo. Era la vergüenza más profunda para ella. Los peores casos eran cuando no descubría nada. Decirles a los padres que se retiraba del caso era una de las cosas más difíciles que debía hacer.

Naomi recordaba el nombre de todos los niños que no había encontrado. A veces la visitaban en sueños, con las manos abiertas en súplica y partes de la cabeza pelada donde les habían arrancado el pelo, cicatrices de quemaduras que la llenaban de remordimiento y vergüenza.

El padre se dio vuelta y la miró.

—Nosotros no nos dimos por vencidos y tampoco queremos que lo haga usted.

—¿Cuál es la mayor cantidad de tiempo que le dedicó a un caso? —espoleó la madre.

Naomi recordó y se sonrió con cariño.

—Ocho meses —respondió.

—La encontró viva, ¿no?

—Sí.

—Todos pensaban que se había perdido, pero la habían secuestrado, ¿no es cierto?

—Sí.

Se llamaba Elizabeth Wiley. Naomi recordó que casi se había dado por vencida. Elizabeth, de diez años, había desaparecido de su casa en un bosque remoto de Kentucky. La madre era artista; esa tarde dejó el horno mientras la arcilla se le secaba en las manos y se dio cuenta de que su hija no estaba en la cocina ni en la habitación; de hecho, no estaba por ningún lado.

La policía rastreó la casa en busca de más detalles y concluyó que la niña era apasionada de las flores silvestres, se había adentrado en el bosque para buscar más y se había perdido. No sería la primera vez que un niño se perdía en un bosque de Kentucky, vasto, enmarañado y a veces impenetrable.

No había signos de delito ni faltaba nada. Los diarios decían que era una tragedia y luego todos siguieron con su vida, menos la madre de Elizabeth.

Naomi trabajó en el caso durante ocho meses con diligencia sin encontrar nada. Durante semanas buscó en el bosque cerca de la casa apartada y no encontró nada más que huellas de caballos y campos de hiedra venenosa. Descartó a todos los que habían entrado en contacto con Elizabeth Wiley, desde los maestros hasta el carnicero del pueblo.

De casualidad, un día pasó con el auto por una granja de caballos abandonada y vio las filas de caballerizas silenciosas que se perdían en la niebla matutina de Kentucky; un hombre movía heno, la cara cubierta con un sarpullido.

—Por favor, siga intentando.

—Lo haré.

La madre suspiró aliviada; como siempre, Naomi sintió una punzada ante la impotencia del amor. ¿Se sentiría así si tuviera un hijo y se le hubiera perdido? Sabía que sí. Se sentiría como si la destrozaran animales salvajes. ¿Su madre se había sentido así? No había forma de saberlo.

Levantó la pila de libros que Madison había dejado sobre la mesa de la sala. El primero era uno que Naomi conocía, y le encantaba: *Silvestre y la piedra mágica*. Abajo había una colección de historias populares africanas. Luego, una colección de cuentos de hadas rusos. Naomi recorrió las páginas con el dedo y vio hermosos dibujos a color de una niña con vestido de campesina caminando por un bosque blanco.

—Le gustan los cuentos de hadas —afirmó, y la madre sonrió con alivio al escuchar el verbo en presente.

—Mi madre es rusa —respondió el padre—. Los cuentos de hadas son como la leche. Todos necesitan tener fe.

Naomi lo miró e inclinó la cabeza. La había hecho pensar en algo.

Extendió el libro de cuentos rusos.

—¿Cuál es la historia que más le gusta? —preguntó.

—Bueno, es una pregunta fácil —dijo la mamá—. Se llama *La niña de nieve.* —Hizo una pausa para recordar y Naomi se imaginó a Madison hecha rulo en su regazo y a ambas leyendo—. Trata sobre una niña hecha de nieve.

—¿Y la niña de nieve cobra vida?

La cara misma de Naomi buscaba sedienta.

—Sí, así es.

—Qué maravilla —dijo Naomi.

Se fue de la casa con el libro en la mano.

—¿Qué es eso?

Su amiga Diane le extendía una sonrisa amplia desde la puerta de su casa victoriana de colores brillantes al otro lado del río mientras Naomi se abría paso por los escalones con el libro en la mano.

—Cuentos de hadas —respondió Naomi y se inclinó hacia adelante para abrazarla.

Diane la contuvo por mucho tiempo. Naomi se derritió en sus brazos, nunca se dejaba abrazar así por nadie más.

Se habían conocido en uno de los casos de Naomi, cuando casi todo su trabajo estaba en Oregón. Antes de que se hiciera conocida, como Diane le decía en broma. Diane era psicóloga y trabajaba con niños traumados; era famosa por sus testimonios encendidos en la corte. El estado la había contratado para un caso que Naomi había resuelto; se conocieron en los bancos fuera de la sala de audiencias mientras esperaban para pasar al estrado de testigos y se hicieron amigas de inmediato.

Diane era una mujer gorda de pelo rojo fuego y los ojos verdes más brillantes que Naomi hubiera visto en su vida. Ahora tenía más de sesenta y se desenvolvía con tanta soltura que Naomi pensaba que podía ser un modelo al que seguir cuando envejeciera. Varios años antes Diane le había ofrecido a Naomi una habitación que le sobraba para que pudiera usarla como una especie de base. Naomi no solía pasar la noche, pero se sentía bien tener ese cuartito con alero lleno de cajas. Diane la aceptaba en un modo distinto a todos los demás, salvo Jerome. Cuando Naomi la visitaba, siempre estaba contenta de verla. Cuando Naomi se iba, también estaba bien; no importaba que hubieran pasado días, semanas o meses.

Las paredes de la casa estaban pintadas en colores brillantes y tranquilizadores. Había chales sobre los sillones y lámparas encendidas que iluminaban los recovecos. Las paredes estaban llenas de libros

74

y obras de arte distribuidas con cuidado. Era un hogar relajante y cálido que, al igual que Diane, lograba que Naomi se sintiera cómoda enseguida.

—Dime —le ordenó Diane desde la cocina mientras preparaba té. Sacó su fuente preferida—. Otro caso, ¿qué otra novedad?

Naomi sonrió.

—Los padres viven en este pueblo.

Diane se sumergió en el refrigerador. Fiambres, queso, un frasco pequeño de pepinillos caseros. De la despensa sacó una lonja de pan de molde, galletitas duras y un frasco de mostaza picante.

—¿Me quieres dejar de cama? —bromeó Naomi.

—Solo si llegas a la meta antes que yo. —Diane largó esa risa exquisita que tenía.

Comieron en el comedor y tomaron té mientras las bañaba la luz tenue que se colaba por las cortinas. La casa olía a limón e incienso. Naomi sintió que el corazón bajaba la velocidad y se le relajaba el cuerpo. Habló (un poco) sobre Madison y luego, cuando sintió que estaba lista, sobre la inminencia de la muerte de la señora Cottle.

—¿Te arrepientes? —preguntó Diane alegre. Hizo rápidamente un sándwich pequeño con galletitas y queso.

—Supongo que sí. Tal vez siento algo más como miedo. Y secretos.

Diane levantó las cejas.

—Jerome.

—Basta. —A Naomi le temblaba la voz. Una noche, en un momento de debilidad —o tal vez de fortaleza—, le había contado a Diane algo que temía admitirse a sí misma.

—Como tú digas —respondió Diane. Terminó su sándwich de galletita y se hizo otro.

Naomi envolvió un poco de queso con fiambre y lo comió sin saborearlo mientras esperaba la segunda pregunta. No llegó.

Diane gesticuló hacia el libro de cuentos de hadas ornamentado con bordes blancos que estaba sobre la mesa de la sala.

—¿A la niña le gustaban los cuentos de hadas?

—Le gustan los cuentos de hadas.

—La esperanza es lo último que se pierde. Pero recuerda: yerba mala nunca muere. A veces es imposible distinguirlas.

—Nadie lo sabe más que yo.

Comieron en silencio durante unos minutos. Naomi no podía evitar notar que su amiga parecía un poco decepcionada. Pensó: "Quiere que hable de Jerome. Pero me comieron la lengua los ratones. El ratón está en mi pecho, y justo afuera está el queso".

Antes de irse, echó un vistazo a su cuartito, en el piso superior: la cama armada, una hilera de piedras de Jerome en la repisa de la ventana. Tarjetas de los niños que había salvado. Sus fotos en las paredes. Una imagen hecha con crayones decía "TÚ", y una flecha señalaba una mujer sonriente junto a un niño. Sin importar dónde estaba, Naomi se sentía más tranquila al saber que esa habitación estaba ahí. Podía imaginar a una niña allí (una pequeña Naomi), durmiendo en la cama prolija, que se despierta y ve las tarjetas.

—¿Pasas la noche aquí? —preguntó Diane, que estaba tras ella y subía la escalera angosta; llevaba una pila de toallas limpias.

Naomi negó con la cabeza.

—Volveré en el auto al motel entre las montañas, volveré a empezar a primera hora de la mañana.

—El Bosque Nacional Skookum —reflexionó Diane—. ¿Sabes qué significa Skookum?

Naomi negó con la cabeza.

—Lugar peligroso —dijo Diane—. Es una palabra aborigen.

Naomi dejó atrás a su niña, calentita en la cama.

A la mañana siguiente leyó el cuento de hadas preferido de Madison sentada en un tronco caído con vistas a la cima donde la niña había desaparecido. Lo leyó en voz alta, como si Madison pudiera escucharla.

Había una vez en una antigua aldea un viejo y su esposa.

El anciano llevaba chaleco y tenía barba. La esposa siempre estaba lejos, como si no existiera. Esto le resultó interesante.

El viejo no era feliz. Quería una niña. Entonces hizo una de nieve.

Una niña perfecta hecha de nieve, con cabellos como praderas de hielo y ojos del azul más frío: una niña de nieve pequeña y bella, de pelo blanco.

—Soy la pequeña niña de nieve, me hicieron con nieve.

Naomi pensó: "Una historia de génesis: nacimiento de la nada. Naomi Sin Nombre".

La niña de nieve creció, pero descubrió que la vida siempre tiene un costo. Para los simples mortales, es la edad: el paso de las temporadas, al igual que la muerte lenta de la tierra. Los dioses y los espíritus no mueren, pero nunca pueden irse de los cielos.

El padre le dijo a la niña de nieve:

—Hay una sola cosa que no debes hacer nunca. Nunca te debes enamorar. Porque si te enamoras, tu corazón se calentará, te derretirás y morirás.

La niña de nieve creció. Un día conoció a un cazador en el bosque. El cazador tocó la flauta para ella. La niña de nieve sintió que cobraba vida. Se enamoró del cazador y su corazón se calentó. Naomi giró la última página. La niña estaba tirada sobre la nieve, las mejillas rosadas. Entonces, ¿la niña había muerto o se había hecho mortal? No quedaba claro.

El padre sabía que la había perdido y estaba angustiado.

Naomi miró las montañas solitarias e implacables. Lo más probable era que Madison no solo estuviera muerta, sino que además su cuerpo fuera irrecuperable. Pero ella no podía darse por vencida... todavía no.

Esta historia no se había terminado.

Naomi no podía olvidar el comentario del padre mientras volvía en su auto al motel esa noche: "Los cuentos de hadas son como la leche".

Durante los años que vivió en la casa adoptiva de la señora Cottle, Naomi y Jerome corrían a la biblioteca del pueblo luego de cumplir con sus tareas, llenaban de libros las bolsas de compras y volvían a casa caminando bajo el cielo lavanda y entre el aire rebosante del aroma embriagador del maíz fresco.

A Jerome le gustaban los libros de búsqueda de rocas y también leer sobre su tribu, los kalapuya. A Naomi le gustaban los cuentos de hadas.

Estaban llenos de niños que quedaban solos, otros abandonados en el bosque, asados al horno, cautivos en las torres más altas; y todos buscaban la forma de volver a casa.

"Todos necesitan tener fe": fe en que, aunque el mundo esté lleno de maldad, llegará un pretendiente y nos despertará con un beso; fe en que la niña escapará de la torre, en que el lobo grande y malo morirá e incluso en que aquellos envenenados de malicia podrán renacer con la inocencia misma de la pureza.

—Ustedes dos vivirían afuera si pudieran, ¿no? —los retó la señora Cottle.

Naomi, que seguía preocupada por las reprimendas (o algo peor, algo sin nombre), asintió con cuidado. Junto con Jerome habían hecho una carpa de mentira entre el césped, detrás de la casa. En realidad, no era una carpa. Era una manta sobre una soga sostenida con ingenio en las ramas desde ambos extremos. Y el fuego que tenían junto a ellos en realidad no era una fogata, sino un anafe de campamento hecho con una lata de café instantáneo.

La señora Cottle había salido de la cocina y se había acercado hasta allí; había pasado por la hierba y las huellas secas de las vacas que hubo en el pasado, antes de que costara más criar ganado que venderlo.

Jerome asomó la cabeza por la carpa con una sonrisa.

—No entres, señora Cottle. Me tiré un pedo.

La señora Cottle y Naomi se rieron e intercambiaron miradas cómplices. La señora Cottle se sentó sobre sus ancas.

—Bueno, entonces, ¿qué me van a hacer de cenar?

Los dos niños se miraron avergonzados. Habían planeado colarse en la casa más tarde para buscar comida, cuando la madre adoptiva no estuviera mirando.

—Hice un bife con frijoles más que bueno ahí dentro, y no hay nadie quien lo coma conmigo. —La señora Cottle parecía triste. Chasqueó los dedos—. ¡Ya sé! Es como un carro de comida.

Jerome y Naomi miraron a su alrededor. La luz de la ventana de la casa tenía un aspecto diferente. Sí, como un carro de comida parado en medio de la pradera, con un cocinero bien verdadero adentro. Ya podían sentir el aroma del bife con frijoles.

—Deberían cuidarse aquí fuera, con los indios que acechan —dijo la señora Cottle.

Jerome la miró con severidad.

—No era así, señora Cottle —le informó—. La mayoría de los nativos eran amistosos.

Ella sonrió.

—Por supuesto. Yo conozco al cocinero. Tal vez ustedes, campistas, puedan meterse y llenar los platos; después pueden traerlos y comer aquí fuera.

Jerome chilló y salió corriendo de la carpa improvisada.

—¿Quieres decir que *podemos* dormir aquí afuera?

¿Había un destello de diversión en sus ojos?

—Solo espera a que lleguen los mosquitos.

Luego de ese episodio, Jerome y ella fueron libres; no es que no hubieran sido libres antes, solo que el horizonte se había expandido y los había librado a caminar por las crestas de las montañas en busca de gemas, a acampar en el bosque. A explorar hasta que en la escuela las conversaciones no trataban de mucho más que los planes de esa tarde, de la emoción del fin de semana.

La señora Cottle tenía unas pocas reglas, pero Naomi las recordaba porque eran como lineamientos para su vida. Jerome y Naomi no debían confiar en nadie que no conocieran. E incluso si lo conocían, les advirtió, hay muy pocas personas que uno conoce *de verdad*. Nunca debían creer lo primero que alguien les decía ni dar por sentado que una placa era una placa. La señora Cottle les decía todo el tiempo que confiaran en quienes conocían y amaban.

¿Fuera de eso? Les decía: "Vayan. Vayan a explorar la vida, disfrútenla, báñense en ella y sean felices". La luz de sus ojos les decía que en algún momento su madre adoptiva había hecho justamente eso.

En invierno se enseñaban entre sí a caminar con las raquetas. En primavera nadaban y pescaban truchas, peces sol y róbalos en los ríos cercanos. En verano cosechaban arándanos y zarzas salmón y acampaban en el bosque. Con el tiempo, Jerome aprendió tiro con arco y flecha y ambos iban a cazar. A Naomi no le gustaba cazar, pero disfrutaba del sonido de los pájaros al amanecer y el gusto de los panqueques hechos en la fogata.

Y siempre (debía admitirlo) le gustaba despertarse junto a Jerome.

Esa noche, Naomi llamó a Jerome desde fuera del motel mientras observaba el sol caer tras las montañas. Las cimas cubiertas de nieve se volvieron moradas, luego lavanda y luego de un dorado profundo cautivante.

—¿Cómo está?

—Ya no falta mucho —respondió él.

La madre adoptiva ya no reconocería a Naomi. Al menos hasta que se encontraran al otro lado.

—Disculpa —dijo ella. Le habría gustado poder retroceder el tiempo y volver a cuando ella todavía tenía la oportunidad de contarle a la señora Cottle todo lo que había sentido. Más que nada, quería agradecerle por ser la única madre que conoció.

—Está bien —respondió él, y ella le creyó.

Naomi se imaginaba a Jerome parado en la casa con el teléfono viejo en su única mano, solo en kilómetros a la redonda, buscando su voz con ansiedad.

—Te llamaré cuando sea el momento —le dijo.

8

Al señor B le gustaba estar abrigado de noche. Ponía mucha leña en la cocina negra y los costados brillaban por el calor. Se sentaba en la silla junto a la cocina.

Cuando permitía que la niña de nieve saliera del sótano, ella se acostaba en la cama y lo observaba. Él se ponía tímido cuando ella lo miraba, pero ella se daba cuenta de que le gustaba.

Una noche estaba sentado en la silla y lubricaba las raquetas. Sacaba grasa del pequeño cacharro y la frotaba en las fijaciones de cuero crudo. La hacían ellos mismos con grasa de animal cocinada hasta que alcanzaba un color amarillo intenso, y el señor B volcaba un chorro de savia de árbol calentada. El elixir resultante tenía un color caoba profundo y el aroma de lo mejor del bosque: la aguja y la garra, el cielo salvaje.

La puerta abierta de la cocina soltaba sombras que corrían por las paredes. El pelo del señor B era como un bosque exótico con césped abundante, y los costados de las mejillas eran una sabana.

Él la miró.

Había momentos como ese, cuando el mundo estaba calentito y la niña de nieve no tenía miedo, aunque debía tenerlo. Ella debería haber visto el calor de la cocina y la mirada de él y debería haber tenido mucho miedo.

Pero no. Porque él tenía una mirada que ella no podía confundir.

Era una mirada con amor.

Al haber nacido de la nieve, ella sabía cosas que la gente normal no sabía. Como que el mundo era como una casa hecha de hielo, y si bien se podía ver a través de las paredes, no era necesario escuchar lo que pasaba dentro de ellas ni sentirlas. Podías observar a una persona en otra habitación hacer otra cosa. Podías sentarte en el piso de arriba de la casa, mirar hacia abajo y verte a ti misma acurrucada en una cama con el señor B.

¿Qué pasaba en esa cama? Eso era algo que los niños de otros mundos nunca podrían comprender. Los maestros les enseñaban cosas asquerosas. Como listas de verificación en la escuela que decían: "¿Alguna vez te han tocado en una parte privada?", "¿Alguna vez viste a alguien desnudo?". Esas listas no tenían sentido en el mundo de nieve. Eran como papel horrible lleno de mentiras que había que hacer pedacitos. Entre las sábanas, el señor B tenía un aroma. Era un aroma que iba del pecho a las axilas, que estaban cubiertas de vello. El pelo era suave y rizado, y se humedecía cuando él gritaba de placer a la noche. Tenía dos tetillas rojizas y una panza suave que nunca había visto el sol.

¿Y abajo de eso? Ahí es donde todos habían mentido. Todos mintieron, y la niña de nieve habría estado enojada con la gente de otros mundos, si hubiesen existido.

El señor B no quería lastimarla, ella se daba cuenta de eso. Él quería la calidez y el misterio de su cuerpo. Él quería sentirse bien. Y no sabía cómo.

Ella se daba cuenta de que el señor B llevaba la sombra de un recuerdo; él no comprendía que podía ser de otro modo. Ella tenía la labor de mostrarle. Después de todo, ella era luz, perfección y un cuerpo construido con aire y escarcha. Cuando se miraba desde la habitación más alta, en la cima del castillo de hielo, nada de lo que podía hacer estaba mal.

Había una vez una niña llamada Madison, que amaba tanto los cuentos de hadas que pensó que podían ser reales.

Una de sus fábulas preferidas era un cuento popular africano llamado *El mechón de cola de vaca*. Era algo así:

En el borde del bosque de Liberia estaba la aldea de Kundi. Y en la aldea vivía un hombre llamado Ogaloussa.

Una mañana, Ogaloussa salió de la aldea con sus armas para ir a cazar y no volvió. Luego de un tiempo, la gente ya no hablaba de él. Pero su hijo no se olvidó. Todos los días salía al campo y llamaba a su padre. Al final, los aldeanos entraron en el bosque y encontraron los huesos de Ogaloussa. Los cubrieron con su ropa y sus armas.

Ogaloussa se levantó de la muerte y volvió a la vida. Al volver a la aldea, llevaba puesto un hermoso mechón de cola de vaca.

Todos lo querían y argumentaban que se lo merecían porque habían encontrado sus huesos.

Pero Ogaloussa entregó el mechón a su hijo.

—Se lo daré al que me llamó —dijo.

Desde ese entonces, la gente dice: "Un hombre no muere hasta que se lo olvida".

La niña de nieve deseaba que eso fuera verdad.

—Buscadora de niños. —Lucius Winfield, el detective de la policía estatal de Oregón, sonrió.

Naomi cerró la puerta tras ella y ante la señal de la mano grande y marrón tomó la silla al otro lado del escritorio.

Por la ventana de la oficina se veía el pueblo cubierto por una niebla espesa. Desde allí, Naomi podía ver la parte del pueblo donde vivían los Culver y, al otro lado del río, el barrio de su amiga Diane. Mucho más lejos estaban las montañas cubiertas de blanco donde se había perdido Madison. Incluso podía distinguir la ruta que tomó la familia Culver desde la casa modesta y que se alejaba del pueblo serpenteando. ¿Cuántas veces se habrían arrepentido de ese día?

—¿Tiene uno de mis casos de nuevo? —preguntó impasible.

A Naomi le caía bien el detective Winfield: tenía un aire de pulcritud, desde la plata de su cabello suave y natural hasta el gran anillo de graduación en la mano. A lo largo de los años, habían trabajado juntos varias veces.

—La niña Culver —respondió ella.

—Ah, sí. Pobrecita.

Las paredes de su oficina no estaban cubiertas de reconocimientos, sino de placas en honor a sus acciones de caridad preferidas. No se notaba que lo consideraran uno de los mejores oficiales de respuesta a suicidios del país. En el ámbito los llamaban "los conversadores de cornisas". Cuando no estaba convenciendo a algún adolescente sobre un puente o a un hombre angustiado con armas en la puerta de la casa, el detective Winfield, de cincuenta y seis años, trabajaba en casos de niños desaparecidos. En un caso como el de Madison Culver, la búsqueda física había sido efectuada por otro organismo, por lo que él debía investigar a los padres y a otros sospechosos.

—Ese matrimonio es buena gente —dijo él. Su voz era grave y relajante—. No les encontré nada.

—Cuénteme sobre ellos —dijo Naomi y se reclinó sobre el respaldo de la silla.

—Bueno, como usted diga, mandona. El padre... ¿cómo se llamaba? James Culver. Profesor de matemática: auxiliar, si no me equivoco. Puedo buscar los informes. Nada sospechoso. Algunas multas por exceso de velocidad, nada más. Más limpio que un espejo. Se casaron jóvenes, pero parecía una buena relación. Kristina Culver: una puritana, pero me cayó bien.

Naomi sonrió un poco por dentro. Que Winfield dijera que alguien era puritano era una ironía. Él era un bautista devoto que llevaba a su madre a la iglesia todos los domingos... dos veces.

—¿A qué se refiere?

—Bueno, ya sabe. Le cortaba las uvas por la mitad a la hija, todo orgánico... ese tipo de cosas que no sucederían si hubieran tenido más hijos. Además, parece que estaban intentando. Pero todo esto frenó esos planes.

—¿Los descartó? —preguntó ella de forma enfática.

—Por supuesto. De verdad no encontré motivos para que abandonaran a su hija en el bosque de esa forma. No tenían razones para hacerlo. Parecían destrozados por lo que pasó. Además, son el tipo de personas que, de haber tenido una mínima sospecha, habrían comenzado a acusarse. Como dije, buena gente, y no había ni un atisbo de duda entre sus familiares y amigos. Usted sabe cómo sale a la luz a toda voz con el tiempo. O tal vez solo con un susurro, pero podemos oírlo.

Naomi asintió.

—Gracias.

El detective Winfield estudió a la joven que estaba al otro lado de su escritorio. La Buscadora de niños entraba y salía de su vida como una clave. A pesar de que la conocía desde hacía casi diez años, la realidad es que no sabía nada sobre ella. Si bien era amable y tenía esa gran sonrisa, no delataba nada sobre sí misma.

Los esfuerzos débiles que dedicó a satisfacer su curiosidad habían sido rechazados no con frialdad, sino con una concentración exclusiva en sus casos. Sin embargo, podía sentir algo muy vulnerable en Naomi. Era una parte de ella que se comunicaba directamente con su alma.

No por nada era un conversador de cornisas.

—No me puedo imaginar cómo debe ser —dijo él con suavidad, y observó su reacción.

En efecto, Naomi pestañeó. Por un momento él creyó ver una sombra en su cara: ella lo sabía por motivos que iban mucho más allá de su trabajo.

Estaba bien. En el mundo de Winfield, todo era muy personal.

Se levantó para abrirle la puerta.

—Cuídese ahí afuera. Nada de perros calientes.

Esa sonrisa partía la cara en dos.

Era un chiste interno de una vez que Naomi se había expuesto a un peligro. En esa ocasión él se puso furioso por el miedo y le dijo de todo porque ella había entrado caminando alegremente a un club de la pandilla Gypsy Joker Motorcycle en busca de un niño perdido. Le dijo que era un perro caliente, el peor insulto que se le pudo ocurrir. Naomi se había quedado parada con paciencia en la vereda a medianoche bajo la lluvia, con el niño abrigado y seguro en el asiento trasero del auto de él, envuelto en un poncho. Al día siguiente, fue a trabajar y encontró un paquete lleno de perros calientes sobre su escritorio.

Y así como si nada, ella había desaparecido de nuevo.

En la puerta de la oficina de la policía estatal, bajo un día soleado y frío y con el aroma de las flores de cerezo en el aire, Naomi vaciló. Debía responder al caso de Danita Danforth. No sabía cuándo podría volver a Oregón, y la mujer estaba en la cárcel en ese mismo pueblo. El caso era muy reciente: la niña había desaparecido hacía apenas un mes. Era uno de esos casos en que un día podía hacer una diferencia. Naomi no tenía requisitos para los casos que tomaba: no había fronteras que no estuviera dispuesta a cruzar ni factores económicos, historias familiares o ningún otro motivo por el que pudiera rechazar un caso de un niño desaparecido.

Ella pensaba que no era culpa del niño si los padres eran demasiado pobres como para pagar, si tenían antecedentes o si ellos mismos eran los sospechosos. Como Danita Danforth.

Había estado evitando el caso no porque la madre de la niña desaparecida, Danita, fuera la acusada, ni porque parecía ser culpable, ni porque el caso seguía abierto y activo y Naomi sospechaba que al detective Winfield no le habría gustado que ella interviniera, ni porque no había dinero, solo súplicas de la defensora pública de la madre, que era persistente y estaba muy nerviosa.

Evitaba el caso porque tenía miedo de que su intuición fuera correcta.

—Yo trato de trabajar en un solo caso por vez —le dijo a Danita sobre la mesa de la sala de visitas de la cárcel a la que fue con la abogada, una joven seria con una franja plateada brillante y temprana en el pelo y algunas pecas.

Danita parecía drenada de energía. La piel estaba cenicienta, los ojos apagados. El pelo negro estaba desordenado; tenía ese olor a cárcel, mezcla entre lavandina y olor corporal. Sin maquillaje, sin afeitadoras, sin pinzas de depilar. La madre joven parecía hinchada, infeliz, desmoralizada.

La prensa la había convencido antes de que el abogado del distrito la demandara. Naomi sabía que no había muchas posibilidades. Danita era pobre, joven y negra. Vivía con su abuela en una casa deteriorada en la parte fea del pueblo, donde trabajaba de custodia a la noche. Los medios anunciaron a toda voz que tenía antecedentes.

Baby Danforth (se llamaba así)[3] había desaparecido hacía poco más de un mes, un día frío de febrero. Danita dijo que una madrugada neblinosa había vuelto de trabajar el turno noche. La cuna junto a la cama estaba vacía. La abuela dormía en paz en el sofá. No había signos de que hubieran forzado la entrada. La policía había buscado huellas dactilares y había dado vuelta la casa.

Lo único que faltaba era la beba.

La abuela dijo que la noche anterior había vuelto de la clase de Biblia y había encontrado la casa vacía. Pensó que Danita había llevado a la niña al trabajo —cosa que hacía a veces, a pesar de que no debía hacerlo—. La policía se concentró en Danita. Sus historias cambiaban todo el tiempo. Se había despedido de la niña con un beso antes de irse. No, la niña estaba dormida. No, llevó a la niña al médico. No, un hombre desconocido la había seguido. No, eran tres hombres desconocidos, y uno tenía bigote.

Las cosas empeoraron cuando Danita no pasó una prueba de polígrafo y luego otra. Se volvió agresiva con la policía y tuvo una rabieta perturbadora en el juzgado. Si la culpa tenía un rostro, era el aspecto glacial y de locura que tenía Danita Danforth ante la lente de una cámara.

—Estoy convencida de que es inocente —dijo la defensora pública mientras Naomi estudiaba a Danita.

—Preferiría escucharlo de su voz —respondió Naomi con suavidad.

—Hay un motivo por el que no pasó...

—Shhh. —Naomi se inclinó hacia adelante—. Danita.

---

3 *Baby* significa bebé en inglés (N. de la T.).

Danita le clavó una mirada desinflada. Esa mirada le decía a Naomi: "Perdí a mi hija. ¿Qué más harás?".

Naomi no le preguntó si era culpable. Tampoco le preguntó qué había hecho con su bebé. Le preguntó lo único que importaba:

—Danita, ¿quieres que tu bebé vuelva a casa?

Danita se despertó. Los ojos grandes y marrones se le llenaron de lágrimas; las manos, rodeadas de cadenas, golpearon la mesa. Las piernas empezaron a correr en el lugar. Estaba corriendo hacia su bebé (Naomi veía la imagen en su mente), la levantaba, gritaba de alegría, la llenaba de besos.

Naomi se dirigió a la abogada.

—Tomaré el caso.

Fuera de la cárcel y ante la sonrisa de la abogada, Naomi preguntó:

—¿Cómo se enteró sobre mí?

A veces la respuesta daba mucha información. La familia Culver había llegado con investigación: el padre había encontrado su nombre en algunos artículos sobre niños desaparecidos que fueron encontrados. Otras veces, la recomendaban los oficiales de policía; también había más de una red de padres angustiados y aterrorizados que se pasaban su nombre. Naomi no se publicitaba. Había trabajo más que suficiente que le llegaba por el boca a boca.

La defensora pública dejó de sonreír.

—Venga a mi oficina y le diré.

La firma defensora de gente sin recursos era tal como Naomi había esperado: los cubículos formaban una especie de laberinto de ratas con olor a comida rápida y estaban poblados de caras jóvenes y entusiastas. Con solo caminar por ahí se sintió mejor.

La abogada tenía una oficina pequeña sin ventanas, llena de ropa para la corte tirada sobre sillas, montañas de carpetas y expedientes de casos. Sobre su escritorio había una cita: "Ten cuidado con lo que deseas. Se puede hacer realidad".

—Nunca me gustó esa historia —dijo Naomi.

—¿Qué historia? —preguntó la abogada, suspiró al apoyar la cartera pesada de expedientes y rotó los hombros.

—*La pata de mono*. Esa cita es de algunas versiones de la historia. La esposa desea que vuelva el hijo muerto, pero cuando el esposo escucha que el hijo golpea la puerta, pide el tercer y último deseo y pierden al hijo para siempre. ¿Quién haría algo así?

La abogada se dejó caer en una silla y le señaló la otra a Naomi.

—Tal vez alguien que tiene miedo de los fantasmas.

—Los fantasmas son solo muertos que no encontramos —respondió Naomi.

—Usted me cae bien. —La otra mujer sonrió y Naomi sintió un tirón de amistad—. Me preguntó cómo me enteré sobre usted. Su nombre es conocido por aquí.

—Ah, ¿sí?

No se le había ocurrido a Naomi: los abogados de la firma representaban a personas que habían secuestrado niños. Luego de encontrarlos, consideraba el caso cerrado, a menos que la llamaran para declarar. Cuando terminaba, no pensaba en qué ocurría con los secuestradores y pedófilos. Siempre pasaba al caso siguiente. Tenía que ser así. De lo contrario, se le llenaría el alma de veneno. No quería saber sobre las veces que eran absueltos, sentenciados ni ninguna otra cosa.

—Pero no somos malos. —La abogada suspiró y se quitó los zapatos. Encogió los dedos de los pies, llevaba puestas medias de nylon—. Piense que somos defensores de la igualdad de oportunidades.

—Yo encuentro la igualdad de oportunidades —respondió Naomi.

—En ese caso, nos llevaremos bien.

—Pero yo podría encontrar algo que diga que es culpable, y de ser así, no voy a mantener el secreto.

La abogada la miró a los ojos. El mechón plateado verdadero le cayó sobre la frente.

—No creo que encuentre nada. Pero de ser así... tomaré el riesgo.

Esa noche, Naomi apenas estaba llegando al motel luego del viaje largo desde la ciudad cuando vio una camioneta verde y destruida estacionada afuera que se le hizo conocida: el guarda del Bosque Nacional Skookum, Dave.

El guarda estaba apoyado contra su camioneta; parecía que la estaba esperando. Cuando se le acercó, tenía un aire extraño de timidez.

—¿Cómo supiste dónde me hospedo? —No sonó muy amistosa.

—¿Dónde más podrías estar?

Ella miró a su alrededor. Él tenía razón.

—¿Te puedo invitar a cenar?

Ella lanzó una mirada significativa al anillo de su dedo.

—Soy viudo —dijo él mientras giraba el anillo con arrepentimiento—. Perdí a mi esposa en el bosque.

Cenaron en un restaurante que Naomi ni sabía que existía, en la base de las montañas, en una casa secreta cubierta de hiedra. El estacionamiento estaba lleno de barro y de autos.

El lugar estaba atiborrado de gente. El dueño saludó a Dave como si fuera su primo.

No había menú. El dueño llevó una garrafa con vino blanco fresco y desapareció tras la cortina que tapaba la cocina. Naomi miró a su alrededor y vio a la empleada del caserío. Ella la saludó con efusividad. Llevaba un vestido floreado brillante y estaba sentada con uno de los hermanos Murphy más grandes; él miró a Naomi con desconfianza. Se dio vuelta y le preguntó algo a la empleada; ella miró a Naomi y susurró algo en el oído de él.

Naomi tomó un sorbo de vino.

El dueño volvió con un plato de pollo con olor a ajo y limón y pedazos de papas. Había una ensalada y un plato de porotos; si bien todos los ingredientes se podían conseguir en el supermercado local, fue una de las comidas más sabrosas que Naomi había comido en su vida.

—Te pido disculpas por haberle dicho a Earl Strikes —dijo Dave—. Pasé por su tienda y él me contó que no parecías muy satisfecha, son sus palabras. No tenía por qué decirle.

—Eso es cierto.

—¿Siempre eres así de difícil?

Ella bajó la mirada.

—Un hombre me dijo que soy como un caballo de carreras con anteojeras cuando busco un niño.

—Y seguro que siempre estás buscando niños.

—Sí.

Comieron en silencio durante algunos minutos y el guarda parecía cada vez más frustrado. Naomi se dio cuenta de que tal vez él quería que fuera una cena romántica. Seguro se sentía solo, ahí arriba en la estación. Se sintió mal por él. Ella nunca se sentía cómoda con los hombres, salvo con Jerome. Su mente descartó ese pensamiento.

—Cuéntame sobre tu esposa —dijo.

—Ah.

Dejó de comer y se limpió la boca. Sus ojos encontraron comprensión. Su esposa había desaparecido y Naomi podía entenderlo. Él pensó que su sentimiento de empatía solo pasaba por eso.

—Estuvimos casados solo dos años —comenzó—. Éramos guardas juntos; fue algo hermoso, a decir verdad. Nos encantaba trepar y caminar y todo lo relacionado con el aire libre. Sarah era valiente e inteligente. Te habría caído bien.

Sarah. Naomi recordó el folleto en la pared, colocado en el centro: la mujer joven con ojos hermosos que se había perdido diez años atrás.

—Ella había recorrido el Sendero Macizo del Pacífico, había conquistado más cimas de las que te puedes imaginar —continuó—. Nunca conocí un guarda mejor. —Se detuvo y la observó—. No debería hablar sobre mi esposa muerta. Esta es mi primera cita en diez años.

—Dijiste que está muerta, pero el folleto dice que desapareció.

—Está muerta. Lo sé. —En sus ojos aparecieron lágrimas—. Ese otoño comenzó con los dolores de cabeza. Bajamos al pueblo, fuimos a los mejores hospitales y buscamos segundas y terceras opiniones. Ya era muy tarde. Era cáncer; veloz, imposible de operar, terminal. Dijeron que solo era cuestión de que se sintiera cómoda.

—¿Cómo la hiciste sentir cómoda?

—No quería morir en un hospital. Entonces volvimos a la estación y arreglamos el departamento para ella. Decayó a toda velocidad. Pero no esperó hasta perder toda la fuerza. Un día volví de controlar las rutas justo antes de una tormenta grande y la cama estaba vacía. Había una nota. No decía adónde iba y decía que no la siguiera, que quería morir recostada sobre la mejilla de Dios. Nunca la encontré.

—¿Es por eso por lo que te quedas aquí, para buscar a los desaparecidos? —preguntó Naomi. Su voz había vuelto al tono neutral.

—No. —Atravesó un pedazo de lechuga con el tenedor y siguió comiendo mientras le sonreía—. Me quedo porque me encanta el trabajo. Aquí me acuerdo de Sarah. Tengo miedo de olvidarme de ella si me voy.

Esa noche, mientras volvía a su habitación luego de recibir del guarda Dave un beso diminuto y casto en la mejilla, Naomi pensó en esas palabras. Era curioso: cuando llegaba el día siguiente, algunas personas se quedaban y otras se iban.

Naomi corría en sueños. Sentía los pies golpear contra el suelo negro y húmedo. Estaba dejando atrás el nombre falso, estaba lista para desecharlo como la ropa raída que le obligaban a ponerse, la sensación enfermiza de la seda y el encaje sucio. Corría mucho y la respiración se convirtió en un jadeo caliente en la garganta. Ver el bosque frente a ella. Estaba en un campo. El suelo suave cedía bajo sus pies, olía el estiércol y la bondad.

Habían trepado por el túnel y habían encontrado eso: aire. Y esperanza. "Corre", había suspirado Naomi mientras tomaba la delantera. "¡Corre!". Se detuvo. La luna era una figura fina al otro lado del bosque. Percibió un aroma distante muy conocido, pero olvidado.

Humo de leña.

El humo significaba fuego al aire libre y el fuego al aire libre significaba gente. ¡La gente significaba ayuda!

Se detuvo. Se dio vuelta, estiró la mano y...

Naomi se despertó con un alarido. Lo oyó resonar en la habitación antes de que pudiera retenerlo en la garganta. De una habitación adjunta escuchó un insulto y un grito:

—¿Qué fue eso? —preguntó alguien.

Naomi pensó: "Yo, nada más"; se secó la cara con las manos y sintió el charco de sudor alrededor de las piernas, que seguían abiertas.

"Yo, nada más; soñaba el sueño más grande de todos".

—Si no te acuerdas de antes, ¿cómo sabes que te llamas Naomi? —le preguntaba Jerome con la franqueza de la juventud.

—Simplemente lo sé —respondía ella con el ceño fruncido mientras cumplían con sus tareas (que en realidad era trabajo y ella disfrutaba): arreglar cercas en desuso para el día en que volviera el ganado, limpiar canaletas, cosechar cestas de manzanas de los árboles nudosos en la pradera, ayudar a cocinar y enlatar kilos de manteca de manzana, salsa de manzana, relleno para torta de manzana.

—¿Estás segura de que no lo recuerdas? —Jerome preguntaba después, mientras perseguían al pony que se había escapado de alguna hacienda y vivía en las colinas, salvaje como un jabalí.

Los años pasaban y Jerome siempre hacía la misma pregunta.

—Solo sé que es mi nombre —había dicho el año en que tenían trece y volvían de acampar en el bosque. Más tarde, Naomi se miró la cara en el espejo sobre el tocador de la señora Cottle y observó el color miel de sus ojos y la piel clara. ¿Quién eres, Naomi Sin Nombre?

—Yo creo que es un lindo nombre —decía Jerome cuando estaban en el secundario, todos juntos en el mismo granero blanco de una escuela comunitaria donde habían ido siempre, y también cuando estudiaban juntos para los exámenes. Naomi no podía evitar notar que Jerome nunca tenía novia. Del mismo modo en que ella nunca se había fijado en otros chicos.

—Es que se siente correcto —dijo Naomi el verano cuando tenían catorce mientras se tomaban de la mano, saltaban de las rocas altas hacia el pozo de nado del arroyo y sentían el agua inflar los pantalones cortos; Jerome se hacía cada vez más alto que ella, y ella podía ver sus muslos musculosos bajo el agua y cómo tocaban los suyos, como la seda. Sentir que la rodeaba con los brazos desde atrás cuando bromeaba, la calidez...

—¿Sabes qué significa? —preguntó meses más tarde mientras estudiaba el manual del conductor para obtener la licencia temprana y poder conducir un tractor; de pronto, las manos sobre el papel áspero eran las de un hombre.

—¿Por qué te importa tanto mi nombre? —preguntó ella.

—Porque es tu nombre, tonta.

—La señora Cottle dice que es de la Biblia —dijo él el año que tuvieron dieciséis, apoyado sobre una cerca mientras ella le daba un frasco de limonada fresca saborizada con hojas de frambuesa.

—Significa "mi delicia" —agregó Jerome más tarde cuando visitaban las piedras y él tomó una para ella, con los ojos llenos de amor.

—Igual no me acuerdo de nada más —dijo Naomi.

—Es probable que alguien estuviera muy contento de tenerte.

Naomi descubrió que con el tiempo debes tener un nombre legal, aunque no sepas quién eres. Se convirtió oficialmente en hija adoptiva, y como no tenía nombre legal, se convirtió (en los papeles) en Naomi Cottle.

Pero ella no se adaptaba a ese nombre completo y le daba vergüenza. Había otro; en la profundidad de su mente lo sabía. Pero no sabía cuál era.

Naomi sabía que algunos huérfanos se adaptaban a su nuevo nombre como pez en el agua, y por fin podían respirar en paz. Una vez, al descubrir una red de pornografía infantil, encontró a una niña que nadie había identificado. La policía la llamó Número 9, porque era la novena niña sin nombre que habían encontrado a lo largo de los años. Se emitieron publicaciones en diarios y segmentos en noticieros de la televisión; nadie se acercaba a buscarla.

Naomi la siguió al igual que con todos los niños que encontraba. La niña fue acogida por unos padres adoptivos amables, no muy distintos a la señora Cottle. Con tristeza le contaron a Naomi que el primer año que la tuvieron solo podían ponerle overoles que se abotonaban atrás. Si no lo hacían, se quitaba la ropa cada vez que veía a un hombre desconocido. Con orgullo en los ojos, le contaron que con el tiempo había aprendido a no hacerlo. Cuando la adoptaron, Número 9 eligió su nombre de un libro de astrología que tenía la mamá adoptiva.

—Yo soy Libra —insistía, y así se convirtió en Libra Jones, uno de los nombres más eufónicos que Naomi había escuchado.

Libra Jones había muerto unos años antes. No fue la pena ni un suicidio latente (Naomi había visto más de uno de esos), sino por las cosas de la vida. Había contraído leucemia aguda. Naomi la visitó en el final.

La cara estaba pálida, pero brillaba. Los ojos grandes se posaron en su Buscadora. Los padres adoptivos estaban ahí y la mamá se aferraba al libro tonto de astrología.

—Yo soy Libra —le había dicho a la familia con tranquilidad, con orgullo feroz, antes de morir. Naomi no entendía el vacío que sintió en ese momento. Salió de la habitación más destrozada que nunca.

Pero ahora, acostada sobre la cama húmeda, se dio cuenta de que el gran sueño le devolvía fragmentos de su memoria. Antes, solo tenía pistas difusas; ahora estaban tomando forma. Se preguntó si le pasaba por Jerome y por la promesa de respuestas en sus ojos. O tal vez era por Madison, una niña igual a ella que corría sola en el bosque milagroso.

Una vez, muchos años antes de que llegara la niña, B había visto un auto salir del estacionamiento lleno de nieve de la tienda. Había visto salir a una familia (madre, padre y un hijo joven en el asiento de atrás). El niño en la ventanilla de atrás se fue volando y nunca lo volvió a ver. B no supo por qué se sintió tan triste. Luego llegó la niña y le pareció que no todo estaba perdido. Él también volvió a ser como un niño: salvaje, libre, lleno de esperanza.

B había notado que la luna despertaba al sol y esos dos (como primos pálidos) nunca se veían. Incluso en los días más optimistas la luna apenas podía espiar al sol desde un cielo distante.

B pensaba que él mismo era así. Una parte secreta de él añoraba el sol. Pero él era la luna y espiaba desde lejos. Ambos salían y se ponían, salían y se ponían, y nunca se encontraban, solo se podían mirar de lejos con nostalgia. El paso dulce de los días no le demostraba lo contrario. Ellos le decían que siempre sería igual.

En verano, la nieve se despejaba de forma alarmante en las zonas más bajas, pero en la altura los abetos se mantenían mortales y solitarios, cubiertos de montículos de hielo. El cedro sacudía las ramas. En algunos pocos sectores había nogales. El aceite mismo de las nueces peladas calentaba el aire y hacía que el césped de abajo se sonrojara.

Todas estas cosas existían antes de que llegara la niña. Pero ahora eran reales.

9

La niña de nieve quería una boda. Para estar casado tiene que haber una boda, ¿o no? En su segundo año como niña de nieve, las cosas con el señor B iban bien. Él era sabio y amable cuando no se enojaba con ella. Le enseñó todo sobre los animales del bosque. Le mostró cómo usaban el pelo de las orejas y del bigote para sentir en la oscuridad. El mundo era un lugar hermoso y el señor B estaba a cargo.

En las profundidades del silencio del invierno, los alces no se movían bajo los árboles y sus propias astas parecían ramas. Cuando comían, los ciervos se sacudían la nieve de las ancas. Ella se preguntaba por qué el señor B no compraba un arma y les disparaba a esos animales. Podrían comer mucho tiempo con un solo ciervo. Decidió que tenía algo que ver con el ruido. No quería sentir el sonido, del mismo modo en que no le gustaba que ella moviera la boca. Arruinaba el silencio.

También había otra cosa. La niña de nieve lo comprendía de una forma que tal vez ni siquiera el señor B lo veía. Una persona podría cazar animales en silencio en ese lugar durante siglos y nadie se enteraría. Pero con un solo disparo, podrían revelarse al mundo. Podrían llegar desconocidos y era importante que eso no sucediera. El señor B no quería que nadie de afuera entrara en la tierra donde ella había sido creada. Ella era demasiado especial para eso.

Ese invierno la nieve cayó sin cesar, y a veces había tormentas que los dejaban encerrados durante días. Si bien ese era el clima ideal, la niña de nieve sentía una pena evidente. Cuando la nieve terminó, el señor B la llevó afuera en una ceremonia. Se detuvo no muy lejos de la cabaña y señaló un abeto bebé, pequeño y de forma perfecta. Luego, le mostró que tenía un serrucho en el cinturón. Ella no comprendió por qué, pero le dieron ganas de llorar.

Arrastraron el árbol hasta la cabaña. El señor B clavó dos ramas en el suelo para que quedara parado. Lo puso ahí mismo, en el medio de la habitación.

La niña de nieve hizo un regalo. Hizo un dibujo en un pedazo viejo de cedro con un pedacito de lápiz viejo que encontró bajo el lavamanos. Decoró el árbol con bayas rojas del bosque y pedacitos de tela que encontró en la cabaña. El señor B tenía esa mirada asustada y enojada, como si quisiera pegarle. Ella apoyó su mano sobre el pecho de él para calmarlo. Él sonrió y preparó un gran guiso con los conejos que habían atrapado. La sangre corrió por la tabla de corte, y ella apoyó la mano encima; cuando él la vio, le lamió los dedos hasta dejarlos limpios.

¿Conoces los números? La niña de nieve conocía los números.

El número uno era así: 1. ¿Ves la corona de nieve encima? Eso significa uno. El número dos era así: 2. Si lo escribes elegante, con un rulo abajo, tiene dos puntas, una arriba y una abajo.

Con el tres es lo mismo, solo que es como un hombre alto que no tiene fin: 3. También puedes contar las puntas y suman lo mismo. Tres.

Cuatro. ¡Mira eso! 4. Cuenta las puntas. Un cuatro abierto apunta al cielo, pero hasta los cuatro cerrados tienen las mismas cuatro puntas de estrella. Uno, dos, tres, cuatro.

Cinco. Sigue del mismo modo: 5. Tienes que agregar una estrella en la pancita para agregar una punta, y tienes cinco.

En lo profundo de la cueva, donde quedaba encerrada cuando el señor B se iba, la niña de nieve dibujaba números y contaba con éxtasis. Uno, dos, tres, cuatro, cinco. En la figura que se llamaba MAMI dibujó una soga, se paró sobre el barro y comenzó a saltar. Uno, dos, tres, cuatro, cinco.

En su cabeza comenzó a sonar una canción de cuna, y la escuchó tan fuerte como una música, tan clara como las voces en el patio de juegos. "A la tijereta que se abre y se cierra, se abre y se cierra".

Los ecos de un patio, las niñas más grandes cantan cosas misteriosas que tú anhelas. Trenzas y piel, todas con las piernas flexionadas, levantando...

"Que toca el cielo, que toca la tierra".

La niña de nieve saltaba y movía las manos mientras la soga invisible se elevaba cada vez más.

"Da la media vuelta y sale para afuera. Viuda, casada, soltera, enamorada, con hijos, sin hijos no puede vivir. Con uno, dos, tres, cuatro, cinco, seis".

Y la niña de nieve contaba y saltaba.

El museo histórico dentro de la municipalidad era poco más grande que una moneda: un cuadrado hecho con paredes móviles armado en un rincón, cerca de la oficina de administración de tierras. En el frente había una mesa cubierta con una serie de panfletos distribuidos con cuidado, intactos. Junto a ella había una caja grande de cartón. Alguien había escrito "Caridad - no se roben esta" con marcador en un costado.

En el interior, el museo solo tenía unas pocas exhibiciones: un modelo de un motor para cortar leña, una pequeña bandeja de tamiz (Naomi pensó en el pobre de Robert Claymore con una punzada), sierras antiguas para madera, trampas de caza y un rollo de diarios viejos que colgaban de un carrete. Frente a eso había un pequeño lector de microfichas y una silla de mala muerte junto a un fichero de metal con etiquetas prolijas y secuencias alfabéticas. Las paredes eran finas como papel y tenían fotos dobladas colgadas. Todo tenía una capa de polvo importante.

Naomi estudió las fotografías de la pared. Estaban en blanco y negro, como si los historiadores se hubieran olvidado de la región para cuando llegó la fotografía a color. Había un explorador antiguo en una cueva de hielo de un glaciar y un grupo de leñadores parados junto a la base de un cedro monstruoso que los hacía ver diminutos. Figuraban algunos de los primeros colonos, entre ellos el clan Murphy, prolíficos y con aspecto de indigentes fuera del extenso rancho.

Se detuvo frente a una foto de un hombre alto con hombros robustos, el ceño fruncido y barba negra larga, parado frente a una tienda recién construida. Al pie decía "Desmond Strikes". Junto a él había otra foto. Se llamaba "Los días del comercio de pieles". Era en la misma tienda, una buena década más tarde. Un hombre con traje y sombrero estaba parado fuera del local, rodeado de pilas de pieles. Sin duda, era un comprador. Alrededor había varios cazadores; algunos fumaban.

Naomi había hecho la tarea: como le había dicho la empleada, el comercio de pieles estaba muerto o casi muerto en gran parte del país, pero en Oregón seguía activo. En Rusia había demanda de pieles de Oregón, tan grande como para que se regulara la caza con trampas. Algunos animales, como la nutria, casi no tenían valor, pero otros, como las hermosas martas, eran muy buscados y estaban en peligro de extinción.

Había muy poca supervisión. El estado era demasiado grande y los bosques demasiado salvajes como para que los oficiales pudieran apresar a la mayoría de los cazadores furtivos. Pensó en las pilas de pieles en la tienda de Strikes.

Había un cazador en el fondo de la foto. Los ojos de Naomi se posaron en él y tuvo la sensación intensa de que lo reconocía: "Ah. Ahí estás de nuevo".

Naomi no recordaba cuántos años estuvo atrapada (años enteros en blanco como el cielo vacío), pero eso no es lo mismo que no tener recuerdos.

La memoria era incongruente. Era la sensación olvidada de un roce que de alguna forma volvía en una manzana. Era el aroma al pasar por una casa desconocida mientras cocinaban la cena que de pronto te inundaba de anhelo.

Durante muchísimo tiempo pensó que *debería* recordar. Pero una vez, mientras estaba acurrucada en la casa de Diane luego de una gripe fuerte, le confesó sus preocupaciones. Diane le dijo:

—Lo recordarás cuando estés lista.

Naomi tomaba té con limón y le dolía la garganta. Le preguntó:

—¿Y si nunca estoy lista?

—Eso también está bien —respondió Diane—. Deja de pensar que tienes que saber todo para comprenderlo.

Naomi había tratado de encontrar paz con esa noción. Si lo que le había ocurrido era demasiado espantoso para recordarlo, entonces Dios lo había querido así. Él guardaría esos artefactos por ella en el cielo, para enviarlos al infierno.

Pero, aun así, ella sabía que, en algún lugar, bajo el luto profundo de su vida, sí recordaba, y eso la atormentaba. Una vez, al levantar a una niña de tres años de los brazos muertos del pedófilo que la había secuestrado, la había atacado una sensación repentina. El aroma dulce del pelo de la niña, la sensación de la piel cálida, la forma en que se dio vuelta y se estrechó contra Naomi, como si buscara consuelo en ella naturalmente; todo eso la hizo sentir como si hubiera caído en un vórtice y estuviera retrocediendo en el tiempo a toda velocidad. Se tuvo que sentar mientras seguía aferrada a la niña, hasta que se recuperó.

Cada niño que encontraba era una molécula, una parte de sí misma que permanecía en el mundo siniestro que había dejado atrás. Con el tiempo, todos se unirían y formarían un ser tejido y triunfal. Sus acciones le decían: "No nos han olvidado. No nos dejarás de lado".

La colección de microfichas resultaron ser copias dobladas de un antiguo diario local, el *Skookum Challenge*, que se había dejado de publicar hacía décadas. Naomi se sintió hechizada enseguida con las historias anticuadas ("La Sra. Hornbuckle promete que el recital de esta Navidad será muy alegre") y los precios desactualizados.

Cortó la tarea para ir a buscar una taza de café y una torta recién hecha en la panadería y luego volvió. Afuera, el cielo estaba de color gris topo. Podía oler el hielo en el aire.

Avalanchas anunciadas de forma casual, felicitaciones al primer niño del año y más anuncios de muertes que de nacimientos. Muchos obituarios con la frase común: "Murió en el bosque". Naomi había pasado bastante tiempo en Oregón para saber que eso significaba "se accidentó mientras talaba". El descubrimiento de una criatura congelada en el hielo con la siguiente corrección: "Lectores, era 28 de diciembre; la broma no salió bien, y por eso les pedimos disculpas".

Leyó hasta que le empezó a doler la cabeza, pero no encontró mucho sobre los cazadores de trampa ni dónde escondían sus cabañas. Al igual que muchos otros cazadores, habían aprendido a evitar llamar la atención. Este era el lugar perfecto para hacerlo.

Antes de concluir la jornada, notó un titular sobre el niño desaparecido del afiche en la pared del guarda Dave. Vio la misma sonrisa de la foto en blanco y negro. Cuando desapareció, tenía siete años. De haber sobrevivido, hoy tendría cerca de cincuenta.

Naomi salió masajeándose la cabeza y casi se choca con la porquería naranja horrible que conducía la familia Murphy. Miró a su alrededor y no vio a nadie más; la calle estaba vacía. El carnicero estaba a una cuadra. Seguramente los hermanos estaban ahí o en un bar local. Se estaba poniendo bastante frío y el aire tenía un olor penetrante y fuerte, muy parecido al pino.

Naomi inspeccionó la porquería. Ella había crecido en Oregón, sabía que hacía un tiempo esas camionetas grandes y anticuadas se usaban para subir a los leñadores y llevarlos como sardinas en el viaje largo hasta el bosque. En el presente ya casi no se usaban, salvo para la caza ilegal, que parecía ser el caso, por lo que se podía ver en la parte trasera de esa camioneta. Había luces brillantes que parecían potentes y...

—¿Qué hace?

Se dio vuelta de un salto. Era uno de los hermanos Murphy. No el más grande, el que había visto en el restaurante, sino uno más joven.

Naomi trató de calmar el latido del corazón. Este hombre, este cazador, había caminado hasta llegar tras ella con el silencio mismo del aire.

—Miro dentro de su camioneta —dijo con calma.

Él retrocedió apenas unos centímetros, pero no tanto como para demostrarse derrotado. Más bien por la sabiduría del cazador.

—La estuvimos *oservando* dando vueltas por ahí. En la tienda de Strikes y en el *restaurán.* —Frunció el ceño. Naomi notó que tenía una barba colorada prolija y labios rosas y cálidos. Los ojos eran color miel. De cerca parecía más limpio de lo que habría imaginado.

—¿Y? —respondió ella con enojo. ¿Cómo decían los boxeadores? La mejor defensa es una buena ofensiva.

—¿*Usté* está metida con los oficiales de caza o algo así?

El rostro de Naomi se abrió en una sonrisa amplia, y el hermano no pudo hacer más que devolverla.

—O algo así.

—Esa no es una respuesta.

Naomi no quería verse atrapada en una historia que no estaba lista para contar. Entonces sonrió, asintió y se alejó hacia su auto. Sintió la mirada de él fija sobre ella hasta que llegó al auto.

Naomi había amado a la señora Cottle y amaba a Jerome. ¿Pero qué es el amor sin un escape?

Mientras hacían torta de puré de manzanas el año que tenía dieciséis, Jerome se quejó:

—¿De cuántas formas más podemos comer estas condenadas manzanas?

Y la señora Cottle le respondió:

—Nada de insultos y aleluya.

Los tres estaban en la cocina, afuera iluminaba la luz nocturna (siempre tan serena), en la pileta chocaban los platos, en el horno la lucecita roja; todo estaba como debía estar, pero una parte de Naomi quería tirar todo y salir corriendo. "Corre", con pánico. "Corre", para encontrarla...

—Jerome —sonó la advertencia de la señora Cottle.

Jerome se acercó a Naomi. La rodeó con ambos brazos, de los cuales la guerra le robaría uno. Al principio ella se quedó tiesa, pero luego se derritió en la comodidad del abrazo. Él lo sostuvo más de lo necesario, hasta que la señora Cottle tosió tras ellos.

—Estás aquí, Naomi —dijo la señora Cottle, las mismas palabras que usaba siempre que la invadían esos momentos. La señora Cottle tenía la delicadeza de no decir nunca que estaba en casa. No podía saber qué significaba *casa* para Naomi. Para algunos niños era una palabra terrorífica. Entonces le decía "Estás aquí". Aquí, bajo la luz blanca de la cocina, el aroma del puré de manzana enlatado en casa y la ramita de canela remojada en el frasco de suero, lista para agregarse a la torta (la receta secreta de una buena torta de puré de manzana, como decía la señora Cottle). Aquí, con dos personas que la amaban.

—Estoy aquí —dijo Naomi con cansancio, y ellos supieron que estaba todo bien. El momento había pasado.

Más tarde, Naomi se paró en el porche de adelante. Tras ella estaba la torta recién hecha sobre el mostrador, con tres cuadrados menos y una baba de glaseado alrededor. La cocina seguía inundada con el aroma de la canela, y ella estaba inundada con el dolor de todas las cosas que no recordaba, pero que aun así sabía.

Miró las estrellas que había estudiado todas las noches los primeros meses y se dio cuenta de que con el paso de los años las estudiaba cada vez menos. La madre seguía ahí, la observaba desde arriba. Podía sentirlo. Algunas cosas son misterios de la vida, pero Naomi sabía que su madre estaba muerta con una seguridad que la definía.

La puerta mosquitero golpeó tras ella. Jerome.

—¿Estás bien? —preguntó.

—Disculpa —dijo ella mientras absorbía el aire fresco de la noche y las estrellas.

Él le tocó el brazo, ahora de forma más tentativa.

—¿De qué tienes miedo? —le preguntó.

—Ojalá supiera.

—Yo solía tener miedo de que la señora Cottle me devolviera —confesó él.

Naomi se sorprendió. Nunca se le había ocurrido eso.

—¿Y a quién te devolvería? —preguntó.

—A los últimos padres adoptivos con los que estuve —respondió él. Sus ojos se pusieron en blanco por un momento—. Nunca supe que estaba mal hasta que llegué aquí. ¿No es horrible? Me pegaban y yo pensaba que así debía ser. La señora Cottle me salvó —lo dijo con sencillez, con reverencia.

En ese momento Naomi se dio cuenta de que Jerome, a su propio modo, era un alma gemela de verdad.

—¿Te sientes a salvo aquí? —preguntó ella.

—Sí —respondió.

—¿De verdad?

—Sí.

Ese era el misterio. Ahora que ella estaba a salvo, ¿por qué todavía sentía la necesidad de irse?

10

Los ciervos y los alces vivían con pasión en la tierra, un cuadrado alto que la niña de nieve dibujó en las paredes de la cueva. Conocía el tamaño dentro de su mente por los límites de las líneas de trampas que recorría con el señor B. Talló los lugares en el mapa: las cornisas altas por las que caminaban, los bosques profundos y los espacios donde la tierra se ensanchaba y daba lugar a lagos escondidos que parecían brillar como ojos azules durante lo poco que duraba el verano. La niña de nieve dibujó el ciervo y el alce en sus paredes y sintió sus cuerpos en la oscuridad. Con el tiempo, el mapa se volvió tan salvaje y lleno de pelos como el bosque mismo.

El ciervo y el alce eran libres. También había otras cosas que eran libres: el sol mortal, que derretía la nieve. La luna salvaje, que se elevaba sobre los bosques de frío, era libre. El viento era libre cuando pasaba. Incluso la nieve, que se derretía y caía del cielo ferroso, era libre.

Pero ella no era libre. Cada vez comprendía más que el señor B tampoco era libre. Definitivamente estaba encadenado a ese lugar del mismo modo que ella, mediante vínculos delicados como los hilos de las trampas y sólidos como las prisiones de hielo. Ella pensaba: "Si tan solo me dejaras, señor B, yo podría liberarnos a ambos".

Cuando el señor B la sacaba y no la miraba, la niña de nieve seguía atando los hilitos diminutos en los árboles. A veces pasaban meses hasta que tenía la oportunidad de atar uno nuevo. No estaba segura de por qué lo hacía, pero con el tiempo se sentía más segura al saber que estaban ahí: pequeñas etiquetas de colores que daban zancadas por el bosque oscuro, como el paso de un gigante o el color que fluye en pendiente desde los cielos.

Le llevó mucho tiempo. Un hilo aquí, un moñito atado allá.

En el lienzo de barro de su cueva talló el cuadrado grande que hizo para el mundo y trató de mantener un registro de dónde había atado los hilos. Puntito por puntito, como una red de líneas que llevaban a un solo lugar.

El señor B estaba callado, como siempre. Solo que no era silencio de verdad: ella había aprendido a oír los chasquidos de su garganta, el sonido húmedo de las pestañas, el ruido del chorro cuando hacía pis afuera, en la nieve, el golpe seco de cuando cortaba leña para la cocina.

Con el tiempo, su vida se llenó de música.

Estaban comiendo zorrillo —ella había aprendido a no quejarse, ni siquiera con los ojos— y se dio cuenta de que el señor B tarareaba para adentro. Los ojos estaban entrecerrados, como si recordara. ¿Qué recordaba?

Ahora que estaban casados, ella sentía que estaría bien si le tocaba la mano. Los ojos de él se abrieron como platos. Por un momento, fue como si ella mirara dentro de él. Él se sacudió como un animal salvaje para zafarse de su mano. El frío empezó a descender y ella escuchó un gemido, como si estuviera perdida. No podía ser cierto. Las niñas de nieve nunca se pierden. Solo esperan a que las encuentren. Más tarde, se despertó en la cueva. Le dolía la cabeza. Tenía sangre dura donde le dolía. El señor B le apoyaba un trapo mojado. El trapo estaba helado; por supuesto, lo había mojado en la nieve derretida que usaban para beber. Los ojos estaban distantes y fríos. Luego de un tiempo, se levantó y se fue.

Había una vez una niña llamada Madison que pensó que sabía lo que era el matrimonio.

En el mundo de Madison, el matrimonio eran su mamá y su papá. El papá de Madison era feliz, entonces pensó que, cuando ella se casara, su esposo también sería feliz.

Pero luego Madison se fue de viaje.

En el lugar donde fue, la tierra misma estaba enojada; el hielo peligroso se curvaba bajo los pies, los lobos aullaban hasta que la luna misma parecía estar llena de sangre, los animales morían en trampas de acero.

—¿Sabes qué es el matrimonio? —preguntó Madison al zorrillo, al lobo, al coyote y al conejo.

Pero en vez de responderle, todos se iban corriendo.

—¿Por qué se esconden? —los llamaba Madison.

—Nos escondemos para que tu esposo no nos atrape y nos coma para la cena. Y si no tienes cuidado, te puede comer a ti también.

—¿Hay forma de salir de este mundo? —preguntaba Madison a los animales.

Ninguno le respondió, salvo un pajarito diminuto con garganta roja que se había posado en una rama cerca de Madison. El pajarito tenía un hilo rosa en una garra.

—No deberías sentirte mal —le dijo—. Aquí las reglas son distintas.

—De nuevo usted —dijo Earl Strikes de mala manera, y carraspeó. Pero Naomi se dio cuenta de que estaba contento de verla.

—Podría establecerme en este lugar —le respondió.

—¡Ja!

Paseó por la tienda y pensaba para sí: "Cabezas de alce, cartuchos y sacos de harina, papas y zanahorias con doble bolsa de plástico". Frascos de jarabe de arce de verdad, hacía mucho que no veía uno. Latas polvorientas de maíz cremoso; afuera caía un poco de nieve. En el estacionamiento había marcas de ruedas: lo habían visitado.

Ella no quería perderse de nada. Porque esa tienda también era una especie de censo. Todas las tiendas lo son. No solo porque todos tienen que ir tarde o temprano, sino también por lo que se ofrece en las góndolas.

Ella volvió sobre sus pasos y caminó despacio hacia atrás. Earl sonrió con suficiencia desde el mostrador. Naomi lo ignoró. Había descubierto que caminar hacia atrás la ayudaba a pensar de forma distinta. Le cambiaba la mente y se la abría.

Papas fritas, bolsas de fideos secos, sopa enlatada, papel higiénico, bolsas de cal. Una sección pequeña de repuestos de autos; cosas para el hogar, como kerosene para lámparas o sal de roca para conservar. Comida para perro. Comida enlatada para gato. Golosinas, palitos de menta anticuados, un estante pequeño dedicado a...

Juguetes.

Se acordaba de los juguetes baratos como esos de cuando estaba con la señora Cottle, en el almacén de ofertas de Opal. Bolsas de soldados verdes, dinosaurios de plástico hechos en molde, caballos de plástico de distintos colores que podrían resistir la mordida de un bebé. Una muñeca miope con ojos rosas que miraba sin mirar desde una caja de cartón doblada por el agua. Naomi tocó una de las bolsas de soldados. El plástico era tan viejo que parecía quebradizo. Alejó los dedos, que quedaron plateados por el polvo, como una polilla.

Se dio vuelta para preguntarle algo a Earl y...

Entró un hombre y tras él sonó la puerta. Llevaba un fardo de pieles, y sin emitir palabra las tiró al azar junto al mostrador.

El hombre pasó por al lado de Earl, que tampoco dijo nada. Naomi observaba. El hombre paseó por los pasillos. Al igual que los cazadores que había visto antes, tenía el pelo grasoso y la cara estaba enmarcada con barba gris sin afeitar. Tenía una chaqueta de hule antiquísima y cuando pasó a su lado, ella sintió el olor a sangre fresca.

Él la miró, pero su mirada no se fijó en ella.

"Dentro de cada piedra hay una gema". Las palabras de Jerome resonaron en su mente.

El hombre abrió la puerta empañada, metió la mano, sacó dos cenas congeladas y las agregó a la pila de comida que estaba sobre el mostrador. Earl hizo una cuenta en un anotador mugriento. Concluyeron la transacción sin emitir una sola palabra. El hombre cargó los víveres en una mochila vieja y se fue.

Luego de que el hombre se fuera, Naomi se acercó al mostrador.

—Ese es el cazador —dijo él sin que ella preguntara.

—¿Por qué lo llama así? —preguntó.

—Solo lo conocemos así porque no sabe leer ni escribir. Ni hablar. Es sordo.

—Parecía un poco sucio.

—Lo olió, ¿no? Es sangre. No es muy fácil lavarla.

Ella señaló el anotador.

—¿Le paga en pieles?

El viejo vaciló y luego asintió.

Naomi sospechó que Earl salía ganando por mucho en esas transacciones. No se lo dijo.

—¿Dónde vive?

Earl se rascó la nuca.

—Sabe qué, no lo sé. Llegó después de que yo volviera de la guerra, hace años. Es el mejor cazador de la zona, eso sí. Pero no trate de hablar con él: no sabe leer los labios. Se enoja mucho, como si le estuviera diciendo lo peor.

Naomi se paró junto a la puerta. El cazador sordo había desaparecido. Había algo en su cara que ella reconocía. Se preguntó si era la misma canción antigua de reconocimiento, viva como el viento sobre el campo o un gallo al amanecer.

Se dio vuelta y miró a Earl.

—Cuando volvió de la guerra y él estaba aquí, ¿quién había desaparecido?

—¿Qué quiere decir? ¿Se refiere a niños?

—Cualquiera. Otros cazadores.

—Ah, sí. Sabe qué, nunca lo pensé así. Pero cuando yo era pequeño había un viejo muy enojado. Un tipo viejo y asqueroso. Si le ponía miel en la boca, le escupía vinagre. Se llamaba Hallsetter. ¡Encima le teníamos que decir señor!

Walter Hallsetter: el hombre que había recibido un terreno en lo alto de las montañas, arriba del lugar donde había desaparecido Madison.

—Siempre pensé que Walter había estirado la pata —continuó Earl—. Gracias a Dios, hierba mala a veces muere. —Hizo la señal de la cruz en el aire—. Eso decía mi esposa Lucinda, y ella misma era un demonio.

—¿Volvió tan rápido? —El detective Winfield parecía entretenido.

Naomi estaba en la puerta de la oficina estatal, parada ante un manto de lluvia de primavera sin sombrero. Eran las siete de la mañana y no había dormido en toda la noche. Sostenía una carpeta de papel manila contra el pecho.

Él abrió la puerta de la oficina.

Ella se sentó en la silla de cuero y pareció no notar el ruido que hizo la ropa mojada. Winfield frunció el ceño, molesto porque le arruinaba su mejor silla. Le entregó una toalla limpia para hacer ejercicios.

—Usted se debe haber criado entre lobos —comentó.

Los ojos grandes de Naomi se elevaron, como si eso no tuviera nada de malo.

—Me gustaría que busque algunos nombres —dijo—. Podría hacerlo yo misma, pero tardaría semanas en recibir los resultados. No tengo tiempo para eso.

Winfield acercó el anotador amarillo.

—¿Por qué no? —la voz sonó jovial.

La mano fría se hundió en la carpeta y sacó un manojo de hojas húmedas.

—Walter Hallsetter. —Mientras leía las solicitudes de terrenos, él empezó a escribir—. Earl Strikes. Desmond Strikes. Robert Claymore —Naomi hizo una pausa—. Dave Cross.

Los ojos caídos dejaron el anotador y se elevaron.

—¿El guardabosque?

—Nunca se sabe.

—Muy cierto. Por eso ya lo investigué. Estaba con otra partida de búsqueda cuando desapareció Madison. No tiene nada.

Naomi asintió con una sensación ambigua de alivio y decepción.

El detective Winfield rio al ver su expresión.

—¿Alguna vez conoció a alguien de quien no sospechara?

—Por supuesto —respondió Naomi. Pensó en su amiga Diane, en la señora Cottle y en Jerome. Bueno, tal vez no confiaba en mucha gente. El detective Winfield... sí, podría agregarlo a la lista. Tal vez.

Winfield terminó de escribir los nombres y se reclinó en la silla.

—¿Qué pasaría si la investigara a usted, Buscadora de niños?

—No encontraría nada.

—Eso puedo creerlo. —La estudió con su mirada oscura—. Una niña buena.

Naomi se sacudió de forma casi visible. Se le enrojeció la cara.

—No.

—Ya me parecía.

Se aferró a la carpeta de papel manila, como si pudiera protegerla. En ese momento, él sintió pena por ella.

—Está bien —le dijo con suavidad—. No creo que existan de verdad las niñas buenas.

Como le había dicho a Danita, Naomi trabajaba en un solo caso a la vez. Le permitía concentrarse por completo, acercarse para absorber una vida y el resquicio por donde había desaparecido el niño. Podía ser la peluquería donde lo llevaban varias veces al año; el hombre detrás de la silla giratoria de cuero negro tenía antecedentes. O podía ser el vecino que prestaba atención todos los días a la salida de la escuela mientras ponía fertilizante en las rosas con una cuchara. Pero ahora Naomi se halló trabajando en dos casos en el mismo pueblo —Madison Culver y Baby Danforth— y se preguntó cómo ambos casos podrían distraerla o ayudarse entre sí.

—¿Desea un poco de jamón? —preguntó Violet, la abuela de Danita.

Naomi estaba acostumbrada a que le ofrecieran comida; cuanto más pobre la familia, más querían cocinarle.

—También estaba preparando unas habichuelas.

Desde la cocina llegó el aroma potente de las habichuelas con panceta hirviendo a fuego lento.

—Tal vez más tarde.

La casa de la familia Danforth estaba deteriorada y olía a madera vieja y a moho. La pintura estaba cuarteada y se descascaraba, la ventana de la sala estaba tapiada con madera. La cocina estaba inmaculada; Naomi podía ver que la abuela había fregado tanto las alacenas descascaradas que habían quedado marcadas.

Violet misma era muy coqueta: llevaba un conjunto de lana con falda, limpio pero muy usado, y el pelo recién peinado; el aroma intenso de la vaselina caliente se sentía en el aire.

—Me alegra que esté aquí para ayudar a mi nieta —dijo con tranquilidad mientras sacaba platos rajados.

—Estoy aquí para encontrar al bebé —la corrigió Naomi.

—Hasta donde yo sé, es lo mismo.

Violet hizo una pausa. La piel estaba reseca por la edad, los labios marchitos por las arrugas.

—¿Usted cree que la niña está viva?

—No. —La anciana la sorprendió. Bajó la mirada, que cayó sobre los platos—. Era una cosa preciosa. Mi bisnieta —inhaló con fuerza—. Preciosa.

—Entonces, ¿dónde cree que está?

Naomi la observó mientras sacaba sal, pimienta y un frasco de vinagre casero de ají picante.

—¿No cree que le diría a la policía si lo supiera?

—Si la niña está muerta, ¿cómo puede ayudar eso a Danita?

Violet suspiró.

—Déjeme que le muestre.

En la sala pequeña y oscura —parecía que las cortinas estaban cerradas para siempre—, Violet sacó una caja que estaba debajo del televisor. Era una caja vieja de bombones de San Valentín, roja y con forma de corazón. Esto conmovió a Naomi: Violet guardaba ahí las fotos familiares.

—Esta es Danita cuando ella misma era un bebé. —Violet le mostró una foto a Naomi luego de que se sentaran en el sillón. En la foto se veía un bebé sobre el regazo de una mujer hermosa—. Esa era Shauna, mi hija. Su novio la mató cuando Danita tenía apenas tres años. A él lo mataron en la prisión estatal, lo apuñaló un tipo que terminó con una sentencia de muerte... bien merecido. Aquí está cuando era un poco más grande, en la escuela.

La nueva foto mostraba a una Danita de aspecto más salvaje, con el pelo descontrolado y una mueca en el rostro.

Siguió la sucesión de fotos y Naomi las tomaba tal como se las ofrecían, una tras otra, hasta que tuvo el regazo lleno. Antes de llegar al secundario, Danita era un desastre de aspecto enojado y con el ceño fruncido.

—Traté de conseguirle ayuda, pero me trataron como si fuera otra negra que no se quería hacer cargo de los problemas de los hijos. *Eso* hacían las escuelas. Como si Danita fuera problemática. Como si ella *quisiera* ser mala.

Volvió a guardar las fotos en la caja y la mano hizo una pausa sobre ellas, como si quisiera alejar la angustia.

—Luego por fin conseguí ayuda. Me contaron sobre la clínica y la llevé allí. Danita ya tenía catorce años y se había metido en todo tipo de problemas. Estaba en una de esas escuelas con nombres muy bonitos donde lo único que hacen es encerrar a los niños.

—¿Qué le pasaba?

La anciana dijo con tristeza:

—Es autista.

Naomi asintió. La abogada le había dado a entender algo por el estilo. No demostraba emociones, se comportaba de forma socialmente incorrecta, tenía problemas de aprendizaje, le daban rabietas en público. Todo encajaba.

—¿Sabe lo que me dijo ese doctor? —preguntó Violet—. Dijo que a los niños negros no se los diagnostica con autismo. Solo se los diagnostica como malos.

—En los medios dijeron que tenía antecedentes —dijo Naomi.

Violet resopló.

—¿Antecedentes? La arrestaron porque intentaba robar una agenda en una farmacia. Estaba preocupada porque no estaba registrando los turnos de la niña. Esa es la mente criminal brillante que tiene.

—¿Y los polígrafos que falló?

—Podría hacer confesar a Danita que mató a John Kennedy si se lo propone —bufó—. Ni siquiera distingue los días de la semana.

—¿Cómo quedó embarazada?

Violet levantó la mirada y en la tristeza profunda de sus ojos Naomi vio un destello de humor.

—Querida, ¿todavía no lo sabe?

Naomi estaba parada bajo el marco de la puerta en la habitación de Danita, arriba. La cama estaba hecha con prolijidad y tenía una única almohada baja.

La cuna estaba vacía, solo tenía una pila de sábanas suaves. Encima tenía atornillado un móvil de plástico con elefantes bebés. Naomi podía imaginar a la niña abriendo y cerrando las manos mientras los elefantes bailaban.

El ropero era pequeño. Danita tenía poca ropa, pero estaba toda limpia y colgada con prolijidad. En el piso había un par de zapatos viejos de color marrón. Faltaba algo... algo que ya debería haber visto en la casa.

Naomi sabía que la policía la había dado vuelta, desde el altillo hasta el sótano. Incluso habían cavado partes del sótano bajo el consejo morboso de una vecina, y luego se enteraron de que ella misma tenía problemas de salud mental. El caso era tan reciente que todavía se veía el polvo para huellas dactilares en la habitación; podía sentir la presencia de las pesadas botas de la policía. En contraste con el caso de Madison, esta pérdida era reciente y ella sentía la diferencia. No hacía mucho tiempo que Baby Danforth había estado en esa habitación, viva.

—Danita ama a su hija —dijo Violet tras ella—. Baby era lo mejor que le había pasado. La hizo sentar cabeza, aprender a trabajar. Era buena mamá.

—¿Y su discapacidad?

—Antes le preguntaba si quería pensar en dar a la niña en adopción. Dijo que no. Me dijo: "Abuelita, esta es la primera persona que me mira como si fuera hermosa". Entonces supe que me tocaba cuidarlas a ambas.

Naomi hizo una pausa junto al ropero. El móvil sobre la cuna tintineaba de forma adorable.

Faltaba algo... se dio vuelta despacio.

—Por eso estaría bien encontrar a mi bisnieta, aunque esté muerta —dijo Violet; ahora las manos le temblaban y las tenía bien ajustadas contra la falda—. Porque es mi culpa. Yo le fallé a Danita y también a su bebé. Yo ya le dije a Dios: si quiere, me puede perdonar después de la muerte. Yo nunca me perdonaré a mí misma.

—Repasemos todo de nuevo —dijo Naomi; Danita parecía presionada y atrapada en su mesa.

—Ya le... —empezó a decir la abogada.

Naomi levantó la mano para que se detuviera.

—Es importante.

Le clavaba la mirada a Danita.

—Llevaste a la niña al doctor —comenzó Naomi.

—Sí. Fuimos en el autobús. Autobús número cuatro.

—Cuéntame sobre él —dijo Naomi; sabía que el doctor había confirmado a la policía que Danita había ido un día antes de que desapareciera la niña.

El médico le dijo a la policía que Danita iba siempre (casi demasiado) con la niña. Se preocupaba por cualquier rasponcito o sarpullido. La visita había concluido a la tarde y habían visto a Danita volver a casa con el bebé.

—Baby lloraba. Le di una botella. Jugo de manzana, creo. Y galletitas. Le dieron las vacunas.

Todo eso era cierto.

—¿Regresaste a casa en el autobús?

—Sí.

Se iluminó.

—Un hombre extraño nos miraba.

La abogada suspiró. Naomi le lanzó una mirada de advertencia. Ese tipo de visiones eran comunes en los casos de niños desaparecidos: después, la mente buscaba cada mirada, cada sospechoso posible.

—Regresaste a casa.

—La iba a llevar al parque, pero hacía frío. Y ella no se sentía bien por las vacunas. Entonces hice sopa. Estaba rica. La comí y dormimos la siesta.

—¿Durmió contigo?

Asintió con culpa.

—Ya sé que no debería hacerlo, los malcría, pero mi abuelita lo hacía conmigo.

—¿De qué era la sopa?

La abogada le frunció el ceño.

—De tomate, en lata. Hice un sándwich de atún para acompañarla, porque mi abuelita no estaba. Enseña estudio de la Biblia.

Naomi retrocedió. Empezaba a entender algo.

—Danita, ¿cómo sabes cuando viene el autobús?

—Yo lo... lo espero. El número cuatro pasa justo por la puerta.

—¿Cómo registras las visitas al doctor?

—Hago... hago lo mejor que puedo. —Se quebró la coraza y por un instante Naomi pudo ver la confusión de la niñez—. Hago lo mejor que puedo.

—Danita, digamos la verdad. La verdad es que no recuerdas exactamente qué ocurrió el día antes de que desapareciera, ¿no?

—Yo intenté, en serio.

—¿Qué días trabajas, Danita?

—Lunes, martes, miércoles, no jueves, trabajo viernes, sábado y no domingo —lo cantó como si fuera un mantra.

Baby Danforth había desaparecido un jueves, un día libre.

Ahora Naomi se daba cuenta de qué le faltaba.

—Danita, ¿cómo llevas a Baby de un lado a otro? ¿La llevas en brazos?

Danita negó con la cabeza, los ojos desencajados.

—Tengo una silla de paseo.

En la casa de los Danforth no había ninguna silla de paseo.

—La policía ya vino aquí —dijo el director de la escuela donde Danita trabajaba como custodia nocturna.

—Por supuesto —respondió Naomi—. Me gustaría ver su ficha de horarios.

—Le entregaré una copia.

La ficha de los horarios era sencilla: una de esas antiguas tarjetas perforadas que mostraban cuándo llegaba y cuándo se iba. Danita había fichado la noche en que desapareció la bebé.

—Pensé que tenía los jueves libres —dijo Naomi.

—Teníamos una reunión grande y necesitábamos el día adicional. Entonces, el miércoles le pedí que viniera a la noche siguiente y limpiara.

—¿Puedo ver el auditorio?

El hombre estaba desconcertado, pero la llevó por los pasillos silenciosos.

Naomi se había asegurado de ir cuando la escuela estuviera cerrada. Se sentía incómoda en las escuelas. Nunca había ido a una hasta que estuvo con la señora Cottle, y después iba solo porque Jerome estaba allí. No le gustaban la sensación de encierro, las sillas duras de madera ni los olores intensos del aire. Los otros niños parecían tan lejanos. Habían perdido todo el sentido de la libertad, si alguna vez lo tuvieron.

La sala grande y vacía tenía un olor rancio a niños. Los pasillos estaban bien barridos y todas las sillas estaban limpias y dobladas.

Naomi podía imaginar a Danita en ese lugar, limpiando. Pero ¿dónde pondría a su bebé?

—¿Sabía que a veces traía a la niña al trabajo? —preguntó.

—Me dijo la policía. Yo hablé con ella cuando empezó, y la niña era recién nacida. No sabía.

Naomi caminó por el escenario vacío; las cortinas pesadas estaban abiertas. Es probable que la silla de paseo hubiera quedado ahí: Danita habría podido observar a la niña y escucharla mientras trabajaba.

—¿Cómo la contrataron?

—Contratamos a los custodios mediante un programa que ayuda a las personas con discapacidades.

Inspeccionó toda la zona del escenario. En el frente había un pozo diminuto en desuso. El interior estaba vacío, salvo por algunos paquetes de golosinas. Naomi se paró ahí dentro, atrapada, y se sintió como en casa.

—¿Cómo le recordó a Danita sobre el trabajo del jueves? —preguntó al salir del pozo.

—Es perceptiva —respondió él—. La llamé a la casa.

—¿Ella atendió?

—Sí. Parecía que estaba durmiendo.

En el borde del escenario había una muñeca de trapo. Naomi la levantó y la hizo girar entre las manos, pensativa. Los brazos se sacudían y la cara estaba en blanco; los ojos y la boca estaban cosidos. La puso en su bolso.

—Me gustaría ver todas las habitaciones que Danita pudo haber limpiado o a las que pudo haber accedido.

—¿Todas?

—Sí. Mejor me puede dar las llaves. Se puede ir. Las tiraré por la puerta.

Horas más tarde, Naomi había inspeccionado cada centímetro de la escuela. No había rastros de la bebé. No estaba decepcionada. Ahora estaba más cerca de lo que había ocurrido.

Trabó la puerta y tiró el manojo con todas las llaves de los custodios por una hendija, tal como prometió. Afuera la noche estaba fresca y tranquila, y podía imaginar que Danita había salido del trabajo del mismo modo, cuando el cielo seguía oscuro, y llevaba la silla de paseo de Baby. Naomi se llevó la muñeca de trapo consigo. La puso sobre el tablero del auto, y ahí quedó, tirada e indefensa. La muñeca le había recordado algo... sabía que pronto se daría cuenta de qué era.

En la casa, Jerome cuidaba a la señora Cottle, la llevaba despacio hasta el baño. La ayudaba a sentarse en el inodoro.

La bañaba y miraba a otro lado con discreción; veía las piernas viejas y marchitas en la bañadera y quería llorar. La sostenía mientras la secaba con su única mano y ella lloraba fuerte sobre su hombro.

—El cielo está por llegar —le decía él a ella.

La articulación vacía del hombro le recordaba que la vida tenía un costo. La bomba que le había arrancado el brazo explotó mientras salvaba a un rehén; tuvo suerte. Un accidente se podía llevar sus piernas; un derrame cerebral se podía llevar su cerebro. Su corazón podía morir de soledad un poquito cada día. Incluso la vida podía robarle todo su ser en cualquier momento.

Así era la vida.

Esto también era la vida: ayudar a la señora Cottle a meterse en la cama, dar forma a la almohada floreada que ella misma había bordado y acomodarla bajo su cabeza. Oír el paso del silencio afuera y luego la música triste de las aves que celebran la llegada de la noche. Observar las moscas diminutas aterrizar en la ventana al anochecer, encontrar el hueco en el mosquitero y la que le estaba trepando por la camisa.

Jerome se sentó junto a su cama y le leyó la Biblia. No había nada de feo en esta muerte en particular. Incluso la mandíbula floja tenía cierta belleza, cierta importancia. Él, que al otro lado del mar había visto el peor tipo de muerte, lo sabía.

Estaba sentado junto a la cama y pensaba: "Te lo estás perdiendo, Naomi. Estás encontrando a tus niños, pero no te estás encontrando a ti misma. No estás sentada junto a esta cama".

No la culpaba. Admiraba su fortaleza, su espíritu. Pero la veía como el viento que viaja sobre los campos, siempre buscando, sin detenerse y sin saber que la paz verdadera es cuando te acurrucas en un pedacito de algo. Un helecho pequeño. Un arbusto pequeño. Una persona que amas.

Mientras apagaba el velador de la señora Cottle y la mejilla pacífica se hundía en la almohada, Jerome pensó: "Te puedes quedar con ambas cosas. Puedes quedarte con el viento y la búsqueda, y puedes quedarte con el lugar seguro donde aterrizar".

Ojalá Naomi pudiera darse cuenta. Ojalá pudiera confiar en sí misma.

—El cielo está por llegar —le volvió a recordar a la señora Cottle con calidez, y ella suspiró, como señal de que lo había oído.

11

La niña de nieve sabía que en este mundo no había cumpleaños, Día de San Valentín, Noche de Brujas, Día de Acción de Gracias ni Día de la Independencia. No había planes para adoptar un perro, con charlas prudentes sobre cómo cuidarlo. En este mundo los perros eran lobos furtivos en las altas cornisas que te miraban como si tú también fueras comida.

Pero la niña de nieve pensó: "¿Y si hacemos un festejo? ¿Un regalo?".

Era su segundo año como niña de nieve. Ese invierno la nieve caía como si fuera para siempre. Las correntadas la amontonaban alrededor de la cabaña. Las raquetas chirriaban de felicidad y placer. Esperó a que terminaran la caza del día. En la entrada había una pila de conejos.

Ella se esforzaba por pensar qué haría feliz al señor B, además de su roce y su presencia. Y luego se dio cuenta: otro niño de nieve.

Le indicó al señor B que se detuviera y esperara. Mientras él observaba, ella construyó un niño de nieve.

Primero hizo una bola para el cuerpo, y luego otra más pequeña para la cabeza. Encontró dos ramas para los brazos. Dos piñas de abeto pequeñas y oscuras se convirtieron en los ojos, y un arco de cedro en la boca. La nariz surgió de una piña diminuta y oscura.

El señor B abrió la boca maravillado y luego aplaudió, sin palabras, a la persona que ella estaba creando.

La nueva niña de nieve se elevaba entre el piso blanco. Para hacer el pelo, ella aplastó un poco de nieve nueva; se le empezaban a enfriar las manos (se las ponía en la pancita para calentarlas) y luego se sintió inspirada, así que agregó una cortina de hojas de cedro para que hicieran un vestido.

Ahora el señor B se reía por dentro, sin saber de los sonidos que emitía su garganta, cuerdas graves de placer.

En la base misma de la nueva niña de nieve ella puso dos raquetas falsas hechas con corteza.

La niña de nieve se alejó y esperó a que su hermana de nieve despertara. Se dio vuelta y miró al señor B; esperó que hiciera la magia que él hacía, hacer la niña con nieve, despertarla a la vida. Pero su hermana no se movía. Le clavaba la vista a la niña de nieve con esos ojos negros, inexpresivos, muertos. La niña de nieve quería patear a la tonta hermana de nieve y derrumbarla.

Pero luego el señor B comenzó a bailar entusiasmado y hacer un círculo alrededor de la hermana de nieve, como un niño que ve algo por primera vez.

La niña de nieve se sumó y bailaron en silencio alrededor de la pobre hermana muerta.

La niña de nieve extrañaba el sonido de otros niños. No era algo que pudiera decirle al señor B, ni siquiera con las manos. A veces creía escuchar risas entre los árboles. Quería correr hacia ellas.

El señor B era un señor que cazaba. Las pieles suaves se le entregaban, aunque contra su voluntad. Sus espíritus se iban por la boca y recorrían el bosque, silenciosos como fantasmas. Para cuando ella y el señor B encontraban los cuerpos, solían estar duros y fríos; habían muerto congelados durante la noche. A veces él tenía que acabar con su vida, lo que hacía de inmediato.

Pero eso no quería decir que su espíritu no siguiera ahí, escondido tras el otro árbol, travieso como un niño. Tal vez los niños con los que podía jugar eran los espíritus de los zorros, los fantasmas de las martas y de los coyotes. En las paredes de la cueva talló las imágenes.

Solía volver a ver esa figura antigua y apenas perceptible del rincón, la que parecía un número 8 deforme, y se preguntaba cómo habría llegado ahí. Apoyaba la cara contra ella y deseaba que le contara su secreto.

La niña de nieve se estiraba y su cuerpo, alimentado por el bosque, se hacía más cálido. Las axilas empezaron a oler distinto. Estaba cambiando. El tiempo pasaba. Estaba creciendo.

Por más que sonara extraño, cuanto más grande se hacía, más notaba que ella era una niña y el señor B un hombre. No le parecía que eso estuviera bien. Tal vez no se deberían haber casado. Pero el señor B era un hombre asustado, y en la cama habían alcanzado las cimas más altas del cielo. Ella todavía no había encontrado todas las palabras para definir esos sentimientos, pero los conocía y sabía que, si no moría, un día podría comprenderlos.

Naomi se despertó; el teléfono sonaba.

Sintió que el corazón estaba filtrando las distintas capas y en el fondo encontró algo que la hizo recordar gasa vieja, domingos a la tarde y la sonrisa de una madre adoptiva frente al espejo partido de un tocador cuando descubrió a Naomi mientras se probaba sus labiales. Le dijo: "Ay, mírate, niña bonita". Le mostró cómo secar el color con un pañuelo usado, los manchones del pasado como pequeños pimpollos.

—Lo siento —le dijo a Jerome.

—Era buena mamá —dijo él. Lloraba sin vergüenza—. Anoche la dejé en la cama y le leí la Biblia. Murió en paz.

—Tal vez es demasiado tarde —dijo ella—, pero le quiero decir adiós de verdad.

Cuando se fue, tenía diecisiete años. Con el tiempo se había obsesionado cada vez más; era como una brasa que le quemaba el corazón. Tenía que encontrar algo o a alguien. Esa persona estaba al otro lado de la siguiente curva, sobre la línea del campo más cercano.

Si se quedaba, nunca podría encontrar esa parte que le faltaba.

También estaba el otro motivo, el que era difícil de reconocer, y tenía que ver con Jerome.

Entonces, ella armó una mochila y un día caluroso de verano los abrazó y se despidió de ambos; la señora Cottle se secaba lágrimas de preocupación. Naomi viajó durante dos años y en el camino conseguía trabajos ocasionales; atravesó el país, impaciente, antojada de algo que no podía definir.

En todas partes buscaba en los límites de los campos.

Con el tiempo volvió a Oregón y se estableció en el mismo pueblo que Diane; ahí estaba lo suficientemente cerca de la señora Cottle y Jerome como para visitarlos, pero bastante lejos como para mantener una distancia segura de lo que no tenía nombre. Consiguió un trabajo en un refugio de mujeres golpeadas y se anotó en un instituto superior para estudiar justicia penal; solo sabía que quería hacer algo para ayudar a los niños como ella.

Un domingo aletargado llegó al refugio una mujer destrozada porque su hija había desaparecido. Ese día Naomi descubrió lo que estaba destinada a hacer.

Pocos años más tarde trabajaba sin parar. A medida que avanzaba, buscó entrenamientos, desde recopilación de registros hasta análisis de escenas del crimen, y sacó una licencia como investigadora privada. Conoció a otros investigadores y descubrió que se especializaban en todo tipo de cosas, como cónyuges infieles, delitos de cuello blanco, fraudes de seguros, casos de asesinato y absolución de los inocentes. Ella era la única que conocía que se especializara en buscar niños desaparecidos. Pronto la gente empezó a llamarla "la buscadora de niños".

Se esforzó por visitar a la señora Cottle y a Jerome lo más seguido posible, pero siempre tenía que volver a los casos, y otro niño desaparecido esperaba a ser encontrado. Un día llamó y, entre quejidos repentinos, la señora Cottle le contó. Mientras Naomi estaba ahí afuera intentando rescatar niños, Jerome había ido a la guerra. Había empezado como soldado de combate. Enseguida se cambió a las misiones de búsqueda y rescate, de localización de rehenes. Naomi pensó que era parecido a lo que ella hacía.

Volvió algunos años más tarde como héroe de guerra con un estuche de medallas, muy elogiado por una misión en la que había ubicado y salvado a varios rehenes. La última medalla que obtuvo era un Corazón Púrpura, la tarjeta del Día de San Valentín de despedida, como lo llamaba él en broma, por perder el brazo. Volvió a vivir con la señora Cottle. Dijo que le devolvía el favor, pero Naomi sospechaba que era para curarse.

Jerome consiguió el trabajo de medio tiempo como ayudante del comisario en el mismo edificio de ladrillos al que habían llevado a

Naomi muchos años atrás. Practicó con la mano izquierda hasta tener buena puntería. Adaptó la camioneta con un aparato de dirección asistida para poder conducir con un brazo. Cuando no trabajaba, organizaba una biblioteca móvil regional y llevaba comida a la población rural, que cada vez era menos y más vieja. Encontró mil maneras de mantenerse ocupado, incluso en ese pueblo, que moría a su alrededor.

Naomi lo había visitado con regularidad y esa cosa innombrable se cernía sobre ellos (como la luna gorda al borde de un campo, pensaba ella). Ella escuchaba que sus pies corrían.

¿Qué estaba esperando él? Temía que la respuesta fuera ella misma.

Naomi se dio cuenta de que no debería haberse sorprendido por la cantidad de gente que fue al funeral de la señora Cottle. El pueblo se había vaciado (langostas en el maíz), pero volvieron: personas que recordaban a su difunto esposo, que según decían era un hombre con un cuerpo grande como un lago y una sed acorde. Dijeron que era un buen hombre. Pero la señora Cottle nunca se embarazaba, y entonces empezaron a recibir niños adoptivos. Luego de que su esposo muriera, la señora Cottle siguió haciéndolo.

Algunas ancianas le pellizcaban el codo a Naomi, le respiraban encima y le decían:

—Por Dios, se la pasaba hablando de ti.

Llegó una decena más de visitantes, perfecta evidencia de que la señora Cottle había vivido una vida plena.

—Siempre estuvo muy orgullosa de ti —dijo una anciana amiga, y ella miró a Jerome, que estaba al lado. Por supuesto, él tuvo que hacer una broma.

—Y por eso perdí el brazo —susurró en su oído y la hizo reír.

Fue un momento bueno, cálido. Se reunieron en la funeraria junto al cementerio de Opal; era una mañana fría y el aroma a laurel inundaba el aire. Naomi conoció a una mujer que había estado en la casa adoptiva antes que Jerome y ella; dijo que le costaba, pero que había vuelto para esa ocasión especial.

—La señora Cottle fue la única mujer que me amó —confesó.

Jerome conoció a un viejo peón de labranza que había trabajado en la estancia cuando todavía había ganado. Ahora el anciano estaba encorvado y contó que la señora Cottle había sido muy traviesa de joven: a la hora del almuerzo perseguía al esposo por el campo. Jerome y Naomi rieron ante esa anécdota, pero Naomi más bien tenía ganas de llorar.

En el fondo de la sala había un hombre alto y delgado de unos sesenta años. Naomi lo reconoció de inmediato: el comisario del pueblo que la había llevado con la señora Cottle. El hombre intercambió un gesto con Jerome; Naomi comprendió que tenían una confianza implícita. El comisario le sonrió con tristeza.

Con el cajón abierto, todos se despidieron, cada uno a su modo. Naomi quería que la señora Cottle comprendiera cuán agradecida estaba con ella.

—Ella te amaba —le recordó Jerome cuando se iban a preparar el servicio en la casa para aquellos que no estaban listos para irse.

—Yo no lo correspondí —dijo Naomi.

—Sí, lo hiciste —dijo él—. Solo mira lo que haces. Sabes que estaba orgullosa de ti, ¿no?

—No —respondió, porque ella nunca podría estar orgullosa de sí misma.

Terminaron de lavar los platos luego de la reunión y se quedaron parados en el porche de la casa. Naomi se sentía cansada, triste; el tipo de cansancio que da ganas de correr y llorar al mismo tiempo.

—¿Qué harás ahora? —le preguntó a Jerome.

Jerome le tocó el brazo con su única mano.

—Ven.

—¿Adónde vamos?

Él se limitó a sonreír.

—¿Adónde crees? Las piedras, Naomi, las piedras.

Ella rio.

Mientras trepaban por las crestas, el sol caía. Naomi comenzó a correr con las manos abiertas y Jerome la siguió con la mirada clavada en la nuca. Bajo ellos apareció la casa de hacienda y los campos vacíos se perdieron en la distancia.

Cuando llegaron al lugar donde se abría el acantilado y se volcaban las gemas, fueron más despacio. Era exactamente igual a como Naomi lo recordaba. Él levantó un pedazo de jaspe rojo intenso como una fruta y lo pulió en la camisa.

Lo puso en la mano de ella y rodeó el puño con la suya.

—Naomi —susurró.

El corazón golpeaba en el pecho de Naomi. De pronto, en sus ojos vio lo que ocurría.

—Tú sabes que en realidad no somos hermanos.

Estaba a punto de darle un nombre a algo que siempre había estado ahí, de lo que ella había intentado escaparse.

—Te amo.

Se sintió inundada de emoción. Todo su pasado volvió para ahogarla, para decirle que el amor podría ser otra cosa, una trampa para evitar que escapara.

—Éramos... —comenzó a decir.

—Niños adoptados por una mujer amorosa. Ahora somos adultos que se aman.

Se estiró hacia ella. Ella sintió la mano izquierda poderosa en la nuca, y sintió que la estaba acercando a él.

Se besaron, y fue como siempre tuvo que ser; en un instante a Naomi se le llenó el corazón con el sonido de los vientos sobre el campo, la caricia contra la mejilla mientras ella corría... y corría y corría. Ella sintió una mano sobre la suya y un momento en el que *recordaba*, cuando sabía lo que había ocurrido. Pero ahora todo eso se había perdido.

—No puedo —dijo.

—¿Por qué no? —le acarició la mejilla con el dedo.

—No me puedo quedar aquí. No me puedo quedar en ningún lado —rompió en llanto.

—Te puedes quedar conmigo.

Ella negó con la cabeza.

Él la abrazó fuerte.

Solo cuando estuvo en la ruta más tarde (sola), se dio cuenta de que en el asiento del acompañante había una piedra roja. Era un pedazo de jaspe sobre una carta.

La piedra la miraba, como si le recordara que tenía valor suficiente para rescatar niños, pero no para quedarse por amor.

Se detuvo junto a un campo vacío, con la tierra abandonada y llena de hierbas de mostaza y césped. De un lado de la cerca había grupos de tréboles escarlata. Del otro lado había una arboleda. Como siempre, su mirada buscó movimiento en el límite del bosque.

Abrió la carta.

Él tenía una letra cuidada. Recordó lo que le había contado: cuando regresó de la guerra, tuvo que aprender a vivir solo con la mano izquierda y fue como mirar por una ventana distinta.

Mi querida Naomi:
Quiero estar contigo... ahora lo sabes. Creo que siempre lo supiste. Comprendo que debas moverte, buscar. Por eso quiero ir contigo. Para que seas mía y yo pueda ser tuyo. Para siempre. Cuando estés lista para descubrir quién eres, estaré ahí a tu lado.

PD: Yo también sé cómo encontrar gente. Te puedo ayudar.

Naomi apoyó la carta y lloró mucho, sin emitir sonido alguno. A su alrededor el campo esperaba. No había ruido, no había afirmaciones. Pensó que la naturaleza nunca es la respuesta, solo es la cura.

Dobló la carta y la puso en la mochila, arrancó el auto y se fue.

Diane estaba en el porche delantero. Naomi cayó entre sus brazos generosos.

—Lo siento mucho por la señora Cottle —le dijo y la abrazó con fuerza.

—¿Puedo? —Parecía una niña pequeña.

Diane la llevó a la sala.

—Bueno, tal vez piensas que estás acostumbrada a la muerte. Nadie se acostumbra a eso. ¡La verdad, es agotadora! Podemos salir y comer montones de pasta o comida mexicana, o te puedo preparar un plato de sopa aquí dentro. Dime qué quieres.

—Pasta hasta decir basta.

—Comida de consuelo —sonrió Diane.

—¡No digas eso!

Diane retrocedió, los ojos verdes brillantes mostraban cautela.

—No es solo la señora Cottle, ¿no? ¿A propósito, cómo se llamaba?

—Mary.

—Podrás comer fideos si me dices qué es lo que sucede de verdad. ¿O debo adivinar?

Naomi se hundió en una silla.

—Jerome —dijo con voz afectada.

—¿Qué pasó? —La voz de Diane sonó grave.

Naomi le contó. De pronto, sintió fuego en la garganta, como si la hubiesen atrapado. Tocó la carta, que seguía en el bolsillo.

—Tengo miedo.

—Por supuesto que tienes miedo —La sonrisa de Diane era tan cálida, tenía tanto amor… Estiró el brazo y le tocó la mejilla con suavidad, con ternura—. Por supuesto que sí.

—Cuando éramos niños, un día le pregunté si podía disculparme. Me preguntó por qué. Le dije: "No sé por qué, solo necesito hacerlo" —vomitó las palabras—. Entonces él dijo: "Está bien". Fuimos hasta las piedras y Jerome me dijo: "Ahora puedes disculparte todas las veces que quieras y yo las contaré". Entonces comencé disculparme. No dejaba de decirlo: "¡Perdón, perdón, perdón!". —Naomi se detuvo angustiada—. ¡No podía detenerme! Lo debo haber dicho como quinientas veces. Más tarde, Jerome me dijo que perdió la cuenta. Yo no dejaba de decirlo: "Perdón, perdón".

—Tienes miedo de un hombre que te permita, que quiera que hagas eso, ¿no?

—Tengo miedo de no poder parar.

—¿De disculparte o de amar?

—De ninguna de las dos.

Diane asintió satisfecha. Miró a Naomi orgullosa.

—Eres una buena pichona. Ahora vamos a comer pasta hasta decir basta. Yo voto por Alfredo. —Se palmeó el estómago—. ¿Conoces el poema *Cuando sea una mujer mayor, vestiré de morado?* Para mí son pantalones elastizados morados. Gloriosos pantalones elastizados morados.

—Alfredo... ¿ese lugarcito italiano que está aquí cerca?

—Solo si me das la mano hasta que lleguemos, como si fuéramos a la escuela.

Comieron platos de pasta, vino y pan, y unas horas después, llenas hasta reventar, caminaron de regreso por las calles que brillaban de oscuridad. Naomi bostezó. Estaba demasiado cansada para volver en auto a las montañas esa noche.

—Quédate —le dijo Diane y guio el camino a casa.

Naomi se cepilló los dientes con el cepillo que tenía en el baño de arriba, se lavó y se secó el agua de la cara con la presión de una toalla limpia. Los ojos que le devolvieron la mirada desde el espejo eran los mismos que había visto en el espejo de la señora Cottle. Trepó entre las sábanas congeladas y crujientes y no soñó nada hasta que el aroma de la panceta la despertó a la mañana.

Del mismo modo en que las líneas eléctricas cantan y la naturaleza habla por cables que nunca veremos, un hombre que solo se conocía como B estaba acostado entre sábanas húmedas de tierra, una manta tan usada que estaba suave por no haber tocado nunca una gota de agua y se hablaba a sí mismo en un idioma que solo él conocía.

Había lastimado a la niña. De nuevo.

Al principio no sabía que la lastimaba, hasta que vio esa O delatora en la boca y el dolor en sus ojos. Fue entonces cuando supo que sentía dolor. No estaba seguro de por qué la lastimaba. Tenía algo que ver con el cielo, un campo limpio con nieve y un niño pequeño que luchaba entre los brazos de un hombre.

La niña lo había mirado en la mesa, había mirado en su interior, y era como si alguien se metiera por sus ojos, bajara por la garganta y viera al monstruo que estaba en el fondo de su panza y miraba desde abajo con ojos llenos de odio.

Se aplastó los ojos con las manos. Si tenía un idioma, era ese: cazar, atrapar y cortar. Si tenía una vida, era esa: miedo, esconderse e ira. Así había sido durante una cantidad interminable de tiempo.

Debajo de él, en la cueva, la niña estaba acostada en su repisa. Él sabía que se estaba levantando y hacía dibujos en las paredes. Los dibujos le encantaban. Se preguntaba si ella habría encontrado el especial, ese que él había dejado hacía mucho tiempo.

"B", le había dicho. Él era B.

12

Con el tiempo, la niña de nieve se dio cuenta de que el señor B no sabía cómo bañarse de verdad. Por eso, después de tantos años, tenía el color de la corteza de los árboles. Cada tanto se salpicaba con agua, pero nada más que eso.

Ese era su objetivo: había sido creada en la nieve para ayudar al señor B, que parecía saber tanto de muchas cosas y tan poco de otras.

La niña de nieve se sentía bien de poder enseñarle.

Pero cómo ayudarlo era otra cuestión. No era bueno hacerlo enojar. Tenía que tener cuidado de no hacerlo enfurecer. La niña esperó a un día en que sabía que estaba de buen humor. Habían salido a cazar y luego de volver ella jugó en la mesa con una pila de pieles flácidas con la cabeza suave todavía unida mientras él cocinaba la carne.

Después de comer, él estaba dormitando en la silla; con mucho cuidado, ella se levantó y llenó la cacerola limpia con agua de nieve derretida.

Los ojos del señor B se abrieron como platos.

Uno. Dos. Tres. La niña de nieve puso la cacerola sobre la cocina para que se calentara.

Cuatro. Él no le sacaba la mirada de encima, totalmente enfurecido. Ella sonrió para tranquilizarlo.

Él observó con cautela.

El agua se calentó y empezó a emitir vapor.

Cinco. La niña de nieve esparció pieles gruesas de coyote sobre el piso de la cabaña. Se paró sobre ellas junto a la cocina y el agua caliente y comenzó a sacarse toda la ropa.

El señor B se irguió en la silla. Sus ojos se abrieron aún más.

La niña de nieve se quedó parada, desnuda. Su cuerpo era esbelto como un sauce sin corteza. Parecía más desnuda en ese momento que en la cama. Se quedó ahí parada, pálida como una lámpara (como la nieve), con la pequeña curva de la pancita, las caderas sin desarrollar, las piernas pálidas y musculosas. La grieta diminuta donde todavía no había vello. Los brazos suaves y delicados; las manos curtidas por el trabajo; el cuello cálido y sin arrugas. El único color verdadero en todo su ser eran los ojos azules brillantes.

Él estaba maravillado.

Con movimientos lentos, la niña de nieve hundió una pequeña piel en el agua caliente y, mientras deseaba tener jabón, la frotó con cuidado sobre sus brazos. Se fregó las axilas mientras el vapor se elevaba. Abrió las piernas y se lavó ahí debajo. Se dio vuelta con la delicadeza de una bailarina. Se lavó la cola, la parte de atrás de las rodillas, hacia abajo hasta los pies.

Se frotó hasta que todo su cuerpo estuvo rosa y radiante de nuevo. Terminó con la cara, se la lavó una y otra vez, mientras sentía la dicha del agua caliente contra su piel y las gotas que caían de los hombros.

Luego de un tiempo sintió que el piso se movía: el señor B estaba parado junto a ella, sobre la piel de coyote. Ella le sonrió para alentarlo. Él vaciló, pero se quitó el pantalón, la camisa y las medias raídas de olor fétido, hasta quedar desnudo como ella.

Luego ella le pasó la tela caliente.

Podía oírse a sí misma, la risa fresca entre los árboles. Corriendo delante del señor B, observando el brillo de la nieve en sus raquetas, el polvo fino que se levantaba. Lo veía detrás, con la boca abierta en la mueca que decía risa, gritando a pesar de sus esfuerzos; un sonido precioso que él nunca escucharía.

La niña de nieve pregunta: "¿Conoces la alegría?".

La niña de nieve conocía la alegría. Cada centímetro de su cuerpo respiraba alegría. Cada filamento de su piel, cada borla de seda de su pelo, cada vena azul delgada de su muslo: todos y cada uno de los centímetros de su ser, de pies a cabeza.

¿Conoces la belleza? ¿Conoces la palabra más grandiosa de todas, *esperanza*?

La niña de nieve la conocía. Se la susurraba a las pieles abajo, en el sótano. Se la decía a MAMI. Incluso encontró una forma de compartirla con el señor B, jugando a perseguirse en el bosque, y él estaba vivo, como si nunca hubiera jugado antes. Qué triste que es, un hombre grande que nunca jugó.

La niña de nieve sabía.

Se detuvo de pronto en una subida y observó el blanco intenso de la nube de su respiración que le salía de la boca. El señor B se detuvo detrás de ella, vacilante; esperaba y observaba. La niña de nieve lideraba ese juego: el juego llamado vida. El juego llamado amor.

¿Sabes que la alegría es vida y que la vida es amor? La niña de nieve sabía: su cuerpo entero lo sabía. Ella volvió a salir corriendo, gritaba en silencio de alegría entre los árboles, mientras el señor B la perseguía con torpeza.

Había una vez una niña llamada Madison que no comprendía la diferencia entre el bien y el mal.

Madison iba a la iglesia. Le daba la mano al padre cuando subían los escalones. El padre le dijo que su madre (la abuela de ella) era rusa y muy religiosa.

En la iglesia, Madison olió el incienso y vio cómo subía el humo. No sabía qué decían los hombres en túnicas. Solo conocía la dulzura de su padre, que estaba a su lado y sonreía cuando ella se movía en el asiento.

No había serpientes que corrían por el piso. Si había veneno en ese lugar, estaba bien escondido; además, ella tenía a su papi, que podía protegerla.

Madison no entendía que la gente puede ser buena o mala. Y no mala con errores pequeños. Mala con errores grandes. Mala como para ir a la cárcel.

Ella no sabía que cuando tienes esa clase de maldad por dentro, no es que la bondad la oculta. Es más como que la maldad y la bondad están juntas y mezcladas.

Madison no sabía que se puede amar a alguien que es malo.

El detective Winfield insistió en invitar a almorzar a Naomi antes de darle los resultados.

—No tengo nada mejor que hacer —bromeó, y ella estaba segura de que no era cierto.

Con la mayoría de los policías habría dicho que no. Pero ellos habían almorzado muchas veces en todos esos años, y Winfield la trataba exactamente como ella esperaba; así que dijo que sí.

Winfield se tomó su tiempo para estudiar el menú y sonreía un poco tras la carta mientras Naomi se movía inquieta, con evidente impaciencia. Al final, luego de considerarlo mucho, hizo su pedido: sándwich de carne sin papas fritas. Naomi pidió una hamburguesa.

—Debería aprender a relajarse —le dijo él y tomó el anotador amarillo—. Desmond Strikes, nada. Muerto. Earl Strikes debe ser el nieto, ¿no? Es curioso. Earl fue acusado hace algunos años por comercio ilegal de pieles. Eso es todo. Earl tenía una esposa, Lucinda Strikes. Parece que era bastante peleadora antes de encontrar el camino de Jesús. Y tal vez lo siguió siendo después de encontrarlo, porque tiene una denuncia por pegarle en la cabeza con la Biblia a un ladrón.

La mesera les llevó café. Winfield puso tres cucharadas de azúcar en el suyo y revolvió. Vio que Naomi lo observaba.

—A la vida le falta azúcar.

Ella sorbió el suyo puro y esperó.

—Continuemos —dijo él—. Robert Claymore. Sabe, algunos de estos tipos murieron hace décadas. No se podrían haber llevado a la niña.

—Estoy evaluando el terreno.

—Está bien. Se le zafó un tornillo. Lo encerraron en el hospital estatal de Oregón.

—Puedo imaginar los motivos.

La mesera llevó la comida e interrumpió el "¿Por qué?" lógico que seguía a ese comentario; de todas formas, ella no lo hubiera respondido. Él siempre disfrutaba observar a Naomi atacar la comida. Le habría gustado ver cómo procedería con un bife con papas.

—El siguiente es Walter Hallsetter. Este le va a gustar. Era pedófilo. Tuvo varios arrestos, pero nunca pasó ni una semana tras las rejas. En esa época nadie se lo tomaba en serio y los padres nunca presentaban cargos. En su último arresto, salió bajo fianza y desapareció. Como humo. Veamos... esto sucedió hace cincuenta años.

Naomi se irguió en la silla y se quedó dura. Tenía una papa frita en la mano.

—Pero hay un inconveniente. Es imposible que siga vivo. A menos que haya encontrado la fuente de la eterna juventud.

—Tal vez la encontró —dijo Naomi por lo bajo—. ¿No hay registro de defunción?

—No. —Él se sorprendió de que ella adivinara. Él se dedicó a su sándwich y la miró con cariño.

Notó la mirada cabizbaja y confundida dirigida a la comida.

—Sabe, Buscadora de niños —dijo con una sonrisa compungida—, le tengo mucho aprecio.

La sonrisa de Naomi era de satisfacción, pero también había un muro.

—¿Y los números de informes? —preguntó.

Él se los entregó.

Naomi condujo lejos, hasta las afueras del pueblo, donde había una zona industrial en un terreno ondulado. Las vías de tren atravesaban las calles, los edificios viejos y cubiertos de hollín anunciaban fábricas de lana y un desolladero que había sido abandonado hacía mucho todavía parecía estar lleno de grasa.

Giró al ver un cartel de madera rayado. Pasó por una maraña de zarzamoras y una jauría de perros de aspecto salvaje y llegó al edificio de archivos. Era antiguo y estaba construido con ladrillos color rosa pálido; el depósito de más de un siglo donde se pudrían los expedientes. El único empleado había estacionado el auto bien pegado al edificio, como para proteger el flanco.

Naomi observó a los perros y entró por una puerta de vidrio astillada y con un agujero de bala. El perro líder, una especie de mezcla de malamute, la observaba. Los otros perros estaban formados detrás del líder y jadeaban expectantes.

El oficial se enderezó en la silla y apoyó la mano sobre la funda de la pistola con una expresión horrible en la cara. Naomi ya había lidiado con él en el pasado. Lo habían asignado para que cubriera ese escritorio de forma permanente porque no podía hacer ninguna otra cosa.

—Una jauría de perros salvajes —dijo—. Yo les tiro al azar.

Naomi miró el agujero de bala en la puerta.

—¿Le devuelven los disparos?

—Ja, ja. No, pero la morderán si pueden.

Levantó la botamanga del pantalón y le mostró una herida de mordida marcada con prolijidad. Las peores partes estaban unidas con puntos.

—Me lleva.

Ese era uno de los mayores insultos de Naomi. A ella le gustaba decir en broma que la crianza de la señora Cottle la había limpiado de todo insulto. La señora Cottle solía decir que Dios nos había dado un vocabulario y que los insultos nos hacían quedar como tontos.

—Ya me las van a pagar —dijo él con malicia.

El hombre actuó como si lo estuvieran explotando por tener que levantarse del escritorio; la llevó por un pasillo largo entre estantes de metal llenos de cajas con expedientes, latas oxidadas de evidencia y pilas de papeles atados con hilo; la luz del sol se colaba por las ventanas polvorientas que estaban más arriba. Naomi sabía dónde debían estar los informes, en lo profundo del edificio inmenso y tenebroso; se almacenaban por años, y esto había pasado hacía décadas.

—Tiene suerte de que no los alcanzó el agua —gruñó al sacar las cajas etiquetadas con expedientes y soplar el polvo de la tapa.

Naomi contaba a la suerte como un adicional, no como algo que sucedía siempre. Pero no se lo dijo.

Él encontró los informes y le entregó los papeles viejos mientras se encogía de hombros.

—Suerte con los perros —le dijo y se fue hacia el lado opuesto, hacia las profundidades del edificio.

—Pensé que me ayudaría —lo llamó ella.

—Voy al baño —le respondió con sorna mientras se alejaba rengueando.

Naomi lo vio irse y le largó un insulto entre dientes; seguro que a Dios no le molestarían los insultos *mudos*. Volvió al frente con los informes, hizo copias en la máquina y puso los originales sobre el escritorio.

Los perros seguían esperando al otro lado de la puerta rota de vidrio, le sonreían y mostraban los dientes llenos de saliva. El líder tenía aspecto de haber sido mascota. Perros salvajes en las afueras del pueblo... había escuchado que sucedía en las ciudades grandes, y a ella misma la habían mordido en Detroit. Pero ahí era algo nuevo.

El hombre había dejado la bolsa del almuerzo sobre el escritorio.

Naomi se sonrió un poco. Al salir, la abrió: sándwich de salchichón y jamón en pan francés con fetas de queso amarillo y un *brownie* envuelto en papel film. Lanzó los pedazos uno a uno sobre las cabezas de los perros para que se dispersaran; cuando se dieron vuelta, ella ya estaba en el auto.

Naomi sabía que lo que le había dicho el detective Winfield era cierto: cincuenta años atrás los casos de abuso casi nunca se procesaban. Los padres no querían enfrentarse a la vergüenza de que se supiera que sus hijos eran víctimas. Cada vez que Walter Hallsetter fue arrestado por abuso, se retiraron los cargos.

Pero el último arresto fue diferente. Lo habían atrapado con las manos en la masa, intentando arrastrar a un niño de un parque hasta su auto, y esta vez parecía que lo procesarían de verdad. La madre del niño estaba determinada en lograr que el abogado del distrito presentara cargos.

Pero Walter había salido bajo fianza y no se lo había vuelto a ver.

Naomi sabía exactamente adónde había ido el pedófilo: al Bosque Nacional Skookum, donde tenía el terreno muy por encima de donde Madison había desaparecido. En esa época se hacían esfuerzos mínimos por encontrar fugitivos, y las agencias policiales casi no se comunicaban entre condados o estados. No había Internet ni sistemas de computadoras para hacer verificaciones. Nadie podría saber dónde había ido Walter si no encontraban la misma solicitud de terreno en el mismo edificio oscuro donde la había encontrado Naomi, y no tenían motivos para buscar ahí. El detective Winfield tenía razón. Luego de tantos años, lo más probable era que Walter Hallsetter estuviera muerto. Pero Naomi sabía que algunas cosas nunca mueren.

Solo se transmiten.

La señora Cottle habría dicho que era un pecado. Naomi lo había sentido a los diecisiete, los meses antes de irse, y le llegó hasta el fondo de su ser. Lo último que quería, luego de toda la incertidumbre que había pasado, era ser pecadora.

Notaba que Jerome crecía y se convertía en un hombre; las piernas eran misteriosas, como las de un animal, la espalda se curvaba y comenzó a crecerle pelo escaso. Él bromeaba y decía que era pelo de indio, el fieltro de los brazos, el terciopelo suave que bajaba por la nuca. Las noches de verano le pedía a la señora Cottle que le cortara el pelo y lo hacía con vanidad, Naomi se daba cuenta de eso. Él le sonreía entre los tijeretazos.

Verlo caminar por el piso ondulado de la cocina. Tirar una cacerola porque era muy torpe. Cocinarle sopa cuando estaba enferma y llevarla a su habitación cuando la fiebre le aplastaba el pelo contra la mejilla.

Entrar sin querer justo cuando ella salía de la bañadera, con un hilo cremoso de burbujas que se deslizaba por la parte baja de la espalda.

Luego de eso, ella se paró frente al espejo de su habitación; se miraba desnuda. Los adultos de su niñez eran un misterio, pero oscuro. ¿Qué significaba ser mujer? No tenía idea.

El cuerpo del espejo era musculoso, firme. El estómago hacía una curva y se fundía en las caderas amplias y tensas. Los pechos eran suaves y erguidos. Se dio vuelta y vio ancas redondeadas, un juego de sendos hoyuelos en la base misma de la espalda. Recordó una canción que había escuchado en alguna parte: "Tiene hoyuelos en el trasero, pero la quiero igual". Era una canción tonta, le llegaba la voz como un arrorró. Pero ¿dónde?

Estaba parada y se miraba. Ella se había convertido en eso. El pasado había avanzado a las corridas y había llegado a terreno fértil; allí nacieron flores blancas y cálidas. Se tocó el vientre plano y se miró del mismo modo en que podría verla Jerome; esa idea era embriagante.

Lo que había dejado en el pasado ciego se había quedado allí. ¿Qué pasaría si eso volvía? Podría volver con el rugido de una avalancha o explotar en un grito. Encontrar una parte de sí misma y formarla a nuevo querría decir vulnerarse en una forma que no podía comprender. Si traicionaban esa vulnerabilidad, sería catastrófico. En especial si lo hacía la única persona que ella se imaginaba que era de total confianza: Jerome.

En el gran sueño de esa noche estaba parada desnuda al borde de un campo de fresas. Le temblaban las piernas y se estaba preparando para correr. Tras ella había una trampilla antigua que tapaba una salida de un refugio subterráneo de concreto que estaba oculto. Las malezas que cubrían la cerradura estaban corridas.

Una niña pequeña estaba parada junto a ella. Tenía el pelo castaño como Naomi, la cara la miraba con adoración. Tenía los mismos ojos que Naomi, la misma boca ancha, pero los pómulos eran distintos. La niñita le sonreía y buscaba su mano como si fuera un talismán.

Susurraba: "Grande". El corazón de Naomi se destrozó y ella despertó.

Durante mucho tiempo había pensado que no hay lugares seguros, ni siquiera en nuestra mente. Incluso ahí podía haber trampas. Podemos dar vuelta una esquina y encontrar un secreto que se pudre como un hongo en la oscuridad. El sueño era como un demonio oscuro, traía consigo pedacitos del pasado. Era difícil distinguir cuáles eran los muertos que había que enterrar y cuáles los tesoros que se debían descubrir.

En la cama de la casa, con las sombras de las cajas de mudanza en la sala, Jerome también estaba despierto y pensaba en Naomi. De niño estaba fascinado con ella: su pasado misterioso, la forma en que había llegado a su vida como un milagro improbable. Nunca había deseado una hermana, pero sí añoraba a alguien como ella, una chica más linda que las piedras. En su momento, la señora Cottle le había advertido que no debía meterse.

—Ella descubrirá la verdad cuando le llegue —le había advertido—. No puedes hacer que alguien recuerde algo, del mismo modo en que no puedes obligarlos a creer.

Pero Jerome era un niño lleno de curiosidad, quería aprender todo, desde cómo se creaban las gemas hasta sobre la tribu a la que pertenecía. Pensó que todo tenía una historia de creación. Naomi también, y le perturbaba que la señora Cottle y otras personas del pueblo parecieran determinadas a aceptar su pasado ciego. Algo le había *ocurrido*; en lo profundo de su ser estaba seguro de que era algo malo, y eso quería decir que se debía hacer algo para arreglarlo. Quería hacer justicia por el daño hecho. Incluso ya de niño, el hombre que llevaba dentro alzaba la voz.

Varias veces se había preguntado si parte del motivo por el que había ido a la guerra era demostrar el hombre en él que Naomi no veía, el guerrero que quería salvarla.

Un día, como una fruta que tarda en madurar, su curiosidad encontró respuesta.

Fue después de la guerra, cuando comenzó a trabajar en la oficina del comisario. No solía haber mucho para hacer (nadie a quien oficiar, como decía él en broma), y el comisario anterior, que se había retirado, a veces pasaba a visitar y recordar viejos tiempos.

Le gustaba hablar. Mucho.

—Nunca se lo dije a Mary Cottle —dijo el comisario retirado mientras se servía una taza de café espeso que pasaba todo el día en la oficina de ladrillos—. Ese caso tenía varias cosas raras.

—¿Como qué? —preguntó Jerome.

Estaba incómodo, en parte porque sentía que el comisario le confesaba cosas porque era un hombre, cuando en realidad tendría que haber sido sincero con Naomi y la señora Cottle. Y en parte porque creía que el exceso de palabras solía compensar la falta de acción.

—Bueno, callejones sin salida por todos lados. No digas nada. Salvo esos trabajadores golondrina.

—¿Qué hay sobre ellos?

—No lo olvidaré nunca. Vinieron en esa camioneta vieja y oxidada. Yo no esperaba a nadie, ya sabes cómo es. Un día lento. Y de pronto tengo a todos estos inadaptados en la oficina, todos sucios, con ropa de campamento que olía a tierra y leña, y me traen una niña pequeña, envuelta en una manta. Una cosita preciosa, y lo que recuerdo es el pelo: tan brillante, como un caballo. No sé por qué pensé en eso. Esas personas empujaron a la niña hacia mí, pero me daba cuenta de que les importaba, y hablaban todos al mismo tiempo y se callaban entre sí, pero uno de ellos me dijo algo antes de que salieran casi corriendo por la puerta.

—¿Qué le dijo?

—"La ley no siempre es amable".

Jerome le había dado vueltas a esas palabras en los meses que siguieron. Quería saber dónde la habían encontrado. Quería saber por qué los trabajadores golondrina la habían llevado desde el lugar donde la encontraron hasta Opal porque sabían que ahí estaría segura. Quería saber si la ley no era amable en el lugar de donde ella venía, y qué significaba eso. Quería justicia para cualquiera que la hubiera lastimado.

Sabía que la creencia de los kalapuya decía que el mundo se había creado a partir de la piedra. En la punta de la montaña más alta apareció la primera mujer: Le-Lu, la madre de todos nosotros. Le-Lu bajó caminando por la montaña y a cada paso crecía el césped, verde como la vida misma. Donde se sentó corrieron ríos y crecieron arroyos y lagos.

Le-Lu llevaba a sus dos hijos preciosos en el pecho. Al fondo del valle de piedra conoció a Loba, quien le preguntó de dónde vinieron sus hijos.

—Los soñé —respondió Le-Lu.

Loba le ofreció cuidar a los niños mientras Le-Lu viajaba. Le-Lu confió en Loba, que también era madre, y entonces tejió canastas para que durmieran sus hijos y los dejó con Loba. Cuando volvió, mucho después, luego de viajar por el mundo, sus hijos estaban bien.

Luego de eso los kalapuya siempre honraron a los lobos como protectores de los niños.

Jerome pensaba que Naomi era loba y madre, niña y protectora. Para él, era Le-Lu y le daba vida al valle de su corazón.

13

A la niña de nieve le gustaba leer. Era un don importante, y estaba bastante segura de que se lo había dado la nieve, o tal vez la luna. Cualquiera fuera el origen, le gustaba ver las palabras, cómo se alineaban las formas y tenían sentido. En la cabaña del señor B no había mucho para leer, y en el sótano oscuro no había nada de nada. Pero la niña de nieve se las arreglaba.

En la cocina estaba el hombre del Jarabe de Arce, con su figura blanca y graciosa. En la botella decía cosas como 100% puro y hecho con savia de arce totalmente natural. A veces estaba Lata de Chile; él era redondo y duro, y lo que leía en la lata sonaba a algo como "Wolf Brand"[4] (tenía sentido) y muchas otras palabras diminutas y difíciles de comprender. Con el tiempo, Lata de Chile le enseñó a la niña de nieve sobre la información nutricional y las instrucciones para calentar.

Con el tiempo también se dio cuenta de que había muchas otras cosas para leer: la botella de aceite, el saco de harina, que parecía un viejo suave y abrazable.

El señor B la veía leer y ella lo miraba para ver si le molestaba, pero no: estaba desconcertado. Levantaba los objetos y se los acercaba a la cara, como si estuviera imitándola. Se sonreían.

A él se le ocurrió una idea. La llevó al mueble retorcido y lleno de moho que estaba bajo la pileta. Parecía satisfecho, y le mostró a la niña de nieve que hacía mucho tiempo alguien lo había recubierto con diarios. Él señaló las figuras del papel, orgulloso de sí mismo.

---

4   "Wolf Brand" es una marca comercial de chile enlatado que en español significa literalmente "Marca de lobo" (N. de la T.).

Los diarios estaban descoloridos y quebradizos, y se habían quedado pegados en la madera, pero el señor B asintió en forma de aprobación y la niña de nieve peló pedacitos con cuidado. Con ellos llegaron palabras como tesoros. "Emisión de bonos". ¿Qué es eso? "Un año récord". "Clima". "Primera nevada". "Cazadores". "Avalancha". La niña de nieve notó que eran palabras diminutas de tinta de una época pasada, y ella las traía al presente a toda velocidad.

Había solo una palabra que la desconcertaba, y pensó en ella más tarde cuando se despertó a mitad de la noche en la cama del señor B. ¿Por qué estaba la palabra *Skookum* en el papel?

El señor B parecía sorprendido con todo lo que necesitaba comer la niña de nieve. A medida que crecía, comía un plato de guiso y luego otro. Un plato de panqueques y luego otro; panqueques tostados, gomosos, deliciosos, hechos con harina, aceite y agua, y el hombre Jarabe de Arce volcado por encima, sobre la mesa de madera, y ella raspaba el fondo del plato.

Ella comía todo lo que él le daba, y luego comenzó a pararse y prepararse más comida; él parecía enojado y confundido, así que iba a la parte de la cocina y le golpeaba las manos para que las sacara de la bolsa de harina, del aceite y en particular de Lata de Chile.

Ella le quería decir que era la nieve. El hambre que ella tenía lo angustiaba, como si pudiera comerse todo, escapar de la cabaña y salir. Como si llegara a ser demasiado grande para él y así pudiera estirar los brazos por afuera de las ventanas y atravesar con los puños las mantas clavadas.

Tal vez era eso por lo que se la pasaba encerrándola, para que se mantuviera pequeña.

Cuando el señor B se iba para buscar más comida, la niña de nieve inventaba juegos en la cueva. Jugaba a la taba con piedritas y luego a adivinar animales; lo mejor era hacer el zorro. Hacía animales de sombra contra la pared con la luz que se filtraba de arriba. Con las manos hacía una pirámide y luego un campanario, y se preguntaba qué serían esas cosas.

Cuando al fin él abría la trampilla y bajaba la escalera, ella subía.

Él le mostraba la comida que había obtenido, como más harina y otro frasco del hombre Jarabe de Arce. Solo que esta vez le ofreció con timidez y las manos llenas de orgullo *dos* comidas *Hungry-Man*.

El corazón de ella latió constante. Su gesto preguntaba: "¿Para mí?". Él asintió, le brillaban los ojos.

Encendió la cocina y cuando la leña seca estuvo quemada y se había convertido en carbón rojo, puso a calentar las dos cenas. Cuando estuvieron listas, quitó el film para que ella pudiera ver la comida. Le dio un tenedor. Ella se agazapó en el suelo junto a él y él se sentó en la silla; pero se puso de pie enseguida y arrastró el banco que estaba cerca de la cocina para que ella pudiera sentarse junto a él. Se lanzaron juntos al plato. Su cara preguntó: "¿Está rico?".

"Sí", asintió ella. Sí.

Naomi devolvió el libro con cuentos de hadas rusos y la madre de Madison lo aceptó con manos agradecidas. Lo puso sobre la pila como un talismán.

Luego, Naomi le dijo que todavía no había encontrado nada. Ni una media, ni una zapatilla ni una señal.

—No sabía que sería más difícil ahora —dijo la madre de Madison entre sollozos.

Las separaban dos tazas de té humeante y un plato con pan de banana que ninguna probó.

La madre se secó los ojos.

—Si no la recuperamos, no sé qué haré.

—Encontrará la forma de sobrevivir.

—Antes dijo que, si vuelve, me necesitará. Me temo que no podré ayudarla.

Naomi le sonrió.

—Tiene que dejar de pensar que se puede perder la inocencia.

—¿Usted sigue siendo inocente? —preguntó la madre con un tono de esperanza en la voz.

—Soy tan inocente como el día en que nací. Tal vez incluso más. Nadie me puede quitar eso. —Naomi bajó la taza de té—. Soy una niña igual que Madison, si está viva. ¿Nos quiere?

Los ojos de la madre se llenaron con el brillo vidrioso de la esperanza.

—Sí —la voz sonó ronca—. Las quiero.

—Entonces bien. —Naomi golpeó las manos con alegría y asustó a la mujer—. Porque es exactamente eso lo que necesitamos.

—¿Y usted? —preguntó más tarde la madre mientras ponía las tazas en la pileta y Naomi envolvía el pan de banana en papel film.

—¿Y yo qué? —Naomi estaba cansada de nuevo. Le habría gustado poder meterse en la cama de Madison y dormir un millón de años.

Despertarse y ser una persona diferente, menos conflictuada, que conociera más que la belleza de su propio corazón.

—¿Quiere tener hijos? —La madre de Madison se dio vuelta desde el refrigerador y se estiró para agarrar el pan.

—Yo... no sé —respondió Naomi y sintió la misma sorpresa que sentía cada vez que surgía esa pregunta. Estaba por cumplir treinta años. No tenía idea de cómo las mujeres descifraban esa pregunta. El pasado se interponía como una barrera, los sueños eran la clave que podría resolver el enigma.

—Supongo que los niños que encuentra son un poco sus hijos.

—Algún día conquistaremos el mundo —dijo Naomi con sencillez.

—No me respondió si quiere tener hijos.

La madre guardó el pan de banana.

—No hago esto porque quiero tener hijos —respondió Naomi, y sabía cuál era la respuesta, pero no sabía por qué—. Lo hago como expiación.

La madre respiró profundo. Naomi la miró e inclinó la cabeza. De pronto se dio cuenta de lo que quería la madre de Madison.

—Puede volver a intentar —dijo con suavidad.

—Yo... él no quiere.

Naomi sabía que la gente entraba en bancarrota moral y económicamente para encontrar a sus hijos, y en realidad lo que debían hacer era todo lo contrario. Debían reconstruir, volver a crear.

—Cuídelo, cuídese —le dijo—. Si el matrimonio es sólido, podría cambiar de opinión.

La madre levantó la mirada.

—Me temo que es demasiado tarde.

—¿Para tener otro hijo?

—Para el matrimonio.

Un día, durante una de sus visitas, Jerome la había mirado en la cocina de la casa (llegaba la luz cálida y amarilla del santuario seguro) y le hizo esta pregunta sencilla:

—¿Por qué los sueles llamar la madre o el padre?

—¿A qué te refieres? —preguntó Naomi. Había estado hablando sobre su trabajo y sus casos, y siempre procuraba no decir nada privado.

—Cuando hablas de los padres, no sueles decir sus nombres —respondió él, y la señora Cottle, que estaba entrando, asintió.

—Es cierto, querida. Y tú, Jerome, querido, ¿serías tan amable de alcanzarme esa azúcar? Solo tómala del estante.

Naomi se dio cuenta de que tenían razón. Usaba nombres para las demás personas, pero no para los padres de los niños desaparecidos.

La madre de Madison tenía un nombre: Kristina. El padre tenía un nombre: James. Salían de los labios de otras personas, pero no de los de ella. Cuando naces de la nada, no tienes nombre.

Lo que el Señor da también lo quita. Y cuando el Señor te da tierra fétida, insectos crudos y gusanos, cavarás en la tierra del hambre antes de fallecer.

No queda nada más que tú mismo y el mundo amplio y hermoso.

—Trato de honrarlos —les respondió.

Jerome se dio vuelta y levantó con cuidado el antiguo frasco de azúcar de la alacena con su única mano.

—Yo creo que tratas de mantener distancia.

—Me podría acostumbrar a esto —dijo el detective Winfield.

—No debería. —Naomi sonrió.

Caminaban junto al río, la orilla estaba bordeada por filas de cerezos rosas y blancos. El suelo estaba cubierto con pétalos aromáticos. Junto a las calles había pilas de bolsas de basura. El pueblo había sufrido un recorte de presupuesto y se habían reducido muchos de los servicios. Naomi había leído sobre el impacto en las escuelas y el transporte... y en las horas del detective Winfield.

—Estoy trabajando en el caso de Danita Danforth —declaró Naomi.

A él se le oscureció la mirada.

—Esa es una investigación activa.

—Lo sé. No tengo intenciones de arruinársela.

—¿Intenta hacerme quedar mal? —preguntó él. La voz era ligera, pero la mirada fría. La conversación cambió de tono por completo. Ella pensó que era lógico. Él era un hombre orgulloso.

—Se lo cuento porque tengo la sensación de que encontraré algo malo, y en ese punto será una escena de crimen. De ser así, lo llamaré.

—¿Incluso si ella mató a la hija?

—Yo no protejo padres que matan a sus hijos. Usted lo sabe.

Caminaron en silencio durante unos instantes. En el río sonó una sirena.

—Personalmente, yo tengo muchas preguntas sobre ese caso —dijo el detective Winfield. Parecía que quería compartir algo y estaba considerando si hacerlo o no. Según su expresión, estaba siendo cauteloso—. Pero el abogado del distrito la quiere condenar. Usted sabe cómo es. Y luego los abogados se meten en el medio y yo no puedo hablar con Danita. Es como si activaran los frenos y de pronto no puedo hacer nada.

—Yo ignoro todas esas reglas —dijo Naomi con una sonrisa.

Dieron la vuelta y pasaron junto a unas personas que trotaban y unos jóvenes que paseaban un perro. En la distancia, un granelero grande se movía majestuoso en el río; iba tan lento que el agua apenas parecía moverse.

Llegaron de regreso al auto de ella y se detuvieron.

—No estoy tratando de hacerlo quedar mal, Lucius —le dijo, y de golpe vaciló—. Usted es... mi amigo.

—Ah, sí, eso lo sé —dijo él mientras le abría la puerta—. Veo que algo la perturba, Buscadora de niños.

—¿Cómo se dio cuenta?

La miró a los ojos.

—La conozco desde hace varios años. Entra y sale de mi oficina como un fantasma. Está bien. Me doy cuenta de que fue ciega consigo misma. Solo buscaba a los demás y no miraba hacia adentro. Ahora está luchando con algo.

Ella titubeó. No estaba acostumbrada a hablar de sí misma.

—No sé si es el pasado o el futuro —dijo.

—A veces son lo mismo.

—¿Usted piensa que está bien si… si un hombre y una mujer que crecieron juntos en una casa adoptiva terminan… ya sabe? —Sonaba tan joven, hasta ella se daba cuenta—. ¿Es pecado?

Lucius se detuvo un momento con una sonrisa resplandeciente.

—Pecado fue lo que ocurrió antes —respondió con delicadeza—. Pero yo no creo que usted realmente le tema al pecado.

Naomi asintió, vacilante. Comenzó a subirse al auto.

—Creo que tiene miedo de algo más —le dijo mientras ella se acomodaba en el asiento.

La miró desde arriba como si le tuviera pena, y ella sintió un escalofrío, como si se estuviera perdiendo de una parte del mundo.

—¿De qué tengo miedo? —le preguntó con la boca seca.

Él se inclinó y casi le susurró al oído:

—Tiene miedo de que la rescaten.

Naomi dejó de conducir de pronto en un remolino frío junto a la ruta. Los demás podían andar el camino, incluso cuando parecía no estar firme. No sabían lo que era lanzarse en paracaídas hacia la oscuridad. Buscar esperanza y obtener entrañas.

Quería llamar a Jerome. Quería decirle: "Ven aquí ahora". Quería decirle: "Puedo soportar el pecado, aunque Dios me mire para siempre".

El teléfono estaba silencioso, como una señal.

¿Qué podría decir? ¿Que estaba perdida, que se sentía sola? ¿Que el detective tenía razón, que ella tenía miedo de lo que pudiera descubrir Jerome?

No quería pensar que su miedo se debía a eso (solo a eso), pero era así. Un beso, un roce, una esperanza: un recuerdo. La forma en que Dios nos indicó cómo recordar y devolver al presente.

¿Cómo podría encontrar el futuro si no conocía su pasado?

La muñeca de trapo que había encontrado en la escuela donde limpiaba Danita seguía boca abajo sobre el tablero del auto, con las piernas dobladas. Naomi la tomó, la puso sobre su regazo y sonrió severa ante los ojos cosidos en cruz.

—Pobre bebé, no puedes ver —dijo, y la tironeó el fantasma de una voz—. No puedes hablar.

Lo que hace el mico hace el mono. Algo se movió en el fondo de su mente y desapareció, porque la idea estaba ahí, presente.

¿Qué hacen los niños? Juegan. Incluso en los peores lugares pueden convertir basureros en castillos, palos en armas de guerra grandiosas. De todos los niños que había encontrado, les iba mejor a largo plazo a aquellos que habían encontrado alguna forma de jugar. Creaban mundos de fantasía y se escondían en ellos. Algunos incluso convencían a su captor de que les consiguiera juguetes. Escapar a otro mundo era una forma de desasociar de forma segura sin perder contacto con toda la realidad; a diferencia de alguien como Naomi, que había anulado todo. Sí, los niños a los que les iba mejor con el paso del tiempo se construían un lugar seguro dentro de su propia mente.

Incluso a veces simulaban ser alguien más. Naomi no creía en la capacidad de recuperarse. Creía en la imaginación.

Y entonces se dio cuenta de qué era lo que intentaba recordar. Estaba en la tienda de Strikes.

En la casa de hacienda, que ahora estaba desierta, Jerome ponía todo en cajas.

La camioneta roja lo esperaba afuera, y se acordó de antiguas visitas al basurero del pueblo y de los cuervos que gritaban sobre la presa. Esta vez ataría una lona sobre la carga y, después de estacionar afuera, tiraría las cosas que no quería y se sentiría morir.

Las habitaciones ya se sentían vacías, hacían eco. Donde antes estaba el tocador de la señora Cottle, el antiguo empapelado con perros (nunca se había dado cuenta de eso) estaba como nuevo. En el fondo de su ropero encontró una raqueta de tenis. Qué raro. En una maleta antigua, pesadísima, encontró una nota dentro de un compartimiento interior. La letra del esposo era la de un granjero, desprolija e incierta:

Querida Mary:

Espero que nos den buenas noticias en la clínica.

Botones en el fondo de un frasco de costura. Agujas clavadas en una almohadilla desteñida por el sol. Fotos de los hijos que albergaron, hasta algunos que ella nunca había mencionado. Él mismo. Naomi, que sonreía en una foto de clase, con la piel bronceada.

Sus propias pertenencias eran pocas. El estuche con las medallas de combate. La ropa. Entraría todo junto a él en la camioneta, durante su viaje adonde sea que fuera.

Tras él, sobre el mostrador de la cocina, junto al cuenco de frutas, había una carta. Le habían ofrecido un trabajo en una comisaría de otro estado. Era un buen trabajo: un sueldo decente, una oportunidad de comenzar de nuevo en un pueblo que no moría a su alrededor. No le había dicho a Naomi. Quería que lo eligiera sin presiones. Pero ella no lo había elegido, y él no sabía si debía intentar otra vez.

"Tú estabas aquí, caminabas por la casa, escuchabas mis pasos". Miró por la ventana y se vio a sí mismo y a Naomi corriendo por el campo cuando eran niños. Ahora, que la dueña y el corazón se habían ido, sentía el rechazo en toda la casa.

"Naomi, no me hagas esperar más".

14

El señor B había estado afuera, cortando leña junto a la puerta; no necesitaba poner a la niña de nieve en el sótano para eso, podría verla si ella intentaba irse. Él tenía el hacha. Incluso ahora, luego de casi tres años, la niña de nieve sabía que el señor B no dudaría en matarla si ella intentaba escapar.

Ella estaba acostada en la cama y lo esperaba diligentemente. Miraba el techo, la corteza de los troncos oscurecida por el humo. Las nubes que pasaban por encima de su cabeza hacían formas que se filtraban por la luz tenue alrededor de las ventanas. Conocía cada centímetro de la cabaña, desde la pileta sucia hasta la barra de metal que usaban para matar animales, con la punta llena de sangre y pelos, apoyada sobre la pared. Los cuchillos sobre la pileta, la cocina barrigona.

Se le ocurrió una idea nueva: "Hace casi tres años que estoy aquí. Podría envejecer aquí, como el señor B". Era una idea horrible. Si bien la nieve era maravillosa, no era un lugar donde querría vivir *para siempre*. Trató de imaginárselo. El señor B también se pondría viejo. Eso era difícil de imaginar. Él ya parecía bastante viejo. Tal vez le crecería una barba larga y blanca y tendría una panza gorda y sobresaliente.

¿Cómo sería ella? Su cuerpo seguiría creciendo, hasta que tuviera forma de MAMI. Pensó que al señor B no le gustaría eso. Podría notar su fuerza y le daría miedo. Tal vez en ese momento la haría desaparecer.

La niña de nieve sintió terror en la garganta, así que imaginó figuras en el techo: un camello, un elefante y la que le aceleraba el corazón, una figura de MAMI que corría hacia ella, los brazos listos para alzarla.

Sus ojos cayeron sobre la trampilla, con la traba abierta. Oyó el golpe seco del hacha y una pausa. Comenzó de nuevo. Se bajó a la rastra de la cama, se agachó junto a la trampilla y la levantó. La estudió y se dio cuenta de que la cerradura estaba fijada a un anillo grande y una bisagra. La bisagra era vieja, estaba oxidada y atornillada a la parte superior de la puerta. Los tornillos también eran antiguos, y algunos parecían estar sueltos.

La niña de nieve levantó un poco la trampilla para mirar la parte inferior del pasador.

La bisagra de metal parecía estar doblada, como si alguien hubiera intentado abrir la trampilla de un empujón desde abajo. Se le volvió a cerrar la garganta y sintió que el corazón le golpeaba en el pecho. Antes de ella había habido otro niño de nieve ahí. Ese niño de nieve había intentado escapar.

El hacha se detuvo. Volvió de un salto a la cama y esperó. Luego de eso, la cabaña parecía mucho más pequeña y su cueva ya no era un refugio, sino un espacio de contención. Solo el exterior permanecía abierto y libre... cuando caminaban por las altas cornisas, sus ojos buscaban en todos los horizontes.

El mundo se hace en cuevas profundas y oscuras, un paso a la vez. Tocas una raíz y piensas que eres una rama. Pruebas barro y de él crecen tus propios órganos. Al final puedes estar quieta y tranquila, porque sabes que el mundo es una historia y pronto terminará la tuya.

Pero ¿cuál será su final?

Ahí abajo en la cueva, la niña de nieve había formado su cabeza en la oscuridad, había sentido la luz de las tablas de arriba sobre su rostro. Había sentido el aire fresco y dulce. Y de hecho estaba agradecida por eso.

Escuchaba el crujir del piso sobre ella, veía que la trampilla se abría, sabía que afuera había un mundo de nieve fría soplada por las manos de Dios, sabía que siempre había un hombre que la miraba.

Había una vez una niña llamada Madison que pensó que vivía en un mundo de relojes.

Estaba el reloj plano y negro que daba la hora desde la muñeca de papi; y él decía que no solo hacía pasar las horas, sino que también podía decir qué hora era.

Su madre miraba el tic tac de la cocina blanca.

La cocina pitaba cuando había que sacar la torta (¡hurra!), pero era muy silenciosa y frustrante durante las tardes largas cuando a mami la visitaba su amiga Leslie y Madison solo quería tomarse un baño de burbujas y jugar con el colador de la cocina en la bañera.

Madison nunca pudo ver si la araña de la historia de Anansi era la misma que vivía en el patio trasero. Nunca pudo encontrar las hadas que vivían en el césped ni descubrir si realmente existía una roca mágica que te daba tres deseos.

Era demasiado joven para diferenciar entre los cuentos de hadas y la vida real.

—Nunca pierdas la magia —le había dicho el padre una vez que salieron a caminar.

—¿Qué pasaría si la pierdo? —había preguntado Madison.

El padre sacudió la cabeza y se distrajo con las nubes.

En el mundo de Madison, el tiempo se medía con relojes y el entorno de dos personas que ya casi no reconocía en sí misma. Eso era el tiempo.

La niña de nieve sabía que en este mundo el tiempo era diferente. En este mundo el tiempo traía la promesa de la muerte.

—Hola, Earl.

Era poco después del amanecer y Naomi estaba parada en el porche trasero de la tienda cerrada, junto a las pilas de pieles.

—Ave María purísima, ¡me asustó!

Earl parecía sobresaltado de verdad: el corazón galopaba bajo la camisa de franela y las mejillas palidecieron. Recién salía por la puerta, y las manos ya comenzaban a deshacer el botón del pantalón; sin duda se preparaba para una meada mañanera. Tenía el mismo pantalón manchado de siempre. Naomi se preguntó si dormía con ellos. ¿Por qué no? Ella también dormía con pantalones a veces.

—¿Qué hace aquí de vuelta? —le ladró.

—Estoy parada en su porche trasero —respondió ella con sencillez.

—¡Eso ya lo sé, señorita! —casi le gritó—. Me asustó —agregó con un lamento—. Mi reloj —dijo con un poco de dramatismo y se llevó la mano al corazón.

Era otro día cubierto y congelado. Naomi se preguntó cuándo subiría la temperatura en ese lugar, en caso de que alguna vez sucediera. Se imaginó que el verano llegaba en un torrente: dos meses veloces de deshielo y luego todo se congelaba de nuevo. Había notado que no había ni señales de huertos de verduras desde el motel hacia arriba. Incluso en Alaska se podían cultivar repollos.

—Estoy practicando para cazar —dijo. Apoyó la mano sobre las pieles—. ¿Cuántas pieles de martas hay aquí?

—Ay, señorita.

—Me enteré de que lo denunciaron hace algunos años. Comercio ilegal de pieles.

—Señorita, ¿por qué...?

—¿Usted caza, Earl? ¿Caza con trampas?

—Nunca me gustó mucho, a decir verdad. ¿Quién se quiere congelar el culo (disculpe), cuando se puede obtener carne de una lata? En serio. En especial el atún. Eso me gusta mucho, en especial.

Empezaba a caerle bien ese viejo, aunque le costaba admitirlo.

—Entremos a la tienda, Earl.

—Prensé que no me lo pediría nunca. No tengo idea de por qué quiere congelarse el culo aquí fuera. Pero *esperemé* mientras me echo un pis.

Dentro de la tienda, Naomi fue al otro lado del mostrador. Earl se quejó un poco, ella le lanzó una mirada y él se calló. Ella acarició la registradora negra *vintage*, con los botones elevados y oblicuos, y luego abrió el cajón de un golpe.

Adentro había una pequeña colección de billetes viejos, casi todos polvorientos, y algunas monedas. Nada más.

Quiso sacar la cinta de la caja y se dio cuenta de que no tenía. Inspeccionó los cajones del mostrador, encontró una cantidad infinita de sobres rotos con notas indescifrables. En un cajón había una pipa de marihuana.

—Se la saqué a unos *hippies* —dijo Earl con un poco de satisfacción.

—¿Dónde están sus recibos, Earl?

—No tengo ninguno —le respondió, y sonaba satisfecho consigo mismo—. No los necesito. ¿Para qué? ¿Quién vendrá a mirar cuántas latas de carne vendí? —rio y luego tosió.

—¿Solo cuenta el cambio?

—Pues, claro. ¿Cree que soy tonto?

—¿Cuándo pide más productos?

—Luego de varios meses. Viene un camión, siempre y cuando las calles estén limpias. ¿Adónde quiere llegar, señorita?

Naomi salió del mostrador, frustrada. Caminó hacia el estante polvoriento y olvidado de juguetes.

—Quiero saber si alguien le compró juguetes hace poco.

Los ojos de él se abrieron como platos.

—Bueno, señorita, era solo cuestión de preguntar. Yo recuerdo casi todo lo que vendo aquí. Le puedo decir si alguien compró un juguete y el día *esato*.

Hizo una pausa, como para aumentar el suspenso.

La cara de Naomi estaba enmarcada en la luz delicada del amanecer que entraba por la ventana y pasaba por el cartel que todavía decía "Cerrado" del lado de afuera.

—Fueron los chicos Murphy —anunció—. Me compraron una de esas muñecas.

—¿Cuándo?

—Hace como dos meses. Una muñequita tierna. Una muñeca *bonita*.
Naomi notó que la calidad de la muñeca mejoraba en su mente.

—¿Alguno de esos chicos Murphy tiene niños, que usted sepa? —preguntó Naomi con una leve amenaza.

Él escuchó el tono de su voz. Era como el llamado de los lobos en las colinas.

—No —respondió—. No que yo sepa. Pero...

Pareció que a Earl se le cruzó una idea y lo distrajo de lo que estaba a punto de decir. Frunció el ceño.

—Gracias.

Naomi caminó hacia la ventana delantera y dio vuelta el cartel.

Earl parecía desconcertado de nuevo.

—Señorita, ¿qué tiene que ver eso con las pieles?

—No sé si tiene algo que ver —respondió ella.

Earl se lamió los dientes.

—¿Me denunciará por las pieles?

—No, a menos que me obligue.

Era una tarde de sábado ajetreada en la calle donde vivían los Culver, que solía ser tranquila. Afuera los niños corrían, jugaban con aros, saltaban, gritaban y las voces se escuchaban bien alto en el día cálido de primavera.

Naomi no se sorprendió al ver a la pareja en el interior, como si se escondieran de la luz.

El padre parecía incómodo.

—¿Nos quería ver a los dos juntos?

—Desde la primera vez, cada vez que vine usted se sentó en esa silla —le dijo ella—. O no estaba. Y esa primera vez ni siquiera miró el cuarto de su hija con nosotras.

Él miró a su alrededor, como si pudieran salvarlo las ecuaciones matemáticas que enseñaba.

—Creo que su matrimonio está en problemas. —Su voz era directa y calma.

—¿Y usted cómo puede saber *eso*? —preguntó mientras dirigía una mirada acusadora a la esposa.

—Mire dónde está sentado.

Marido y mujer intercambiaron miradas. Ella estaba en la mecedora donde leía con Madison. Él estaba de nuevo en el sillón reclinable al otro lado de la habitación, lo más lejos posible de ella.

—Y eso qué importa —dijo débilmente.

—Sí importa. En la mayoría de mis casos, solo me llama uno de los padres porque, desde que desapareció el niño, se divorciaron. Las posibilidades de que un matrimonio no se disuelva luego de que un hijo desaparece son muy bajas. En particular cuando la pareja empieza a sentir que agotaron todas las esperanzas, lo que les sucede ahora.

La madre rompió el silencio con voz quebradiza.

—¿Por qué se divorcian?

—Por la culpa —respondió Naomi—. Tal vez usted culpe a su esposo por el lugar donde se detuvo en la ruta. Tal vez él la culpe a usted por haber tenido la idea estúpida de ir hasta ese lugar, para empezar.

El padre esbozó una sonrisa.

—Es más fácil estar enojados entre sí que enfrentarse al hecho de que ella puede haber muerto —concluyó Naomi.

—¡Ella no ha muerto! —gritó la madre de pronto—. ¡No me canso de decírselo!

Estalló en un llanto fuerte y angustioso.

El marido no reaccionó. En cambio, clavó en Naomi una mirada suplicante.

—Usted no puede enfrentarse a su propio dolor —le dijo ella—. Por eso está enojado.

Él asintió y de pronto le tembló la garganta.

Naomi metió la mano en la mochila y buscó algo.

—Aquí está. Les traje la tarjeta de una terapeuta que conozco. Los puede ayudar a ambos.

—¿Y si...?

—Insisto. Ahora, tengo una pregunta para ustedes.

La madre dejó de sollozar y se secó los ojos.

—¿Sí?

—¿Qué tipos de juguetes le gustaban a Madison?

—¡Ah! —exclamó el padre levantando la mirada. Y entonces sonrió—. Siempre dijimos que era bastante extraordinaria. Ya desde pequeña no jugaba mucho con los bloques. De vez en cuando podía jugar con una muñeca, pero no le interesaba mucho tener muñecos.

La madre asintió con las mejillas empapadas en lágrimas.

—Es cierto. Era un ejemplo andante de Montessori. No quería jugar con nada.

El padre miró a la esposa.

—¿Te acuerdas de lo enojada que estaba esa maestra? La pequeña Madison tenía que hacerlo a su modo. Se paraba en el jardín de afuera y soñaba.

Ambos rieron un poco y sacudieron la cabeza. Por primera vez, Naomi los vio como uno.

—¿Qué soñaba? —preguntó.

—Le encantaba estar afuera —dijo el padre con firmeza—. Era nuestra cosa especial. Salíamos a caminar juntos. Juntábamos hojas, hablábamos, sentíamos la lluvia o el sol de verano en las mejillas. A ella le encantaba… el aire. Le encantaba ver los árboles, hablaba sobre las nubes y se embelesaba con una fila de hormigas en la vereda. Yo siempre bromeaba con que ella terminaría siendo una de esas personas que se pasaban todo el tiempo afuera, siempre y cuando no estuviera metida dentro de un libro. Bueno, en un sábado como hoy, habríamos... —Se detuvo de pronto, el rostro galvanizado de dolor. Hundió la cabeza en las manos y sus hombros empezaron a sacudirse. La mujer se quedó sentada como un pájaro asustado. Como de costumbre, ella tampoco se movió para consolarlo.

Naomi se puso de pie, caminó hasta la puerta de entrada y la abrió.

En la diagonal brillante de luz que inundó la casa oyeron a los niños jugando afuera. Ella vaciló y sabía que se estaba pasando de la raya, pero estaba desesperada por lograr que no terminaran como otras familias que había conocido, en caso de que las noticias finales los liquidaran.

Tras ella, el esposo sollozaba.

—Vaya con él —le suplicó a la esposa—. Por favor, no se pierdan también el uno al otro.

En una de sus visitas a la casa de hacienda lo había visto disparar manzanas caídas colocadas sobre un poste de la cerca; la mano izquierda ya se movía con más facilidad, y Jerome le preguntó a Naomi por qué no tenía un arma.

Naomi observó cómo manipulaba el arma reglamentaria con facilidad, a pesar de saber que mataba gente. Él se sentía cómodo con eso y ella nunca podría hacerlo, como si el arma fuera una parte secreta y triste de él.

—Lo intenté —le respondió, y era cierto. No porque estuviera preocupada por lastimarse (a veces pensaba que esa parte de ella estaba rota), sino que pensaba que sería más fácil matar a un secuestrador si llevaba un arma. Naomi no tenía reparos ni vacilaciones sobre matar a un secuestrador. Para ella, era casi como si no existieran.

Entonces obtuvo un permiso para llevar armas ocultas, compró una pistola pequeña con un vendedor de buena reputación y se anotó en una clase en su campo de tiro. No le molestó el ruido ensordecedor. No le molestó ver los casquillos vacíos sobre el campo húmedo. Ni siquiera le molestaron el culatazo del arma ni la acción de destrozar el objetivo.

Pensó que le estaba resultando muy fácil.

Pero en el momento que empezó a llevar el arma encima, se hizo evidente. El vendedor la había ayudado a elegir una Smith & Wesson porque se adaptaba bien a su mano y porque era bastante pequeña como para llevarla con facilidad bajo la chaqueta si usaba una funda de hombro. Pero ella sabía que estaba ahí. Y de alguna forma (no sabía bien por qué), los demás también lo sabían.

Las pistas que tenía sobre los casos no llegaban a nada. Los testigos, que solían ser amigables y abiertos, parados en el marco de la puerta con sus propios agujeros de balas o que caminaban por los pasillos de la cárcel, ya no querían hablar con ella. Los ayudantes que había encontrado a lo largo de los años, los vecinos y testigos adolescentes en las esquinas, todos se quedaban helados ante su presencia.

El arma parecía crear una barrera invisible entre ella y el mundo que buscaba. La madeja de hilo desaparecía y a ella solo le quedaba la estúpida funda contra las costillas y una gran cantidad de nada. El día que dejó el arma, su trabajo volvió a moverse.

—Creo que la pueden oler —le había respondido a Jerome ese día, porque sabía que él no se reiría. El aire estaba lleno con el aroma penetrante a manzanas frescas hechas pedacitos y un dejo muy tenue de pólvora.

—Por supuesto —respondió Jerome y guardó la pistola con facilidad con su única mano—. La gente siente todo tipo de cosas. Tienen perros que pueden oler si un epiléptico está a punto de tener un ataque. Creo que la gente también puede oler esas cosas, solo que no lo sabemos. O hacemos de cuenta que no lo sabemos. Lo llamamos intuición.

—Pero yo no me doy cuenta cuando tú tienes el arma. Como ahora mismo. Yo te siento igual. —Allí atrás, en la casa, la señora Cottle había estado cocinando una cena temprana y se quejaba porque tendría que conseguir un lazo para que Naomi se quedara—. Podrías llevarla contigo y yo nunca me daría cuenta.

—Yo he matado gente con armas —dijo él e hizo una pausa—. Lo sé y me hago cargo de eso. Ya está en mi alma. Mira. La hice mía.

—Ah. —Naomi entendió—. Es como lo que les digo a los niños luego de que los rescato: que lo hagan suyo. Quiero que se sientan bien consigo mismos, que no sientan vergüenza.

—Exacto. —Él le sonrió; una brisa le levantaba el pelo negro y el hombro vacío parecía estar de acuerdo—. Cuando es parte de ti, nadie se da cuenta.

—¿De que antes eras distinto?

—De que deberías haber sido cualquier cosa, menos lo que eres.

Tal vez porque ella había nacido (literalmente) ya en su cuerpo mientras corría por el campo oscuro de la noche, Naomi se sintió más cómoda al aprender el arte físico de la defensa personal. Con los años, había tomado clases con policías retirados, había completado un curso intensivo con un luchador callejero filipino y, su experiencia favorita, había volado a México para entrenar con un boxeador profesional retirado en la gloria luego de llevar una vida de peleas sucias.

Al pasar por la experiencia de aprender a pelear, se transformó. Los luchadores lo llaman "miedo al guante", y Naomi aprendió a no tenerle miedo al guante: a mantener los ojos abiertos en caso de peligro. Más tarde, se alegró de ver cómo se había escondido el conocimiento: en el espejo del baño veía una mujer fuerte, con algo de músculos, no muy distinta a la que caminaba antes, pero con un potencial poderoso.

Fue ese boxeador nudoso con las orejas destrozadas de Chihuahua, México, el que le enseñó las lecciones más importantes.

Con la voz ronca le había dicho la primera lección mientras afuera la zanja brillaba con una capa de suciedad, la mujer en la cocina preparaba otra comida y él se encintaba las manos antes de empezar:

"No importa cómo ganes".

Le enseñó la lección número dos mientras la hacía pasar por la cantidad innumerable de ejercicios que aún hoy seguía repitiendo para mantenerse fuerte:

"A nadie le importa cómo ganes mientras ganes".

La lección número tres llegó mientras el mundo giraba en torno al olor del estuco y la sal y el viejo luchador daba vueltas y se movía sin esfuerzo ante los intentos y el jadeo de ella:

"No es nada más que *esto*".

Le enseñó todos los trucos, los más sucios, los más bajos y los más mezquinos. Los cabezazos, los golpes de conejo y los golpes en el riñón. La mordida de oreja y nariz. Los huesos frágiles más fáciles de partir en dos. Los lugares en que se puede arrancar la piel. Le enseñó todo eso con la misma mirada triste pero interesada.

El último día, por fin se alejó con hilos de sangre en ambas manos envueltas y le dijo:

—Ahora ya sabes, *reina*.

Le había dicho reina.

—¿Qué es lo que sé? —preguntó ella, y afuera el sol resplandecía sobre las zanjas y el algodón se balanceaba en los campos cercanos.

—Cómo ganar.

Él rio y entraron al olor a pollo hervido y la mujer anciana que cortaba verduras.

Naomi tenía el terreno de los Murphy marcado en el mapa, trazado más allá de Stubbed Toe Creek. Estaba muy lejos de donde se había perdido Madison, pero se dijo a sí misma que los hermanos solían ir en auto a la tienda de Strikes. Podrían haber encontrado a la niña perdida por la calle.

Encontró el lugar sin problemas, un rancho extenso cerca de un camino serpenteante en un claro cubierto de parras, un poco más allá del caserío de Stubbed Toe Creek. A diferencia de los otros terrenos que había explorado, era evidente que este estaba ocupado. Afuera se acumulaba la basura de varias generaciones: caños y plataformas viejas, camionetas rotas. Pensó que la gente de la ciudad da por sentado el servicio de basureros.

No había signos de que hubiera niños. No había juguetes en el patio ni dibujos en las ventanas sucias; ella no encontraba motivos para que compraran la muñeca.

Naomi sabía que había varias formas de investigar la casa. Podría esperar a que los ocupantes se fueran (no era muy probable en este caso) o podía hacerse invitar, en general haciéndose pasar por alguien que no era.

Había encontrado varias formas de entrar en las casas: simulaba estar perdida y pedía indicaciones, gritaba aterrorizada como si la estuvieran persiguiendo o simulaba ser cualquier cosa, como vendedora ambulante o un familiar lejano. En el baúl del auto tenía un chaleco de seguridad amarillo y un casco, ambos con logos falsos de una empresa de demoliciones. Más de un secuestrador le había abierto la puerta porque pensaba que poseía un aviso de derrumbe. Otros, gracias a una de las decenas de tarjetas de presentación falsas que tenía en la mochila. Según esas tarjetas, Naomi era de todo, desde historiadora oral hasta especialista en control de animales portadores de enfermedades. Eso era en caso de que encontrara un problema con ratas.

Le gustaba calcular, en general a último momento, cuál era el mejor disfraz. La guiaba el instinto más que cualquier otra cosa. La familia Murphy era un desafío. La habían visto en la tienda y en el caserío. Era probable que la empleada les hubiera dicho que había ido a buscar las solicitudes de terreno. Podrían haber oído que estuvo en el museo local y leyó las microfichas, y la habían visto cenar con el guarda.

Eso descartaba muchos de los disfraces.

Las solicitudes le dieron la idea. Sacó una de las tarjetas falsas, la sujetó con un clip al expediente y salió del auto.

El hermano más joven, el que la había enfrentado en la camioneta, abrió la puerta antes de que ella recorriera la mitad del patio lleno de malezas. Tenía puesto un pantalón recto sucio y una camisa a cuadros. Un gorro marrón le aplastaba el pelo.

—¡Usted de nuevo! ¿Qué quiere?

Ella le ofreció su mejor sonrisa.

—Lamento molestarlo —dijo. Le mostró la carpeta y la abrió donde estaba su terreno. Él tomó la tarjeta y frunció el ceño.

—¿Profesora asistente?

—Sí. Estoy trabajando con un proyecto, escribo sobre la fiebre del oro en Oregón.

—Aquí arriba no hay oro. —Parecía confundido de verdad.

—Lo sé, esa es la historia: la fiebre del oro. Fui a examinar la mina de Claymore —hablaba un poco rápido—. Estuve hablando con la gente sobre las minas viejas, cómo la gente desperdició la vida para encontrar oro y no les salió muy bien que digamos. Pensé que su familia sabría un poco más sobre la historia local. ¿Tal vez su madre conocía gente que intentó encontrar oro aquí arriba?

Él le evaluó la cara. Ella no dejaba de sonreír con entusiasmo, y apostaba a que Earl Strikes hubiera mantenido la promesa de no decir nada acerca de que ella estaba buscando a Madison.

—Lamento haber sido descortés el otro día en su camioneta. Me sorprendió un poco cuando apareció detrás de mí.

—¿Solo quiere hablar con nosotros?

—Sí.

Él esbozó una sonrisa perezosa.

—Carajo. Esperaba algo más.

A Naomi le sorprendió el interior de la casa, no porque estuviera desordenada y mal hecha, eso se lo esperaba, ni porque la familia fuera muy ruidosa y escandalosa, como se había imaginado. Tampoco porque, como sospechaba, no había señales de que hubiera niños.

Estaba sorprendida porque las paredes estaban cubiertas de libros.

La dueña original, Ida Murphy, dominaba desde una fotografía sepia sobre una de las muchas bibliotecas; sus descendientes se reunían bajo ella en una mesa larga y hablaban, tallaban, comían, leían y reían. La casa tenía un aura de calidez que le hizo recordar a la señora Cottle al instante. Había un aroma sabroso a humo de pipa y medias de lana mojadas que se secaban en un estante cerca del fuego.

—Ella es Naomi —la presentó Mick Murphy—. Dice que no está con pesca y vida silvestre, después de todo. Es una especie de profesora.

—Está bien —dijo el hermano más grande mientras trabajaba en una trampa—. Porque estoy a punto de salir a hacer caza furtiva, y usted parece la presa ideal.

—Ay, tú —exclamó la mujer joven junto a él, con ojos brillantes y una risa alegre—. No le preste atención a Cletus.

—¿De verdad se llama Cletus? —preguntó.

—Qué va, se llama Patrick. Solo quería probar su detector de gentuza.[5]

—¿Vino por mis poemas? —La madre se sentó y abrió una botella con deleite.

Mick Murphy le acercó una silla.

—Mi madre es una poetisa conocida.

Naomi se sintió un poco sorprendida por estas personas. Tomó la silla y dijo:

—Tenía una idea distinta de ustedes.

—¿Qué, por el viejo pedorro ese de Earl? —dijo la madre, socarrona.

—Los describió como tontos —reconoció Naomi.

—Por supuesto —rio la madre y sirvió un chorro importante de vino—. En la mente de Earl, cualquiera que escribe poesía es un completo idiota. Sabes —agregó con una sonrisa astuta—, yo conocía a su esposa, Lucinda. Cuando se estaban cortejando, Earl le escribió un par de poemas. Ella me mostró algunos de esos garabatos. No eran muy buenos.

—¿Qué es exactamente lo que está estudiando, profesora? —preguntó Patrick Murphy. Con su tono, la palabra sonó lasciva.

---

5   El nombre Cletus es común en la clase baja rural de Estados Unidos (N. de la T.).

Naomi les pasó la tarjeta y les explicó que escribía sobre la fiebre del oro. Habló sobre el tema con tanto entusiasmo que se lo creyó ella misma. Patrick Murphy estudió la tarjeta, que decía que ella era profesora asistente de historia en una universidad extraña, la miró inquisitivo y luego se encogió de hombros. La madre era más inteligente: sostuvo la tarjeta entre dos dedos y la miró con ojos brillantes. Le hizo algunas preguntas. Naomi conocía todos sus personajes de memoria: les mostró la canción y el baile de la universidad como práctica.

La familia se relajó y le contó lo poco que sabía sobre la minería de oro. La madre recordaba a Robert Claymore de cuando era pequeña y le contó una historia divertida de cómo un día llegó a Stubbed Toe Creek a los gritos y hablaba de un agujero negro en la montaña. Dijo que fue ahí cuando se lo llevaron al loquero.

Mick Murphy le ofreció con entusiasmo llevarla a todas las minas de oro abandonadas que conocía, y los hermanos mayores le dieron codazos en las costillas e hicieron bromas sobre clavar la pica hasta que él se puso bordó.

Durante toda esa risa, Naomi miró a su alrededor. Todas las habitaciones parecían partir de esa sala principal torcida. Tendría que encontrar una forma de investigar la casa.

Escuchó un ruido de algo que se arrastraba. Una mujer salió de una de las habitaciones. Tenía puesto un camisón sucio y estaba descalza. El pelo rojizo estaba alborotado y en la cara tenía algo que Naomi pudo reconocer enseguida.

—Esta es mi hija Samantha —dijo la anciana y le hizo señales a la mujer para que avanzara. Samantha era mucho más grande que su madre, pero se sentó sobre su regazo y hundió la cara en el pelo plateado de la madre.

Naomi estudió a la mujer sin forma, que le devolvió la mirada con timidez. La madre respondió la pregunta que se formó en la cara de Naomi.

—Samantha nació con una vuelta de cordón; tiene problemas.

—Es como nuestra hermana mayor bebé para siempre —dijo Patrick Murphy con la voz llena de amor.

Samantha sonrió. La cara mostraba líneas de la edad, pero los ojos que se posaron en Naomi tenían la curiosidad de una niña.

La mano se aferraba a un juguete: una muñeca barata.

"No debería haber tomado esa última cerveza", pensó Naomi tambaleándose un poco al salir de la casa, muchas horas más tarde. No estaba acostumbrada a beber, y menos cuando trabajaba, y siempre estaba trabajando. Estaba molesta consigo misma, con cómo el alcohol parecía verterse sin problemas por su garganta en ese lugar en particular.

Se subió al asiento trasero de su auto y reconstruyó la noche en su mente. No había forma de que pudiera conducir en ese estado. Dejó la ventanilla un poquito abierta, no tanto como para que se pudiera abrir, pero sí como para que entrara aire fresco, y trabó todas las puertas.

La casa de los Murphy parecía existir en uno de esos lugares que flotaban más allá de todo lo demás. La familia le había contado chistes alocados, crípticos y complicados, y se tentaban de risa antes de terminarlos (¿se terminaban en algún momento?). La madre se había tomado gran parte de una botella de vino antes de levantarse con esfuerzo para preparar un revuelto, como lo llamaba ella; y en el medio de todo eso, de pronto abrió una ventana y comenzó a gritar poesía pura hacia el bosque.

Nada de lo que dijo tenía sentido.

Al final, Naomi se excusó para usar el baño antiguo con cadena y encontró un zorrillo embalsamado detrás del inodoro. Parece que habían estado esperando en silencio a que gritara del terror, y estaban satisfechos y decepcionados a la vez porque no lo hizo. Cuando volvió, Patrick le dijo que era el regalo del padre fallecido a la madre para su vigésimo aniversario. En ese punto, Naomi ya no sabía a quién ni qué creer, y no importaba mucho.

Se volvió a unir a la fiesta, tomó otra cerveza y comió un poco del revuelto, que estaba bastante rico y estaba hecho con cosas comunes, como huevos y papas. Intentó encontrar una excusa para inspeccionar el lugar y terminó mirando las estanterías con libros. En su estado cada vez más confuso, ya sabía que, si el clan de los Murphy tenía a la niña, no estaba escondida ahí.

El motivo era sencillo: la casa no tenía sótano.

Al final solo fue y miró todas las habitaciones sin siquiera preguntar, y la familia pareció no darse cuenta, tan entusiasmados estaban. En una de ellas encontró a Samantha durmiendo; la muñeca de la tienda de Strikes estaba apretada contra su mejilla.

Había dado por concluida la noche, aunque parecía que ellos seguían chillando y gritando adentro. El recuerdo de las mejillas rojas y la risa instantánea de Mick le ocupó la mente.

Se quedó dormida con las rodillas presionadas contra el respaldo del asiento del acompañante. Era una vieja costumbre de cuando dormía en la calle: si alguien tocaba el auto, el movimiento se transmitiría al asiento y ella podría reaccionar.

Despertó pocas horas después. Bajo la luna llena, la casa de los Murphy parecía cubierta en una niebla blanca. Una puerta se había cerrado despacio y alguien había tosido por lo bajo; ella se despertó enseguida. Se incorporó y miró por la ventanilla: Patrick y Mick Murphy, con sendas armas sobre el hombro y linterna en la mano, se adentraban en el bosque.

Ella supo la verdad: eran cazadores furtivos, y tal vez nada más (nunca había forma de estar seguro).

La experiencia le había enseñado que gran parte de su trabajo tenía que ver con pistas falsas y callejones sin salida. Solía tardar un tiempo en desenredar la madeja de hilo, y había muchos cabos sueltos. Gran parte de su investigación era pura diligencia. La parte más difícil era saber cuándo dejar una pista e intentar otra cosa.

Por ejemplo, si debería seguir investigando los terrenos.

El de Hallsetter estaba muy por encima de donde Madison se había perdido, pero Naomi notó que cubría una buena franja en las montañas escabrosas. En esta ocasión, no había otro camino que cortara por el bosque. Naomi ubicó el lugar donde el terreno tocaba el asfalto y se encontró con un muro de árboles imponentes.

Se adentró a pie y enseguida se halló en el mismo barranco que llegaba hasta donde Madison se había perdido. "En el medio de la nada muchas veces encontramos un lugar", pensó mientras observaba el cielo azul cubierto sobre un paisaje destrozado: árboles que se asomaban sobre colinas, peñascos que se hundían en caídas vertiginosas.

En algunas partes las montañas se aplacaban en valles que aparentaban ser tranquilos. Naomi supo que recorrer esos valles significaría estar con la nieve hasta la cintura. Además, cualquier zona sin árboles significaba falta de suelo, y la falta de suelo podía significar caminar sobre un glaciar escondido por la nieve. Un paso en falso y podría caer en una grieta. Sería una forma terrible de perderse, con las piernas rotas y el grito que se prolonga durante toda la caída.

Pensó en Walter Hallsetter, cómo había escapado a ese lugar cincuenta años antes luego de abusar de niños. Pensó que sus ganas no lo habrían abandonado. Seguramente había buscado otras oportunidades. ¿Las habría encontrado?

Varias veces Naomi se preguntó cómo la habrían secuestrado a ella. ¿Era una niña robada a una madre distraída? ¿O lo habían planeado? ¿Había nacido en cautiverio o se la llevaron con la madre? El peor miedo era algo que había visto: una niña a la venta.

Tal vez nunca lo sabría. Lo único que sabía era que el mal (como el Distrito del Diablo) era alquimia formada a partir de oportunidades. Algunos salían a buscarlas. Otros esperaban. De cualquier modo, sucedería.

Suspiró y revisó el barranco con cuidado. Encontró el punto donde podría cruzar, más abajo.

Enderezó la mochila y comenzó. Nevaba un poco.

Mucho más arriba de ella, el señor B estaba parado en las cornisas altas y miraba a Naomi.

La niña estaba junto a él.

Había una mujer debajo de ellos que cruzaba el barranco, una figura diminuta con una parka brillante. La niña de nieve y el señor B estudiaron a la mujer.

La forma le resultaba familiar. Era la mujer que estaba en la tienda.

La mochila colgaba a una buena altura en la espalda: caminaba con un objetivo. Por la naturaleza resuelta de su búsqueda, se dieron cuenta de que ella también era cazadora.

Pero no estaba cazando animales pequeños.

El señor B sintió miedo, que se convirtió en ira. Esta mujer estaba *dentro del terreno*. Hacía mucho tiempo había aprendido del Hombre que nadie más tenía permitido entrar: eran el enemigo, había que temerles. Una vez, el Hombre había encontrado algunos cazadores en su tierra y los espantó tanto que B mismo se asustó, y ya era grande en ese entonces.

Él sabía qué estaba cazando la mujer. No eran pieles ni carne. No era uno de esos escaladores ocasionales que veía a veces de lejos, colgados como tontos insectos de los riscos altos.

No. Solo podía estar buscando una cosa. A la niña.

Se acordó de cómo había encontrado a la niña: algunos minutos más en la nieve y habría muerto. Si esa cazadora quería a la niña, era demasiado tarde. La niña era de él. Él le había salvado la vida. Luego de encontrarla, él había visto que otras personas fueron a buscar al otro lado del barranco. Por eso se había cuidado de no sacarla nunca, a menos de que la nieve pudiera cubrir sus pasos. Con el tiempo, se había olvidado de eso. Pero no se volvería a olvidar.

De pronto, el señor B se llenó de celos y envidia. Nadie había ido a buscarlo a él. No era justo que fueran a buscar a la niña.

Junto a él, la niña buscó su mano con cautela. Él miró hacia abajo. Sus ojos azules reflejaban el cielo azul. Se dijo a sí mismo que, sin importar lo que sucediera, ella seguiría siendo suya; incluso si ella tenía que morir.

Volvieron a casa bajo el cielo cubierto que prometía más nieve.

—¿Olvidaste esto? —El guarda Dave estaba parado junto a su auto con el localizador en la mano. Estaba empezando a nevar más fuerte y Naomi había concluido la jornada. Estaba exhausta y tenía hambre.

Se irritó por haberse olvidado de trabar el auto y porque este guardabosque no dejaba de seguirla por todas partes. Dave se paró frente a ella, parecía disgustado y a la defensiva, y el localizador en la mano era una acusación.

Ella permitió que su rostro demostrara la irritación.

—Nunca te interesarás en mí, ¿no? —le preguntó en voz baja.

Ella se alejó.

—No, no lo creo.

—Está bien. —La voz tembló; él respiró y lo dejó pasar—. No deberías estar haciendo esto sola.

—¿Por qué?

Siempre esperaba escuchar el típico reto sobre la seguridad. En cambio, la respuesta la dejó helada.

—Cuando Sarah y yo rescatábamos personas, nos gustaba compartirlo... hablar sobre lo que había ocurrido. Extraño mucho eso. Compartir la experiencia.

Naomi lo observó.

—Siempre me preguntaba qué sucedía luego con esa gente. ¿Qué era de su vida? Siempre pensamos en las personas cuando están en crisis, cuando esperan que las encuentren. Pero nadie habla sobre cómo es después.

—¿Para ti o para ellos?

—Para todos.

Ella le sonrió.

—Me gustaría ser tu amiga. Creo que tenemos mucho en común.

—¿Pero mi amante no?

—No. Nunca —respondió ella, y luego continuó con un tono más suave—: hay alguien más. Es el único que vi con esos ojos en toda mi vida.

El guarda Dave sonrió de pronto, su cara cambió y parecía la de un niño; Naomi vio que otra mujer podría enamorarse de esa cara.

—Bueno, entonces —le preguntó—, ¿qué esperas?

Esa noche el señor B puso a la niña en el sótano de nuevo. Necesitaba pensar.

Conocía bien el sótano, de cuando era chico. Pero en esa época él no tenía muchas mantas, y el Hombre lo aterrorizaba ahí abajo: le hacía bromas y hacía muecas cuando su boca hacía una O. Había tratado de escapar muchas veces, de abrir la trampilla de un golpe, y cada vez el Hombre lo había golpeado tan fuerte que pensó que moriría. No tenía forma de saber si el Hombre estaba arriba cuando trataba de romper la trampilla.

B había tratado de ser mucho más amable con la niña. Le gustaba la niña.

Había tantas cosas de la vida que no comprendía. Comprendía la luna y el césped que se escondía bajo la nieve en las zonas más bajas. Comprendía cómo las nubes pasaban por encima de los riscos de la montaña, bien arriba, incluso por las piedras que no tenían nieve. Sabía cazar con trampas y cómo curar la piel.

Todas esas cosas las había aprendido del Hombre.

La niña fue la primera figura humana que le había enseñado algo más allá de la naturaleza. Por ese motivo, ella era más importante que la vida misma en su imaginación. Y al igual que un ave atada a una cadena de oro, era demasiado valiosa como para permitirle escapar.

Dejó la cocina cálida, se agachó y tomó la caja bajo la cama. Esa caja había pasado la misma cantidad de tiempo que él en ese lugar. Lo desconcertaba. Decía tantas cosas sobre un pasado que B estaba convencido de que tal vez no había existido. Una parte de sus huesos le decía: "Ah, sí, sí existe".

La caja era vieja y de madera y olía a humo de pipa (ya lo había olido en la tienda). El interior estaba forrado con una tela suave y rota. La tela era de un color que no estaba en la naturaleza, salvo en los moretones.

Dentro de la caja estaban los misterios.

Había papel; conocía el papel por la tienda. Había un collar desvaído y una botella pequeña y oscura de medicina amarga.

Los papeles estaban cubiertos con las marcas extrañas que la niña hacía en las paredes del sótano y que miraba en el papel: figuras fascinantes, un idioma secreto que él no comprendía. A veces la niña dibujaba formas que él reconocía (un animal como un coyote, una figura como un humano), pero a ella también le gustaban estas figuras. Se cruzaban y se repetían, tenían puntos y rulos.

Bajo las letras había una foto del Hombre. A B no le gustaba mirar esa foto. Con solo mirarla recordaba momentos malos. En la foto, el

Hombre era alto y grande, y tenía una cara gorda y ceñuda. Estaba parado fuera de la tienda y sostenía una piel de lobo en una mano con guante. B guardó la foto y buscó en el fondo de la caja la cosa más sagrada de todas.

¿Qué tipo de criatura era? Durante mucho tiempo, un aullido infinito de terror, no lo supo. Todo el tiempo que estuvo con el Hombre, todos los dolores, las lágrimas y la sangre en los muslos, todas las palizas y la vez que había intentado abrirse la garganta con las garras solo para no sufrir más, no sabía cuál era la respuesta a la pregunta sencilla: ¿Qué tipo de criatura era? Él sabía que había venido de algún lado, pero luego de un tiempo suficiente en el sótano, B se había olvidado. Le dolía demasiado recordarlo. Recién cuando mató al Hombre encontró esa caja. Recordó cuando se sentó en el borde de la cama y la abrió. Reflexionó sobre el collar, probó el remedio con el dedo y adivinó para qué servía. Encontró este papel distinto (era el mismo tipo de papel quebradizo que le había mostrado a la niña, pegado bajo los estantes), miró hacia abajo y vio una foto en la página. Era la foto de un niñito con un mechón de pelo rubio y ojos felices y sonrientes.

Salió y se paró junto al vidrio irregular de la ventana, donde podía ver su reflejo. Sí, esa foto del niño había sido él, mucho antes de que el pelo amarillo se hiciera más grueso y que la barba pusiera ásperas las mejillas.

¿Qué decía el resto del papel? ¿Qué significaban los símbolos? B no tenía idea. Pero mientras volvía a guardar la caja en un lugar seguro, una parte de él supo que tenía algo que ver con el motivo por el que la cazadora estaba ahí. Tenía algo que ver con él, y ese algo ahora tenía que ver con la niña.

Sabía que podía mostrarle el papel a la niña. Ella podría ver las formas y ver la foto de él cuando era niño. Tal vez de algún modo podría comunicarle qué significaba, con las manos. Pero tenía miedo de eso. Tenía miedo de que ella mirara las formas en el papel y luego lo mirara con otros ojos. Como cuando parecía que lo miraba *por dentro*.

Con el costado de una mano se rozó la barba entrecana. Se pasó los dedos por el rostro envejecido. Había algo que no comprendía sobre el paso de la vida. El zorro tenía al cachorro y el cachorro... ¿qué? ¿Crecía? Sí, y lo cazaban.

Pero antes de eso, el cachorro vivía con la madre.

La niña le había llevado visión, calidez y algo más. Por primera vez en la vida se vio a sí mismo (otro ser humano) reflejado en sus hermosos ojos azules.

No podría soportar perderla. No ahora, cuando por fin había vuelto a nacer.

15

Al ver a la mujer que cruzaba el barranco por debajo de ellos, la niña de nieve se había detenido; el corazón le latía a toda velocidad por la conmoción. *Otra persona entraba en ese mundo.*

¿Qué buscaba esa cazadora? ¿Cantaría o tocaría la flauta como en el cuento?

La mujer era la primera persona que había visto en más de tres años, además del señor B. Había pensado que tal vez no había personas en este mundo. Ahora sabía que no era así, y la realidad la sacudió.

Le ocultó estos sentimientos al señor B con cuidado. Lo tomó de la mano para tratar de tranquilizarlo.

A pesar de eso, cuando volvieron a la cabaña, el señor B se enojó y la volvió a poner en la cueva. Oyó el ruido de la traba. Ella talló las paredes de barro: bandadas de patos que cruzaban lagos en verano y buscaban en vano la comida que no estaba ahí. Zorros delgados que morían cuando la nieve del verano se hacía demasiado suave para cazar y coyotes gordos que se alimentaban de ellos.

Filas de carámbanos diminutos como adornos que goteaban lluvia desde los cedros.

Se detuvo. Fue a la figura apenas perceptible cavada en el rincón de barro que había pensado que era un número 8. Pero no era un ocho. Era una B.

El señor B la había tallado mucho tiempo atrás.

Se dio cuenta en ese momento. El señor B también había sido un niño de nieve.

Lo habían encerrado en ese lugar, igual que a ella. Él era el que había intentado escapar.

La niña de nieve supo que la mujer le ofrecía un camino a otro mundo. Tal vez era un mundo más frío donde había más dolor. Tal vez era un mundo peor y ella se arrepentiría de ir. Esperaba que fuera un mundo como los de sus cuentos de hadas. Tal vez era pedir demasiado.

En la cueva, la niña de nieve esperaba en el único escalofrío que sabía que podría calentarla y se quitó la ropa. Se quitó todo lo que tenía puesto. Los pantalones sucios con unicornios, la parka suave y húmeda, la camiseta rosa y gastada que había debajo, las medias con agujeros y las zapatillas viejas y rotas.

Se quedó parada sobre el suelo frío y húmedo de barro, desnuda, recta como una tabla. No tenía reflejo. No tenía forma de ver. Pero ella podía ver igual. Su interior, que había conocido más de lo debido. La forma en que el cuerpo tejía y unía todo tipo de partes: el gusto a carne en el músculo mojado, la médula suave y el aceite que cubría la lengua. Todo era como una explosión.

Se tocó la grieta. En un momento, había soñado que había vuelto a nacer. Ahora se daba cuenta de que, de una forma u otra, era cierto.

Les pasaba a todos los adultos.

Miró las tablas rústicas sobre ella. Él podía mantenerla encerrada hasta que muriera de hambre y quedaran solo su cuero y sus huesos, como los restos de los animales que a veces encontraban en el bosque.

Se quedó ahí parada respirando. El aire era dulce. Dio una vuelta despacio para ver a su alrededor la representación magnífica: el trabajo de su vida en garra y dibujo, las imágenes que saltaban de las paredes oscuras como sombras.

—¿Le importaría ir a la iglesia conmigo? ¿Mañana a la mañana? —le preguntó Violet Danforth y con esperanza agregó—: O podemos ir al servicio de la tarde. Si le gusta dormir, como a Danita.

—No me gusta dormir —vaciló Naomi. La habían invitado a la iglesia varias veces, a vigilias, sesiones de espiritismo, reuniones de oración y una vez a una ceremonia vudú haitiana; cualquier cosa que las familias pudieran imaginar para conectarla a ella, su rezo, con su dios, como si al conectarlos aumentaran las posibilidades. Tal vez era cierto.

Por lo general, evitaba esos encuentros. No quería que las familias soñaran más de lo que ella podía ofrecerles.

Violet la observaba en el pasillo silencioso e inmóvil. A su alrededor lloraba toda la casa vieja, como si lo hiciera por los fantasmas de las familias anteriores.

—Significaría mucho para mí —le dijo, y Naomi dijo que sí.

La primera iglesia bautista de Bethel estaba en una esquina olvidada por el aburguesamiento... de momento. La entrada, pintada con cal y desvencijada, parecía que podría derrumbarse con una tormenta. Alrededor de la iglesia destartalada crecía el alambre de púas del comercio: cafés y departamentos nuevos y estridentes. La iglesia parecía un hombrecito viejo acurrucado a los pies de su hijo ostentoso.

Naomi subió los escalones (despacio) junto a Violet bajo el sol de la primera mañana, y enseguida se sintió como en casa. Conocía a esas personas, pobres y con esperanza. Formaban filas con su mejor ropa de domingo: telas brillantes y sombreros de paja con flores. Las mujeres tenían zapatos teñidos para que combinaran con el vestido, estolas tejidas apolilladas o antiguas de piel con aspecto de que podrían levantarse y salir corriendo.

Naomi se acordó de la señora Cottle, sentada por ahí los domingos después de misa con los pocos amigos de la iglesia que le quedaban: Nancy, con el pelo teñido de azul, Ophelia, con el fetiche por la crema helada. Helado no, le indicaba siempre a Jerome antes de que él corriera a la tienda del pueblo. Crema helada. Ella y Jerome hacían bromas sobre eso. Ni siquiera sabía si se seguía preparando crema helada.

Los parroquianos saludaron a Violet con calidez, con amor, y extendieron las mismas manos acogedoras a Naomi.

El interior de la iglesia era una caja sencilla; le recordaba a las iglesias cuáqueras con tallados rústicos. Los bancos eran simples, el tablado estaba hecho de madera contrachapada y el púlpito estaba cubierto con tela barata. Notaba que los signos de la pobreza destacaban por todos lados, y por más que resultara extraño, eso la tranquilizaba.

—Esto no es para Danita, ¿no? —le susurró a Violet, quien se dio vuelta en su esplendor, con un vestido azul ondulante, un sombrero al tono y una línea hermosa de azul pavo real sobre los párpados arrugados.

—Es para ti —respondió Violet, y el estómago de Naomi dio un vuelco.

La gente llenó los bancos, filas de la población negra que desaparecía del pueblo; Naomi hundió la cabeza en una oración, y no era la primera vez. Nunca supo qué decirle a Dios. Lo quería invitar: "Ven a cavar un pozo conmigo. Ven a cavar un túnel hacia mi pasado".

La oración terminó, ella levantó la cabeza y miró a su alrededor.

Allí, al otro lado, la observaba un rostro conocido. Una sonrisa intensa y breve.

El detective Winfield.

Estaba junto a su madre, anciana y encogida, con un sombrero inmenso que la hacía parecer diminuta. Tenía la Biblia levantada ante ambos y se estaban preparando para escuchar. Sus ojos volvieron a Naomi, vieron a Violet junto a ella, y asintió con algo que parecía alivio.

—Cantemos —dijo el pastor, y eso hicieron.

Hacia el final del servicio, el pastor pidió a la congregación que rezara por Naomi, que le diera fuerza en su búsqueda. Ella lo aceptó con la cabeza gacha y los ojos de Violet brillaron.

Luego del servicio hubo un almuerzo temprano en el patio verde desparejo del fondo, donde había una sola hamaca de metal para los niños. Las mesas se llenaron de comida y los hombres bromeaban entre ellos. Naomi comió un poco y esperó que pasara un tiempo respetuoso para irse.

—¿No tiene hambre? —preguntó Violet en un reto.

—En general, sí —contestó Naomi y sonrió—. Quiero volver a trabajar.

Violet miró por encima del hombro de Naomi y el sombrero azul se movió.

—Lucius.

El detective Winfield estaba elegante, con un traje demasiado grande y los zapatos recién lustrados. Había dejado a la madre con las manos temblando sobre el bastón, sentada en un lugar de honor, cerca de la mesa del picnic.

—Buscadora de niños —asintió.

—¿Siempre le dices así? —preguntó Violet—. Un poco de modales, Lucius. —Se dirigió a Naomi—: Conozco a Lucius desde que estaba en pañales. De hecho, lo cuidaba aquí mismo, en esta iglesia, durante catequesis.

—En la época en que todavía había catequesis —dijo él. Miró a Violet a la cara—. Espero que estés ayudando a esta joven.

—Sí —anunció ella con agudeza—. No lamento que la abogada ya no te deje hablar con Danita. Siendo que tú la *arrestaste*.

—Lo lamento, de verdad —dijo él, y las saludó con respeto antes de retirarse. Mientras volvía a su madre, con el brillo del sol en el pelo, Naomi pensó que parecía solitario.

—¿Lucius conocía a Danita cuando ella era más pequeña? —preguntó.

—Claro que sí —respondió Violet—. Lucius siempre fue bueno con la comunidad, una persona en la que se podía contar sin dudarlo. Él fue quien me recomendó la clínica para autistas. Estaba indignado por la forma en que la trataba la escuela. Decía que no estaba bien.

—¿Por qué no me lo dijo?

—¿Por qué habría de hacerlo? Yo no sabía que usted lo conocía. Mire, ambas sabemos que no depende de él. En esta vida hay un poder superior que maneja las cosas, y no es el Señor. Es un tipo de traje sentado detrás de un escritorio que vale más que mi casa.

Lucius las miró desde su lugar mientras ayudaba a levantarse a su madre con el bastón.

—No lo culpo —concluyó Violet. Tenía una mirada maliciosa—. Es bueno con la madre. Y apuesto que sería bueno con usted.

—Podría ser mi padre.

—Bueno, al menos sabe que no lo es, y eso no es poco.

Naomi no lo pudo evitar: se quebró. La risa alegre hizo eco en la pequeña extensión del patio y los parroquianos se dieron vuelta, contentos de escucharla. Se secó las lágrimas de risa de los ojos. Violet bajó la voz y acercó la cara. Naomi vio el temblor del vestido azul, los zapatos agrietados, pero lustrados, y las medias gruesas.

—Yo sé lo que le ocurrió a usted —dijo—. Me lo contó esa abogada. Por eso me la pasé diciéndole que la llamara y la llamara y que luego la volviera a llamar. ¿Sabe por qué? Porque Moisés no llevó a la gente a la tierra prometida porque tenía un título de grado elegante. No, lo hizo porque había nacido de ellos. Estaba escondido en el arca.

—Supongo que puede decir eso sobre mí.

—Puedo y lo haré. Se irá de esta iglesia ahora mismo y averiguará qué le pasó a mi bisnieta. Lo siento en los huesos. Y cuando lo averigüe, yo lloraré un río de lágrimas. Y Lucius también. Y usted también.

Naomi sintió que se le suavizaba la piel, ahí mismo bajo el sol.

—¿Esa será la tierra prometida?

Violet la tocó; olía a lavanda.

—Sí, de hecho, será la tierra prometida.

Naomi caminó hacia su auto, que estaba afuera, y vio una bandera que flameaba sobre una casa. Vio un toldo de un café elegante que se movía en una brisa cada vez más veloz. Una tabaquería tenía los colores rastafaris: verde, amarillo y rojo.

Naomi se acordó de cuando estaba en la escuela. De cuando la obligaban a sentarse sobre una tabla dura de madera, cortar tiritas de color barato, hacer unos aros inútiles y unirlos por el salón para una fiesta aburrida de un feriado.

Era algo que sabía que tenía en común con Madison. No les gustaba estar adentro. Preferían estar afuera, correr por el campo, mirar las flores.

Verde, amarillo, rojo. Comenzó a conducir hacia el centro del pueblo, donde estaba la cárcel. Los colores se repetían en su mente, como una canción sencilla que cualquiera podría entender. Baby Danforth había desaparecido hacía apenas un mes.

Solo un mes, pensó. Pueden pasar (o no pasar) tantas cosas en solo un mes. Pasó por al lado de un autobús ruidoso de la ciudad y miró en el espejo para verlo saltearse una parada llena de gente porque estaba demasiado lleno. Los recortes de presupuesto habían llevado a reducir el servicio.

Podría encontrar una tienda de camino a la cárcel. Necesitaba abastecerse.

—Danita, te traje colores.

La mujer joven reaccionó. Las salas de visitas de profesionales estaban vacías los domingos. Danita parecía desinflada, sentada en la sala de visitas de la cárcel sin su hija. Naomi se lo podía imaginar: el corazón se había levantado y se había ido caminando.

Lo sintió ella misma: algo que la afectaba.

Los colores eran tiras de papel brillante. Naomi había comprado las cartulinas en el camino; comenzó a acomodar las tiras sobre la mesa.

—Si juegas este juego, quizás Baby vuelva a casa —dijo.

Danita era puro ojos. Naomi notó que asomaba el instinto maternal. Danita usaría todas las habilidades posibles para jugar.

—Rojo, rojo, lunes te apodo —cantó Naomi de pronto mientras ponía las tiras sobre la mesa.

—Amarillo, amarillo, un tipo sencillo. Te llamas martes.

Los labios de Danita la seguían y ella observaba cómo se alineaban las tiras.

—Naranja, qué niña tonta. Podría comerte, pero eres miércoles.

Danita largó una risita.

—Verde, verde, ojalá te recuerde. Qué bueno, es *mi día libre* de siempre: jueves.

Danita se detuvo.

—Y el azul está aquí, no quiero verte partir. Vuelvo a trabajar porque es *viernes*.

Naomi levantó la mirada. Las tiras estaban armadas. Puso una mano sobre el verde.

Los ojos de Danita se abrieron bien grandes.

—Verde —dijo.

—Sí. Llevaste a Baby al doctor.

—Era verde. Como el asiento del autobús. Mi día libre. Pero... —Danita frunció el ceño.

Naomi esperó.

—El doctor le dio las vacunas. Fuimos a casa y comimos sopa. Nos acurrucamos en la cama y fue tan lindo, Baby y yo. Y luego...

—Te quedaste dormida, pero te despertaste. Porque alguien te llamó.

Danita pegó un salto: estaba recordando.

—¡El jefe! ¡Era hora de salir!

—¿Y Baby?

—Puse a Baby en la silla de paseo —escupió de golpe—. La llevé al trabajo conmigo. Abuelita estaba en estudio de la Biblia. No puedo dejar a Baby sola.

La sensación de horror comenzó a inundar la sala.

Naomi movió la mano muy despacio hacia el azul: viernes.

Danita ahogó un grito.

—El azul aquí, no quiero verte partir. Aquí estoy —cantó Naomi—. A trabajar de nuevo, es viernes.

El aire de la tarde había llegado desde las tormentas de primavera sobre la costa, a cientos de kilómetros. El aire tenía un gusto salado y las gaviotas se peleaban en la altura y hacían berrinches.

El estacionamiento de autobuses del pueblo era una cosa monstruosa, ocupaba dos lotes. Los edificios grandes le hicieron pensar en hangares de aviones. Desde las sombras de las puertas abiertas alcanzaba a ver las líneas de autobuses oscuros, estacionados como caballos grandes durmiendo en los establos.

En el extremo opuesto del lote estaba la estación de carga de combustible, y junto a ella el taller mecánico de dudosa reputación. El espacio de atrás estaba lleno de autobuses rotos hasta donde alcanzaba la vista. Lo había investigado: debido a la crisis de presupuesto, había trabajo de reparación acumulado para varios meses. Los terrenos estaban rodeados por rejas con alambre de púas.

El conductor nocturno del autobús número cuatro estaba parado frente a ella; era un hombre fornido con ojos azules que asomaban desde una cara enmarcada en una barba roja. Estaba nervioso y predispuesto a ayudar.

—¿Recuerda a esta mujer? —preguntó Naomi y le mostró una foto de Danita que le había dado la abogada—. Era una pasajera frecuente.

—Sí, la recuerdo. Se sube casi todas las mañanas en la parada de la escuela. Creo que trabaja allí. A veces tiene un bebé, la lleva en una silla de paseo. Ahora que lo pienso, no la veo desde hace un tiempo. ¿Está bien?

—¿Cada cuánto llevaba a la niña?

—No estoy seguro. ¿Un par de veces al mes? Es una niña tranquila. —El hombre hizo una pausa; la mirada indicó que recordaba algo—. Siempre se sienta bien atrás. A veces le tengo que gritar para que se despierte. Conozco su bajada de memoria. Ya sabe cómo es, uno está cansado y se duerme en el autobús, en especial si trabajó toda la noche. Le pasa muy a menudo. ¡Pero salta como loca! A veces sale corriendo por la puerta, como si la estuviera persiguiendo. Creo que debe tener... ya sabe... problemas. Pero se nota que ama a esa niña.

—¿Cuánto tiempo pasa entre que deja a esta mujer y termina el turno?

—Es al final de mi turno. Luego de eso, entrego el vehículo.

—¿Tiene algún tipo de registro o algo así? —preguntó.

—Claro —dijo él y tomó un anotador rotoso del bolsillo trasero—. Nos piden que registremos todos los incidentes.

—Me interesa el nueve de febrero —dijo Naomi en voz baja—. Hace poco más de un mes.

Él pasó las páginas del anotador y lo mantenía en su lugar con un pulgar oscurecido por la grasa.

—¡Sí! Me resultaba conocido. El coche tenía muchos problemas! Llamé al despacho y les dije que lo dejaría cuando terminara la ruta. Cuando regresé, lo estacioné en el lote de reparaciones. Al día siguiente me dieron otro. Sigo esperando que lo arreglen, pero esa no es ninguna novedad.

Naomi sintió un escalofrío helado. En su mente surgió una imagen: un bebé que bailaba cabeza abajo en el techo de un autobús.

—Dijo que la mujer siempre se sentaba en el fondo. ¿Ponía la silla de paseo en algún lugar donde usted no pudiera verla, como detrás de un asiento?

Al hombre le cambió la cara. No era fácil describir cómo, pero era una cara que ella ya había visto, cuando la gente se da cuenta. De a poco, las mejillas rojizas perdieron el color y los labios se pusieron violetas, como si estuviera a punto de vomitar.

—De... debería verificar todos los asientos al final del turno, pero las ventanillas podrían haber estado cerradas, y no estaba lejos del estacionamiento, y si la bebé estaba durmiendo...

—¿Dónde está el autobús ahora? —preguntó Naomi con suavidad.

Él tragó saliva.

—La llevaré.

Caminaron por las cocheras abiertas hasta el fondo de los lotes, donde los autobuses rotos esperaban su turno para que los repararan, como centinelas amarillos en un parque frío y gris. Arriba, las gaviotas gritaban con hambre, y Naomi se tuvo que secar las lágrimas que sintió correr por las mejillas.

El conductor se detuvo junto al autobús número cuatro y no pudo avanzar más. Todas las ventanillas y las puertas estaban cerradas.

Naomi presionó el botón rojo de afuera.

Las puertas acordeón se abrieron con un siseo lento. Naomi lo pudo oler de inmediato. Era el olor a miedo, a nostalgia, al lugar del otro lado. Era un olor que decía barro, tierra y el grito más triste de todos: *madre*.

Inhaló y se subió al vehículo.

La Buscadora de niños se encontró con la abogada defensora fuera de la sala de visitas de la cárcel. Vieron a Danita a través del vidrio, de espaldas a ellas, con las manos entrelazadas, esperando. El cuerpo estaba quieto, como si esperara que lo llenaran.

Afuera, en la recepción, esperaba el detective Winfield. Había enviado un equipo antidelitos para que procesaran el autobús. Dependía de la corte determinar si se trató de un accidente o negligencia.

Habían encontrado a Baby Danforth.

—Yo le digo —dijo Naomi a la abogada.

Enderezó los hombros y abrió la puerta con tranquilidad.

Desde afuera de la sala de concreto la abogada oyó un grito penetrante. Hizo eco en todo el edificio; los pájaros que estaban en el techo salieron volando. En todos los rincones donde se escuchó, todos se detuvieron; sabían que era un sonido único en el mundo: la angustia de una madre.

La abogada hundió la cabeza entre las manos.

En la sala de concreto, Naomi consolaba a Danita lo mejor que podía y le susurraba al oído, que subía y bajaba:

—Era tuya, era tuya.

En sus propias mejillas mojadas sintió la revelación. Sí, quería tener un hijo propio. Sí, correría ese riesgo, si implicaba sentir el mismo amor que esta mujer que había colapsado en sus brazos, amor que brotaba como un río desde el interior de la angustia.

—Naomi.

Era Jerome, la esperaba en la recepción del motel cuando ella por fin llegó arrastrándose más tarde; sentía que había dejado un rastro de lágrimas, como el paso de una babosa psíquica, en todo el camino desde la ciudad hasta las montañas limpias.

Jerome se había relajado sobre una de las sillas deshilachadas con el sombrero de comisario sobre el regazo.

A pesar de todo lo que había ocurrido ese día (o tal vez debido a eso), el corazón de Naomi se desinfló con alivio con solo verlo.

—Disculpa por no haber respondido la carta —dijo—. Soy una cobarde.

—No, solo eres una mujer confundida —dijo él con una sonrisa—. Y espero que seas una mujer con hambre.

—La verdad, esta vez no —hizo una pausa—. Pero conozco un lugar.

Comieron en el restaurante donde la había llevado Dave. Naomi sintió un pinchazo de culpa por eso, y se alegró al ver que el dueño se lo tomaba con calma.

Como siempre, Naomi se maravilló ante lo relajada que se sentía junto a Jerome. Sin importar cómo se sintiera (triste, desesperada o feliz), Jerome parecía estar de acuerdo con eso.

Le contó en voz baja lo que había ocurrido con Baby Danforth. Se contuvo de contarle lo que había visto en el autobús, pero sabía que la imagen no la abandonaría nunca. Un bebé diminuto abrochado para siempre en su silla de paseo. Naomi se rehusaba a pensar cómo era enfrentarse a la muerte porque ya lo sabía.

Jerome la consoló y luego le contó que había vendido y se había despojado de todas las pertenencias de la señora Cottle, y que eso lo hacía sentir muy vacío. Dijo que cuando revisó su tocador, encontró un cajón lleno de pañuelos manchados, todos con labios pintados de color malva, durazno y rojo. ¿Qué era eso? Naomi sonrió un poco y se acordó de la línea de labiales de Mary Kay en el tocador, la sensación de las manos de la señora Cottle sobre sus hombros.

Como paso siguiente, Jerome dijo que pondría en venta la casa. ¿Y luego? Le habían ofrecido un trabajo. Un trabajo de tiempo completo en una comisaría, le dijo. Buen salario, beneficios... un futuro. Pero debía irse de Oregón.

Naomi sintió una puñalada de miedo.

—¿Lo aceptaste? —preguntó.

—Depende de ti —respondió él—. A mí me gustaría ayudarte.

Naomi pensó en Jerome sentado en el auto junto a ella.

Lo cómoda que se sentiría así.

—Te guardé esto —dijo Jerome y apoyó el vaso para poder sacar una cajita del bolsillo. Adentro estaba el anillo de bodas de la señora Cottle—. Lo encontré bajo su almohada. Tal vez hacia el final estaba preocupada por perderlo. Yo ni me di cuenta de que le faltaba —hizo una pausa—. Tengo la esperanza de que te lo pongas por mí, pero es tu anillo y debes hacer lo que quieres.

Naomi lo miró.

Él siguió comiendo.

—Esto está *muy* bueno —dijo y señaló el plato de ella.

Luego de cenar, la llevó de vuelta al motel y la acompañó por el estacionamiento, donde caía una nieve blanca y deslumbrante. En la puerta se inclinó sobre la jamba y esperó.

Ella podía ver el deseo en sus ojos.

—¿Me harás conducir de regreso en la nieve? —le preguntó.

—Tengo que decidirme —respondió ella.

—No hay nada que decidir entre la esperanza y la muerte.

—Puedes dormir en el piso —dijo Naomi.

—Te estás guardando para mí, ¿no? —bromeó Jerome más tarde, acostado en el piso sobre un nido de mantas. Al otro lado de las ventanas oscuras arreciaba la borrasca de primavera.

—Ja. —Naomi sonrió un poco en la oscuridad. Se había lavado la cara y tenía puesto lo que para ella eran piyamas: pantalones de algodón para hacer ejercicio y una camiseta vieja. Le gustaba pensar que podía correr cuando quisiera.

—¿Alguna vez tuviste novio, Naomi? —le preguntó en voz baja—. ¿O solo me haces dormir en este piso de mierda porque te gusta castigarme?

—No, nunca —reconoció ella.

Él se dio vuelta. Ella podía verle la cara en el triángulo de luz que entraba por las cortinas pesadas. Era la luz de la luna aumentada por el ambiente y coronada por la lluvia blanca.

Hizo una pausa.

—¿Y tú?

—Un par de amantes por ahí. Pero no estamos hablando de eso, ¿no?

La voz de ella susurró:

—No.

—¿Recuerdas cuando compartíamos nuestros secretos? —preguntó él. La luna capturaba un rostro hermoso, lleno de añoranza. El pelo oscuro le rozaba los hombros.

—Las piedras —rio ella.

—Yo te amaba. Te amaba sin importar de dónde habías venido. No... olvida eso. —Su voz le llegaba flotando—. Te amaba porque habías venido de dondequiera que fuera. Debe haber sido un lugar mágico para producirte a ti.

Naomi sintió algo más profundo que llanto: un rubor en el vientre.

—¿Estás intentando hablarme hasta que te invite a la cama? —preguntó ella con la voz cargada de emoción.

—No —respondió él con voz cálida—. Estoy intentando hablarte hasta llegar a tu corazón.

Correr y correr; la oscuridad era un fantasma tras ella. Sentía que las piernas giraban a toda velocidad y el cielo nocturno la elevaba. Miró hacia abajo y vio...

Vio las pantorrillas salpicadas de sangre.

Naomi sabía que soñaba, podía sentir los pies moviéndose en sueños, pero estaba dentro del gran sueño y sabía que esta vez terminaría y le daría la respuesta final que ella temía.

Sentía el barro espeso del campo bajo las plantas desnudas. Sabía que no tenía edad, pero podía encontrar un número en alguna parte, bajo el cielo. Sabía que no tenía ropa, pero había vestidos para albergar a quienes estaban desnudos. Sabía que recuperaría su nombre. Sabía...

Corría sola.

Se detuvo en el campo, presa del pánico. El hilo de la luna mostraba cuatro costados de bosque. Ninguno le ofrecía consuelo: *ellos* podrían estar esperándola en cualquier parte. Había estado atrapada en un lugar horrible bajo tierra. No había luz, salvo cuando venían los monstruos, y los monstruos fingían amarla, pero en realidad la lastimaban.

Había encontrado una vía de escape por el refugio en un bosque: había corrido las malezas que estaban sobre la trampilla podrida. "Ven", le había susurrado a la niña que la seguía.

"Grande", había susurrado la niña afuera, con el rostro lleno de confianza.

Comenzaron a correr con las manos abiertas, asiendo el aire. Sentía el terror que la rodeaba, más grande que la vida, ahora que había probado la libertad. Correr y correr, cada vez más rápido, por el miedo, ver las rodillas desnudas elevarse y los pies golpear contra la tierra.

Allí, a la distancia, la luz de lo que podría ser una fogata. Lo había logrado. Era la hermana grande y las había salvado a ambas.

Bajó la velocidad, le costaba respirar, y miró a la niñita que tenía al lado.

—Podremos estar seguras —suspiró.

Pero la niña ya no estaba ahí.

Naomi se dio vuelta con violencia, los ojos buscaban en el bosque tras ella, sabía que la había dejado atrás, y el pánico más terrible de todos le encendió el cuerpo como un fuego arrasador.

Naomi gritó dormida y se despertó de un salto.

—¡Hermana!

Estaban sentados juntos en el borde de la cama; ella le contó lo que le había llegado en el sueño. Jerome estaba desnudo, salvo por un par de calzoncillos.

—Mi hermana menor. La dejé atrás —dijo Naomi con voz quebradiza—. Seguí corriendo.

—Eras una niña —dijo Jerome. Su voz era suave como cenizas en la oscuridad.

—Elegí salvarme a mí misma. Yo era la hermana grande. No la salvé.

—Tal vez algún día la salves —dijo Jerome—. Ahora sé por qué no dejas de buscar. Quieres encontrarla. Por eso no puedes quedarte quieta. Significaría que te das por vencida.

—Pero no puedo encontrarla.

—¿Por qué no?

—¿Y si está muerta? Debe estar muerta. —Naomi sintió una culpa que le calaba los huesos—. Puedo salvar a los demás, pero no puedo salvar a la que más importa.

En ese momento se dio cuenta de que su mente la había estado protegiendo no de lo que le habían hecho a ella, sino de su propia culpa terrible.

Jerome estiró su única mano y tomó la de ella. Se miraron las manos entrelazadas, frente a ellos.

—¿Y tu madre? —preguntó con dulzura.

Naomi recordó la sensación de encontrar a Baby Danforth en el autobús, el mismo recuerdo en las entrañas que sentía cada vez que la pérdida era para siempre. Había un olor arraigado a la muerte y ese olor a ella le decía "Madre".

—Siempre supe que estaba muerta.

—Pero tu hermana puede estar viva. Tienes que averiguarlo, Naomi.

—No sé por qué terminé por recordarlo ahora —dijo ella.

Él le besó la mano.

—Porque por primera vez no estás sola.

Quedaron en silencio. La luz plateada caía entre las cortinas.

—Creo que el mundo es hermoso —dijo Naomi después de un tiempo.

Él podía sentir el cambio en ella, como una marea, y lo que surgía era algo cálido e inmenso.

Naomi también lo sentía. Era deseo.

—Tengo miedo —confesó en voz baja.

—¿De qué?

—De que, si se abre la caja, puedo querer más y más y que nunca se llene —respiró profundo—. De que te canses de llenarlo —hizo una pausa, se acercó a su oído y confesó su mayor miedo—: De que me uses y luego me tires.

Sus ojos se encontraron con los de él, que no tenían nada más que dulzura.

—Eso no sucederá nunca. —Una sonrisa asomó en sus labios—. Dame tu miedo, Naomi. Di que sí.

Ella sintió que las lágrimas acudían a sus ojos. Sintió que podía comenzar a llorar y no se detendría nunca.

En cambio, libró la mano de la de él y con toda resolución apoyó la palma sobre su pierna desnuda. La sensación que la recorrió fue como electricidad cálida. Era como puro placer animal. Ella sonrió de placer. En ese momento supo que, sin importar lo que había ocurrido antes, eso sería distinto.

Levantó los ojos hasta los de él. Le entregó esa sonrisa enorme de Naomi.

—Sí.

Jerome se fue a la mañana siguiente luego de ducharse, con el pelo negro húmedo. Tomó el sombrero de la mesita de luz.

Naomi estaba enroscada en la cama donde habían dormido juntos. La habitación estaba llena de las sombras cálidas de lo que habían hecho.

Tomó el sombrero y se inclinó para besarla.

—No te escapes más de mí —le dijo.

Sus ojos claros lo miraron desde abajo. Él pudo ver el miedo que tenía. Quería quedarse, pero sabía que debía dejarla tomar esa decisión. De lo contrario, nunca podría funcionar.

—Ven a buscarme, mi delicia. Ya sabes dónde estoy —dijo e hizo una pausa—. Pero… no esperaré mucho más. Esta vez tienes que elegir.

16

El señor B le llevó comida a la cueva, la miró comer, observó cada movimiento, la inspeccionó del mismo modo en que abría las garras de los animales que mataba, como si el interior de las patas suaves pudieran darle información. Ella se daba cuenta: él tenía miedo de que ahora, que había visto a la mujer, intentase escapar. Por eso la mantenía encerrada, incluso cuando nevaba.

Ella comió obediente, como una buena niña. Le sonrió y no había ningún truco. Él levantó la linterna y ella le mostró los tallados más recientes: el zorro, el coyote y los patos. Ella lo llevó, la mano pequeña de ella en la de él, grande, a la B tallada en la pared. Apoyó la mano encima, como preguntando. Él sonrió. "Sí", asintió. Él era B.

La niña de nieve miró el estante de madera dura, enroscado con mantas y pieles viejas y las paredes que habían estado vacías y pudo ver en él al niño que había sido, cómo debe haber estado atrapado ahí abajo al igual que ella, solo que él no tenía forma de hablar. En ese momento, se sintió mal por él. Él era el que había intentado empujar la trampilla. Él había intentado escapar. Pero ¿quién lo había apresado?

Él la dejó ahí y trabó la trampilla al salir. Ella sabía lo que hacía. Estaba vigilando a la mujer. No podía permitir que la mujer la encontrara. Antes, debía matarla.

La niña de nieve se sentó en el borde del estante. Acarició la madera áspera y llena de espinas. Recordó las figuras en el techo y pensó en la cazadora, abriéndose camino con firmeza hacia...

¿Ella?

La niña de nieve vio el castillo de hielo en su mente, las formas de las cortinas y su cabaña en el medio de un mundo lleno de árboles. Sobre la pared tocó el dibujo que había hecho de este mundo: las líneas de trampas y las montañas elevadas. Pensativa, con el dedo recorrió la línea que se llamaba Calle.

La mujer había estado caminando por el barranco. Al otro lado estaba Calle. Ella lo pensó. Era probable que la mujer hubiera llegado desde Calle.

"No quiero morir aquí", pensó la niña de nieve. "No quiero que la historia termine así".

Había una vez una niña llamada Madison.

Madison vivía con una mamá y un papá en un castillo. Era mucho más grande que el sótano, diferente a la cabaña, con el suelo reconfortante de madera áspera. El castillo estaba tan limpio que resplandecía en el aire de la mañana.

Un perro llegó corriendo por la puerta: un perro con pelo marrón y suave, de color idéntico al chocolate caliente, y una cola que se sacudía como una bandera. El perro estaba contento de verla...
A ella.

Madison no sabía cómo es estar perdida. Madison no sabía cómo es despertar en otro mundo.

Madison era tonta como el burrito Silvestre, que deseó ser una piedra.

Madison no sabía cómo ser valiente.

Pero la niña de nieve pensó que ella sí podía serlo.

Naomi se quedó acostada luego de que Jerome se fue y oyó el sonido sordo y horrible de la puerta que se cerraba. Una parte de su ser quería correr tras él y gritarle "¡No te vayas!". La otra parte quería esconderse debajo de la cama. Podía olerlo en las sábanas. Recordaba su cuerpo sobre ella, dentro de ella. Había algo tan poderoso allí, como tocar el límite del cielo.

Y hablaba de las profundidades del infierno. ¿Podría reconstruir esa cosa?

Detestaba tener que admitírselo, pero cuando él la tocó, se despertaron más recuerdos. Eso es lo que había temido todo el tiempo: que al hacer el amor resurgieran el horror y la pena. Y ahora, ahí estaban. Y ella estaba sola.

Gracias al gran sueño, sabía que había estado bajo tierra. Había un aroma que la hacía pensar en ríos y bosques. Los mantenían ahí, en habitaciones que debían parecer cuartos de verdad, para hacer cosas que le hacían revolver el estómago.

Ella y su hermana menor habían escapado por algo que parecía la escotilla de un refugio y habían salido corriendo por campos de fresas, con el suelo mojado y fértil bajo sus pies. En el borde del campo se dio cuenta de que había dejado atrás a su hermana. Se había dado vuelta y la había buscado, pero tenía tanto miedo que siguió corriendo. Había un bosque tupido, un claro entre los árboles y trabajadores golondrina alrededor del fuego.

Esos hombres la llevaron en auto durante mucho tiempo a un comisario en quien confiaban. Se acordaba de que habían salido a la mañana y llegaron a Opal poco antes de la noche. Eso quería decir que habían manejado casi un día entero. Debían tener un motivo para ir tan lejos de donde se había escapado. Tal vez tenían miedo de alguien que estaba cerca. ¿Del estanciero? ¿De la ley?

Pensó que, cuando se escapó, en Oregón era primavera. En ese estado había campos de fresas en cualquier rincón fértil, pero en particular en los lechos profundos de río que rodeaban el Willamette. ¿Cuántas estancias de fresas había en ese lugar cuando ella tenía nueve años? ¿Cuántas a un día en auto del comisario y la señora Cottle, en el pueblo de Opal?

Acostada en la cama, imaginaba un mapa y lo miraba. No podría haber muchos pueblos con esa descripción. Podría buscarlos. Podría hacer una lista y visitarlos todos. Podría rastrearlo. Podría averiguar si había niños desaparecidos (o madres) los años antes, durante y después de cuando ella habría nacido. Podría explorar todos y cada uno de los campos de frutillas hasta llegar al correcto y que su cuerpo gritara "¡Aquí!".

Podría seguir buscando en los bosques alrededor de los campos hasta encontrar el refugio de concreto cubierto de malezas que llevaba al lugar donde ella y otros habían estado cautivos. Podría descubrir qué le había ocurrido a su hermanita. Podría descubrir quién había sido y cómo se las habían llevado.

Luego de todo eso tal vez podría perdonarse. Porque no podía (no quería) imaginarse qué le había ocurrido a la hermanita que había dejado atrás. Quienesquiera que fueran los monstruos, es probable que la hubieran atrapado y la hubieran llevado de vuelta bajo tierra. Naomi se estremeció por dentro al pensar lo que le habría ocurrido.

Pero no podía hacer todo eso sola. ¿Y esta sensación de cielo totalmente abierto? ¿Podría hacerlo todos los días? Se imaginó desatando una madeja de hilo inmensa con muchos colores; reír con los tonos ricos, con los tonos hermosos de bosque, cielo y océano, con el mismo hilo de un mundo que decía que todos son bienvenidos.

Naomi había estado marcando el mapa y cubría las zonas en las que había buscado en un patrón de cuadrícula.

Pero mientras desayunaba decidió pensarlo desde el punto de vista de un cazador. Walter Hallsetter había vivido en el terreno. Tendría que haber cortado la madera para hacer una cabaña, tal vez con la ayuda de otros viejos. O tal vez la cabaña ya estaba ahí. De cualquier modo, tendría que haber estado en un sitio accesible a la tienda o a la calle.

Corrió la avena y dibujó un círculo para la ubicación de la tienda de Strikes; estudió la distancia entre ella y el círculo donde se había perdido Madison. A vuelo de pájaro, pensó. El lápiz se movió y dibujó una línea desde la tienda hasta el límite del terreno de Hallsetter. Lo más probable era que la cabaña estuviera en los bosques frondosos al norte: a una distancia que se podía recorrer a pie de la tienda, escondida de todos y, además, según vio, a una distancia que se podía recorrer a pie desde donde Madison había desaparecido.

Pensó en Walter Hallsetter, que le llevaba pieles al padre de Earl Strikes. No habrían tenido forma de saber, allá en las montañas, quién era ni por qué estaba ahí, ni de enterarse sobre los arrestos del pasado. Se preguntó si alguna vez habría recibido lo que se merecía, si alguno de nosotros recibimos lo que merecemos.

Esta vez probaría algo nuevo. Estacionaría en la tienda de Strikes y comenzaría desde ahí.

—¡Señorita! ¡Señorita!

Earl Strikes la llamaba mientras ella bajaba del auto bajo el frío de las primeras horas de la mañana y se preparaba para partir a pie.

Se dio vuelta y miró al viejo con un poco de impaciencia. Él estaba en el porche delantero y se controlaba los botones del pantalón.

—¡No se vaya, señorita!

—¿Qué ocurre, Earl? —preguntó al acercarse.

—Me recordé de algo.

Cuando Naomi llegó a los escalones del porche, vio el rocío acumulado en los bigotes.

—*Usté* me preguntó por esos hermanos Murphy, y yo me di cuenta de que lo que hacía era buscar algo diferente, ¿no? —dijo excitado—. Como alguien que compra algo que no compró antes.

—Sí —dijo Naomi tranquila, esperando.

—Pues entonces, ¡ya lo tengo! Es el cazador ese.

Naomi se acordó enseguida del hombre en la tienda, el olor a sangre fresca.

—¿Qué tiene?

—Estuvo comprando más comida. No me había dado cuenta, supongo que pensé que tenía hambre. Pero no hace mucho comenzó a comprar no una, sino dos de esas cenas congeladas. ¡Y *eso* no lo había hecho nunca!

—Un regalo —dijo Naomi.

—Exacto —asintió Earl—. Por eso las vendemos: son un regalo muy lindo.

—Y usted no sabe dónde está su cabaña.

—No, pero *usté* también me hizo pensar en eso. Por lo que preguntó del viejo Walter. Nunca lo había pensado antes, pero le apuesto que está en el mismo terreno.

—Por allá. —Naomi se dio vuelta y apuntó.

—'*Sato*, seguro.

—Gracias, Earl.

Naomi se sintió muy pequeña al caminar en el bosque oscuro e interminable. El suelo estaba cubierto por una capa fina de nieve nueva.

En esa zona el bosque parecía antiguo, como los de los cuentos de hadas rusos que le encantaban a Madison, oscuros y misteriosos. Agradecía las cornisas y los claros donde podía ver el cielo amplio. Se detuvo en una parte alta de una cornisa y vio que a su alrededor solo había bosques que se extendían por kilómetros y kilómetros.

Su corazón dio un vuelco. ¿Cómo podría encontrar a Madison entre todos esos árboles?

A la tarde, hizo una pausa. Era hora de volver.

Encontró una roca negra bajo un grupo de cedros jóvenes y limpió la nieve para poder sentarse. La roca estaba extrañamente cálida.

"A veces la naturaleza hace un milagro". ¿Quién había dicho eso? Jerome. Sobre la forma compleja y mágica en que las gemas se forman a partir de roca, agua y presión. Sabía que con el mal pasaba lo mismo. Era más elemental de lo que la gente quiere creer.

Abrió la mochila y tomó un termo pequeño.

El aire se inundó con el olor a café caliente.

En ese momento notó un hilito diminuto atado a una rama, justo frente a ella.

Se quedó muy quieta. El hilo era rosa y no llegaba a los cinco centímetros. Lo habían atado prolijamente a una rama finita.

Estaba justo a la altura de una niña pequeña.

Naomi saltó de la roca de inmediato y empezó a explorar con cuidado todos los arbustos y los árboles cercanos, haciendo un círculo.

Poco después encontró dos hilos más, escondidos en lugares bajos, uno detrás del otro. Se le vino a la mente el ropero de Madison, con las hileras de pulóveres brillantes y los puños estirados.

No había forma de saber la antigüedad de los hilos ni cuánto tiempo llevaban ahí atados. Pero le confesaban un hecho importante: Madison no había muerto en el bosque. Estaba muy lejos de donde se había perdido para que hubiera llegado ahí sola. Madison estaba viva cuando los ataron y quería que la encontraran, lo supiera o no.

Naomi se detuvo y comenzó a concentrarse más. Habían atado los hilos en esos lugares de forma intencional. Formaban una línea que se adentraba en el bosque oscuro.

Por supuesto. Madison estuvo atando hilos en el bosque para crear un camino, como el de migas de pan del cuento de hadas. La llevarían adonde estaba atrapada.

Naomi sintió que se llenaba de emoción. Cerró la mochila con fuerza y se llenó los pulmones. Su rostro era pura alegría, y se preparó para seguir caminando.

Pero luego se detuvo.

No sabía qué había más adelante. Podría quedar atrapada en el bosque por la noche, y si la atrapaban o se lastimaba, no podría ayudar a Madison. Debía volver al motel y llamar al guarda Dave. Le pediría que fuera con ella y siguieran ese camino mágico adonde fuera que los llevara, apenas comenzara a aclararse el cielo.

El señor B había estado observando y esperaba a la cazadora. Había pasado la mañana en el risco sobre el barranco que ella había cruzado. A la tarde volvió hacia las partes más bajas que llevaban de regreso a la tienda y controló los perímetros de la tierra.

La vio en un claro, debajo de él. Se movía con rapidez cerca de una roca negra grande y buscaba entre los arbustos. Parecía emocionada. Parecía estar lista para correr por el bosque hacia él, pero luego se detuvo de pronto, como si se le hubiera ocurrido una idea.

La vio darse vuelta y caminar de regreso hacia la tienda, con la mochila bien alta en la espalda.

Luego de que se fuera, B bajó para inspeccionar la zona alrededor de la roca negra. Las huellas se detenían y luego se paseaban por todo el lugar. Se dio cuenta de que en realidad no era así. Se había movido metódicamente en un círculo, como si buscara algo. Se había detenido en todos los arbustos y las ramas bajas.

B volvió a la roca negra y trató de entenderlo. Se sentó en la roca como si fuera la cazadora. Llegó a oler el café que ella había abierto, que permanecía en el aire. Hizo que los ojos de ella fueran los suyos y miró a su alrededor.

Luego lo vio: diminuto y delicado como una mancha en el ala de un pájaro.

Estiró la mano amplia y tocó asombrado el pedacito ínfimo de hilo en la rama baja. Lo aplastó una sensación de traición profunda que le destrozó el pecho. B sintió que la mano le temblaba hasta el corazón y le dolía muchísimo. Tironeó del hilito, rompió el brote delicado y lo sostuvo en la mano con los ojos desencajados.

Todo ese tiempo la niña lo había estado engañando, lo había engatusado. Le había mentido. Le había hecho creer que no lo dejaría nunca, pero todo ese tiempo había estado intentando escapar, había querido escapar. Quería que la encontraran.

Giró la cabeza con violencia; veía el bosque de otra forma. Era como si Dios hubiera enviado una luz hacia abajo y ahora todo estaba iluminado; entonces se dio cuenta de que habría más hilos escondidos en el bosque. Y la luz también brillaba sobre él. La niña lo había desenmascarado. No solo había querido que la encontraran: también intentaba llevar a otros hacia él.

El señor B sintió un dolor desgarrador por dentro: la pérdida del amor. ¿Y todo el dolor que había sentido? No era nada comparado con esta traición.

Esa noche B no podía dormir; estaba sentado junto a la cocina a leña y su ruido rítmico y sostenía el hilo frente a él. Cada tanto abría la palma y lo miraba. En los nudillos había sangre seca.

Bajo él, en el sótano frío, yacía la niña. La había lastimado. Tuvo suerte de que no la matara.

En el lío confuso de su mente intentó descifrar qué hacer.

Podría intentar encontrar todos los hilos y quitarlos. Pero la mujer era el tipo de cazador que volvería una y otra vez. Ahora que había encontrado una señal, no descansaría hasta encontrar a la niña.

Y no era solo la niña. Al encontrarla, la cazadora lo encontraría a él. Lo llevaría de vuelta al lugar de donde había venido, lo que sea que hubiera más allá de los bosques y la tienda. Había otro mundo en alguna parte y su corazón estaba seguro de que lo destrozaría con conocimientos. Él ya no quería saber qué tipo de criatura había sido antes de que lo encontrara el Hombre. Sabía que no podría sobrevivir a eso. Prefería matar a la mujer antes que enfrentarse a esa verdad terrible.

¿Y la niña? Nunca más podría confiar en ella. Prefería matarla antes que permitirle que lo traicionara de nuevo.

B había temido profundamente al Hombre: el aliento ácido en la nuca cuando entraba al sótano. Cómo los ojos estrechos y fríos supervisaban todas las meadas, todas las comidas. El Hombre nunca bajaba la guardia. Una vez, había sostenido las mandíbulas abiertas de metal de una trampa cerca de las partes privadas de B mientras él lloraba, y le mostró cuáles serían las consecuencias de una traición.

El Hombre lo había dejado encerrado en el sótano durante mucho tiempo y nunca lo dejaba ver la nieve. E incluso cuando lo sacaba, con hosquedad, se la pasaba pateándolo y golpeándolo; y luego llegaba el horror crudo e impensable de la noche.

Odiaba al Hombre y le temía, y con el tiempo el odio y el miedo se hicieron demasiado grandes y él lloró por dentro porque se dio cuenta de que debía matarlo para sobrevivir. Tenía miedo de que, al matarlo, él mismo moriría. Pero eso estaba bien. La muerte era mejor que el dolor.

Pensó en cómo hacerlo durante mucho tiempo, trataba de ser valiente y apenas recordaba a un niño llamado B que había sido amado. Tenía un recuerdo muy lejano de una mujer cálida. Ella hacía una forma con la boca que lo hacía retorcerse de placer. Nadie más había hecho esa forma desde entonces, a pesar de que él la anhelaba.

Había pensado mucho y por mucho tiempo a pesar del miedo, y al final pudo atrapar al Hombre con su única debilidad: su deseo.

Era un día de verano, cuando hay hielo podrido sobre los glaciares. Estaban afuera y comprobaban la última línea de trampas, arriba en las montañas. B esperó hasta que estuvieran al borde del bosque, en un punto oscuro y cubierto cerca de una grieta de hielo podrido. Para ese entonces, B ya era grande como el Hombre, pero no se sentía así por dentro. Por dentro se sentía pequeño.

B se detuvo. Hizo algo que le hizo revolver el estómago: se dio vuelta y le sonrió al Hombre.

El Hombre abrió los ojos bien grandes. El niño nunca le había son-reído. El viento estival soplaba dulce sobre la nieve alicaída, pero ahí también había algo más profundo.

B esperó a que el Hombre estuviera bien pegado contra su espalda, con el olor a cabra sobre su hombro, el aliento que siempre olía a pes-cado, la sensación de las dos manos grandes contra su estómago rígido; se dio vuelta a toda velocidad con un cepo en las manos y antes de que el Hombre pudiera reaccionar le rodeó el cuello con el aro de metal y apretó.

Sorprendido, el Hombre saltó hacia atrás, se sacudió y trató de liberarse.

Pero B era más fuerte. Sintió la sangre corriéndole por las venas y el corazón enloquecido de miedo; ahorcó al Hombre con el cepo hasta que ambos cayeron de rodillas sobre la nieve húmeda. De pronto, el Hombre parecía viejo, más pequeño; los dientes amarillos, viejos y enfermos se apiñaban como metralla olvidada en la boca, que parecía un saco triste. Miró a B, que se hacía cada vez más fuerte al ver a su captor estreme-cerse y morir.

B sonrió. El viejo lo miró desde abajo y se preguntó qué sería esa sonrisa al final.

Arrastró el cuerpo hasta el borde del hielo podrido del glaciar (era más pesado de lo que se había imaginado) y luego lo lanzó a un punto frágil y vio cómo el hielo colapsaba con una elasticidad asquerosa. El cuerpo desapareció en la grieta. Al otoño siguiente, el hielo se congelaría y se solidificaría de nuevo y el cuerpo quedaría escondido bajo más nieve y hielo para siempre. Nunca nadie podría encontrarlo.

B se abrió camino de regreso a la cabaña. No sabía qué hacer. Se sentó en la silla que tenía prohibida. Se asomó por el sótano donde había estado cautivo. Tocó todos los cuchillos con miedo, y luego lo hizo de nuevo. Descubrió cómo encender las lámparas, cómo llenar y encender la cocina. Al final se sentó cerca de ella.

Caía la noche; estaba oscuro. Tenía hambre. Encontró la cacerola y puso pedazos de animal en el interior. Agregó agua, como había visto que hacía el Hombre cuando hacía guiso. Solo que ahora podía comer todo lo que quisiera.

La boca no dejaba de hacer una mueca que él no podía ver.

Cuando el guiso estuvo listo, lo comió. Se sentó durante un tiempo y luego siguió los pasos que había visto: movió las brasas de la cocina, apagó la lámpara y se quedó parado un buen tiempo, mirando el sótano. Luego, por primera vez en su nueva vida, se metió solo en la cama, que lo esperaba.

Más tarde, B encontró la tienda. Le llevó mucho tiempo acercarse a ella. La estudió desde lejos y observó a otros cazadores entrar con las pieles. Y entonces se dio cuenta de que podía intercambiar sus propias pieles y obtener su propia cena especial, la misma que el Hombre usaba para comer y sonreírle cuando él era pequeño, lloraba y tenía el estómago hecho una bola estrecha y dura por el hambre.

Recordó cómo se sintieron las piernas cuando finalmente salió de entre los árboles y se acercó a la tienda. Recordó ver la mano adulta sobre el pestillo negro y gastado. Recordó los estantes, que parecían mucho más pequeños que un lugar que recordaba de un tiempo pasado y olvidado. La figura en las ventanas congeladas era alta y ancha. En las sombras de su mente un niño pequeño dobló una esquina corriendo y desapareció.

Nunca había visto al hombre del mostrador y, sin saberlo, largó un suspiro de alivio.

B seguía sentado junto a la cocina, que se enfriaba, y volvió a mirar el hilito rosa y diminuto, doblado en la palma atravesada por líneas de tierra. Una parte de él no pudo evitar admirarla. Con ese hilito la niña lo había atrapado.

El sol estaba a punto de salir. La cazadora regresaría.

Pondría una trampa para ella. Atraparía a la cazadora del mismo modo en que atrapaba al zorro rojo y al lobo de boca oscura. Del mismo modo en que había atrapado al Hombre.

Para los animales usaba sangre y restos para atraerlos a la trampa sin que se dieran cuenta. ¿Qué debería usar para la mujer?

Usaría lo que conocía de su debilidad.

Pero ¿cuál era su debilidad? ¿Qué atraía su deseo?

Una sonrisa apareció en la cara entrecana.

17

El señor B había bajado la noche anterior, con la cara deformada por la ira. Abrió la mano y le mostró un hilo rosa.

En ese momento, la niña de nieve supo cómo era sentir que podría morir.

El señor B la empujó contra el estante y la golpeó una y otra vez con los puños, sin saber que gemía de ira. Era como los animales que ellos atrapaban y seguían vivos en las trampas. Te muerden porque saben que morirán. No querían morderte, pero lo hacían, y no había forma de detenerlos. Ella lloriqueaba y se tapaba la cara con las manos; se enroscó en una bola como el animal más pequeño mientras le caían los golpes como lluvia.

Al fin él se detuvo, jadeando. Se paró por encima de ella, magnífico en su furia, más grande que nunca.

Ella no había querido desobedecer a su creador. Él la había hecho de la nieve, le había dado la vida a partir del frío. Pero una parte de ella anhelaba una vida que solo podía imaginar, incluso si tenía que morir por ella.

No sería su amor el que la mataría; sería el de él.

¿Conoces el miedo? La niña de nieve lo conocía.

La niña de nieve sabía que el interior del miedo era como el interior del cuero mojado de animal. La piel fresca tenía franjas de blanco, brillaba con la grasa, y se sentía el músculo, que no estaba muy lejos; la cacerola donde burbujea. Esa piel expuesta, *estirada*.

Así es cómo se siente el miedo. Cuando te destriparon de adentro para afuera, perdiste a todos y tratas de reemplazar las tripas. Cuando alguien puede llegar y solo poner la mano ahí, sentir la humedad, y tú deseas que esa mano sea segura.

Así se siente el miedo.

Antes del amanecer, la niña de nieve escuchó que se abría la trampilla. Un cuadrado de luz conocida, el gris antes del amanecer, y el señor B bajó de nuevo. Ella se apretujó contra la pared de barro y se preparó para cubrirse de más golpes.

En cambio, el señor B la sostuvo. Le quitó las zapatillas, le bajó el pantalón y expuso las piernas blancas y delgadas. Le quitó toda la ropa hasta que estuvo desnuda, salvo por la ropa interior que supo ser amarilla y ahora era una tira de gris. Se la quitó con violencia.

Su cara suplicaba aterrada.

Él miró su cuerpo desnudo con la lástima que viene luego del desprecio.

Se fue con el pedazo que quedaba de ropa interior. Ella vio una imagen en su mente: el balde frío de sobras lleno con la tira de intestinos, la gelatina fría de sangre.

Luego de que se fuera, la niña de nieve se volvió a poner el resto de la ropa. Temblando, se levantó y puso las manos sobre las paredes y sintió las palabras y las figuras que había ahí. Los dibujos que había hecho y los mapas de donde estaba. Se acostó dentro de la figura de MAMI. Luego se levantó y de nuevo sintió las palabras que había tallado. Las podía sentir con la punta de los dedos, las podía leer con la mente.

Había escrito: "Madison, por favor, ven a salvarme ahora".

Pero esa niña no llegaba. La niña de nieve comprendió que dependía de ella.

Se dio vuelta de pronto y fue al rincón donde había enterrado la cuchara de metal. La desenterró a toda velocidad.

Se paró sobre el estante con la cuchara en la mano.

Ahora, al estirarse, sí llegaba a la parte de abajo de las tablas del piso. Con cuidado, metió el mango de metal de la cuchara en el borde del pestillo y comenzó a moverlo de un lado a otro con firmeza.

Antes de que saliera el sol, Naomi estaba en la recepción del motel. La mesera de la cafetería salió de la otra puerta y se detuvo con la boca abierta, lista para darle los especiales del desayuno. Pero Naomi ya corría hacia afuera, hacia la camioneta verde y destruida del guardabosque de Skookum, donde la esperaba Dave al volante.

—Solo sé cómo encontrarlo desde la tienda —explicó Naomi mientras conducían hacia arriba por la calle negra y serpenteante—. Pero hice unas marcas en el mapa que nos pueden ayudar.

Naomi le explicó brevemente lo que había encontrado: hilos, le dijo, atados en el bosque. Dave estaba atónito. Una parte de él quería negarlo, pero sabía. Solo podían ser de Madison. No había otras niñas vestidas de rosa vagando por el bosque.

—Es ella —dijo Naomi.

—Lamento no haberla encontrado —dijo él; se sentía muy mal.

Naomi miraba los árboles que pasaban por la ventanilla de la camioneta y tuvo una visión de sí misma cuando era niña, subida a una camioneta junto al comisario que la llevaba a un lugar seguro. Todas y cada una de las veces, este era el placer.

—Está bien —le respondió—. No todos los encontramos todo el tiempo.

Naomi le contó sobre Hallsetter y las acusaciones de abuso de niños hacía una vida. Ya debería estar muerto y, aun así, dijo, no podía ser una coincidencia que hubiera comprado ese terreno.

—¿Crees que hay alguien más acampando en ese terreno? —preguntó él mientras pasaba el cambio en el ascenso por la ruta negra.

Le contó sobre el cazador que compró comida de más en la tienda.

Sentía la madeja de hilo entre las manos, cómo el caso tomaba forma y tenía sentido.

Estacionaron en la tienda y partieron a pie. Tras ellos, Earl Strikes salió al porche y los observó. Regresó la tienda temblando con su propia emoción. Se acercó el teléfono, por las dudas.

Mientras la niña de nieve trabajaba con firmeza en el pestillo con brazos doloridos de tanto sostenerlos hacia arriba, pensaba en su creador. Tal vez podría oler a la mujer a la distancia. Podría ver a los pájaros salir volando de los árboles por los que pasaba ella y seguir su movimiento.

Uno de los tornillos se liberó y saltó; la niña de nieve lo vio caer, como una estrella deslucida, hacia el piso de barro.

Con mirada decidida, se dedicó con más fuerza al mango de la cuchara e ignoró el dolor de los brazos.

"Tú me obligaste", pensaba. "Tú me creaste de la nieve y me hiciste fuerte, y ahora yo seré valiente y astuta, igual que tú".

Dave tenía todo lo que necesitaba en la mochila. Las bengalas, una carpa de armado rápido en caso de tormenta y comida congelada en seco envasada en ladrillos que se expandían con agua de nieve derretida.

Mientras caminaban veloces hacia el bosque frío, pensó que era curioso: cuando era más joven, había soñado con ser guardabosque en un lugar como Arizona, como en el Bosque Nacional Tonto. Cuando estaba en la universidad, le encantaban los desiertos: los pinos raquíticos, la inhospitalidad áspera del lugar con calor sofocante y noches de frío profundo, la forma en que las estrellas brillaban por la noche. Había un cierto sentido de apertura sobre los desiertos rojos que estas montañas frías y cerradas nunca tendrían. Pero aquí es donde había conseguido trabajo. Y luego llegó Sarah y los bosques ya no se sentían tan cerrados. La había conocido una primavera; ella había llegado caminando. Pensó que a Sarah de verdad le había gustado ese lugar. Ella fue la que le enseñó a ver la belleza en esos bosques glaciales.

Echó una mirada furtiva a Naomi. Estaba enceguecida por el trabajo. La cara apuntaba hacia adelante con algo más que determinación. Pensó que era como un trance religioso: este era su paraíso. Ahora mismo, ella caminaba sobre agua.

—Aquí. —Naomi respiró y se paró junto a la roca negra.

Dave miró a su alrededor. No había estado en esa parte del bosque, pero no era ninguna novedad. Podría pasarse el resto de la vida explorando y no llegaría a conocer gran parte de esos bosques primitivos.

Naomi buscó el primer hilo, atado sobre la roca negra. No lo encontró. Pero el siguiente estaba ahí, en un cedro joven.

En una rama baja había un único hilo rosa atado.

Dave lo tocó y en su cara se reflejó el milagro. Era cierto. Era como si la niña los estuviera llevando de la mano hacia lo profundo del bosque.

Se aflojó otro tornillo y de repente el fondo de la bisagra se separó de la madera con un quejido metálico.

"Pronto", pensó la niña de nieve y empujó el mango de la cuchara con más fuerza.

Bajo la luz que se filtraba se veía su cara amoratada, serena. Sonrió un poco y, sin darse cuenta, comenzó a tararear una canción por lo bajo.

El mundo estaba vivo y reproducía su música.

Al principio les costó encontrar los hilos. El camino bordeaba rocas grandes y pozos profundos hechos por los árboles, pasaba por zarzas y troncos caídos. Luego de un trecho ya no tenían que buscar tanto: el sendero natural quedó expuesto.

Naomi sabía que pronto encontrarían el otro extremo. Podía sentirlo. La cabaña no debía estar muy lejos de la tienda: un día de caminata, como mucho.

Dave tomó la delantera y Naomi lo dejó hacerlo, un poco divertida, pero demasiado compenetrada en la búsqueda como para que le importara. Era cierto que él conocía más los bosques...

—¿Qué es eso? —preguntó él.

Naomi solo tuvo un instante para procesarlo. Había un pedazo de tela apoyado sobre la nieve más adelante. Los ojos absorbieron el entorno a toda velocidad: el grupo de árboles negros cerca, perfectos para que alguien pudiera esconderse. Los arbustos. Se dio cuenta de que era ropa interior.

La bombacha de una niña, tan usada que era un harapo, medio enterrada en la nieve.

—Por Dios —dijo Dave y avanzó.

De golpe Naomi recordó la caja vacía en el mostrador del correo, una cara sonriente, la palabrota desagradable dejada por alguien que la había hecho seguir una pista falsa para luego desaparecer. No había ningún motivo para que la bombacha estuviera ahí afuera, de esa forma. No había ningún motivo, salvo que alguien la hubiera plantado. Ningún motivo, a menos que fuera...

—Dave, ¡detente! —le ordenó, pero era demasiado tarde.

Él se estiró para tomar el pedazo de tela y con un grito la muñeca quedó enterrada en la nieve; Naomi sintió el golpe, más que verlo. Le llegó directo a los huesos.

El rostro de Dave perdió todo el color; levantó la mirada hacia ella, sus rasgos colapsaban por el shock. Sacudió el brazo ensangrentado y lo sacó de la nieve. La trampa antigua, de dientes afilados, le dio en la muñeca y le penetró la piel hasta escasos centímetros del hueso. La sangre había comenzado a correr por los dientes oxidados y Naomi supo que, si el guarda no se moría por el shock, pronto lo mataría la pérdida de sangre.

A pesar de la sorpresa, Dave tomó el cinturón con la otra mano e intentaba sacarlo de las trabillas; sabía que tenía que hacerse un torniquete. Naomi se movió a toda velocidad para ayudarlo. Comenzó a sacar el cinturón de las trabillas y para eso tiró fuerte de él.

Un hombre surgió de pronto detrás de los árboles negros; en la mano tenía una barra de metal llena de sangre. Lo reconoció de inmediato: era el cazador de la tienda. La cara entrecana alternó entre ella y el guarda. Ella se dio cuenta de que no esperaba que estuviera Dave. Había puesto la trampa para ella y llevó la barra de metal para terminar el trabajo. En ese momento haría exactamente eso. Levantó la barra de metal y corrió hacia ella entre los árboles, los pies se movían con una elegancia extraña en las raquetas anticuadas.

—¡Naomi, corre! —gritó Dave con voz ronca—. ¡Corre ya!

El mango de la cuchara cedió de forma repentina y se deslizó hasta el fondo del pestillo; los últimos tornillos salieron de golpe. El pestillo se había soltado de la trampilla.

Era libre.

La niña de nieve se movió por todo el sótano, ahora a toda velocidad; juntó todas las pieles y las mantas en una montaña sobre el estante, desesperada por alcanzar una altura suficiente para poder empujar la trampilla, abrirla y poder subir.

Naomi apuntó hacia el sendero natural que habían comenzado a seguir. Vio que pasaban árboles y arbustos, un patrón de corteza, la nieve blanca. Corrió y sentía que las piernas agitaban el aire del mismo modo que mucho tiempo antes, solo que ahora los músculos rebozaban de fuerza. Lo podía oír tras ella. El cazador estaba más acostumbrado a las raquetas, pero ella era más liviana y mucho más veloz.

Logró adelantarse un poco. Sabía que no podía superarlo por mucho tiempo. ¿Se estaba quedando atrás a propósito?

De pronto, salió de entre los árboles y se encontró en un pequeño claro en el bosque frondoso, con una cabaña pequeña y ordinaria escondida entre los árboles. La luz baja y gris hacía parecer que todo estaba bañado en suavidad.

La cabaña de Hallsetter.

Naomi corrió hacia la cabaña y golpeó la puerta tras ella. La luz tenue se filtraba alrededor de las mantas clavadas sobre las ventanas. La habitación tenía un aroma intenso y conocido para ella, de las veces en las que era demasiado tarde: el olor a masacre. Deseó que solo fueran los animales.

Enseguida vio que había una mesa rugosa de madera con un banco largo. Una manguera quebrada de hule llevaba a una pileta de hierro forjado oxidado. Detrás de una cortina desteñida asomaba una cama. Había un balde para sobras bajo la pileta.

En la cabaña oscura había alguien más. Podía sentirlo. Naomi se detuvo, jadeando.

—¿Madison?

Cerca de la pared trasera había una trampilla abierta de par en par. Una traba colgaba de una bisagra rota.

—¡Madison! —Naomi miró alrededor de la cabaña—. Vine para llevarte a casa.

Desde abajo de la cama, donde se había escondido a toda velocidad, la niña de nieve oyó a la mujer. Le resultaba extraño: el nombre que decía era el mismo que el de la niña de sus cuentos de hadas. ¿Cómo lo sabía la mujer?

La niña de nieve frunció el ceño; el corazón le latía fuerte. "Madison no existe aquí".

Escuchó el crujido de la nieve afuera y el chirrido de la puerta cuando se abrió de un golpe.

El señor B estaba dentro de la cabaña.

Naomi lo sintió antes de oírlo: el cazador estaba detrás de ella. Sintió que la barra de metal se blandía sobre su cabeza y le peinaba el pelo. Se oyó un gruñido de ira. Naomi sabía que tenía solo un momento; se alejó a toda velocidad.

Pero el cazador era más veloz y le respiraba fuerte al oído. Una de sus manos se aferró al pelo de ella y la atrajo de vuelta de un tirón; la mano volvió a asir la barra de metal. Naomi recordó el entrenamiento. Se tiró sobre él con peso muerto; no luchó para soltarse, sino que hizo lo opuesto a lo que él esperaba. Así, lo hizo perder el equilibrio.

Con la velocidad de una serpiente, golpeó hacia atrás y lo tiró al piso. Oyó la barra de metal golpear contra el suelo. Él cayó, pero la agarró del pie. Ella cayó de boca y él se le tiró encima. Ella se agitó para luchar; las manos se sacudían contra un cuerpo que se sentía fétido, como si lo hubiesen sacado del fondo de la tierra. Al igual que algunos bebés siempre recuerdan el sabor de la leche de la madre, que queda grabado en los huesos, la Buscadora de niños recordó esto, su primera memoria:

Terror.

El cuerpo le decía: "Lucha. Aquí es cuando dejamos de correr".

Bajo la cama, acostada junto a una caja antigua, la niña de nieve oyó a los otros dos peleando. Sonaban como dos animales salvajes en la habitación que se golpean contra el piso.

La mujer gritó de dolor.

La niña de nieve deseó poder decirle: "El señor B no puede oírla".

En una mano sostenía con fuerza el cuchillo largo y plateado que el señor B usaba para desollar los animales.

El cazador estaba sobre ella, las manos buscaban su garganta. Sin dudarlo, Naomi arrastró la cabeza hacia adelante y, al sentir la carne de la muñeca, mordió con fuerza. Se le llenó la boca de sangre.

El cazador hizo un sonido de sorpresa, como un animal herido. Ella le clavó los dedos en los ojos y cuando él retrocedió, le pegó fuerte en el único lugar que los hombres nunca esperan: la tráquea.

Él largó un grito ahogado, se encogió y retrocedió; Naomi le volvió a pegar fuerte en la tráquea. Ella rodó veloz y salió de debajo de él, lo agarró de los pelos de la nuca y con ambas manos le golpeó la cara contra el piso. Sintió la nariz estallar contra el suelo. Restregó la cara contra la madera para que se le ensangrentaran los ojos y no pudiera ver.

Ella rodaba y trataba de escaparse, pero él era más veloz y de nuevo ella sintió que su mano la agarraba de la parka y la rompía. De nuevo la sometió contra el piso de un golpe; dentro de ella brotó una sensación que hacía mucho que no sentía.

Era impotencia.

De pronto, el cazador se quedó helado. Ambos levantaron la mirada; frente a ellos vieron a una niña con ropa mugrienta demasiado pequeña, la cara golpeada y pelo rubio sucio. Por las mejillas sucias caían lágrimas, y temblaba.

Sostenía un cuchillo entre las manos, estiradas como una ofrenda.

La mirada en su cara. "¿Qué era?", se preguntó la niña de nieve.

¿Súplica, sorpresa, esperanza?

El señor B se levantó lentamente de arriba de la mujer, casi olvidada.

Se quedó parado frente a ella y tenía esa mirada, algo que la niña nunca había visto.

Estiró la mano para agarrar el cuchillo.

Entonces entendió qué era la mirada. Era miedo.

La mujer también se levantó, pero como un animal en guardia, listo para salir corriendo. Sus ojos se encontraron con los de la niña de nieve.

Él vio la mirada, la forma en que intercambiaron la vida. Su cara se convirtió en furia, y avanzó hacia la niña.

La mujer salió disparada del suelo, empujó a la niña de nieve con fuerza y la alejó hacia atrás para protegerla. La niña de nieve sintió que la mujer buscaba el cuchillo y que su propia palma soltaba el mango al mismo tiempo que la mujer se daba vuelta y se plantaba ante el señor B.

Ahora el cuchillo estaba en la mano de la mujer. Aun así, el señor B se movía hacia ellas rápidamente.

La niña de nieve vio cómo la hoja filosa del cuchillo, afilado en la piedra gris todos esos años, se deslizaba a través de la chaqueta abierta y se hundía hasta el mango, justo por debajo del corazón.

Él se detuvo y se inclinó contra la mujer, como pidiéndole ayuda. La mujer seguía sosteniendo el mango del cuchillo, pero lo soltó y bajó la mano.

Una vez, hacía mucho tiempo, un niño se perdió en el Bosque Nacional Skookum. Se llamaba Brian Owens y recién había cumplido siete años. Había nacido sordo.

Los padres habían decidido hacer un paseo largo en auto hacia los paisajes de la montaña. Era primavera y el pueblo estaba más cálido que de costumbre. Obligaba a hacer un picnic. Pero cuando se adentraron en las montañas, se dieron cuenta de su error. Volvieron hacia el pueblo y hacían bromas sobre el picnic en la nieve que nunca sucedió.

Se detuvieron en una tienda junto a la ruta y mientras los padres miraban por ahí, el pequeño Brian salió y desapareció.

Sus pequeñas huellas llevaban al estacionamiento lleno de marcas de raquetas y luego se desvanecían. Solo se veían las huellas de varios cazadores que iban y venían de la tienda en todas direcciones.

Las partidas de rescate salieron durante semanas e incluso llegaron a las montañas más altas, donde no había forma de que Brian pudiera haber llegado. Los miembros de las partidas dejaron de gritar; sabían que el niño no podría escucharlos. La mamá dijo que el pequeño Brian recién empezaba a aprender. Sabía escribir la primera letra de su nombre. Recién empezaba a leer los labios. Solo distinguía su propio nombre.

Una de las partidas dio de pura casualidad con una cabaña escondida en el bosque oscuro y llamó a la puerta. Les abrió un cazador viejo y hosco llamado Walter Hallsetter.

Dijo que no sabía nada.

Abajo, un niño pequeño yacía en un sótano frío. El niño no oía nada. No tenía forma de saber que alguien había ido a buscarlo. Solo sabía que había salido de la tienda y que, mientras paseaba por el exterior, había visto un viejo en el estacionamiento que lo miraba. Antes de que pudiera correr, el viejo lo había agarrado y lo había arrastrado hasta el bosque. Ya entre los árboles, le ató las manos, lo amordazó y lo cargó sobre el hombro. El niño no podía gritar, ni sabía que era una posibilidad; se lo llevaron a toda velocidad a las montañas.

Más tarde se olvidó de dónde había venido, pero en alguna parte profunda de sus huesos se acordaba de cómo había comenzado a existir.

El viejo le hizo conocer dolores terribles, y muchos años más tarde, mucho después de haber olvidado su pasado, aprendió a cazar con trampas y luego a matar. Pero nunca aprendió a amar. Hasta que un día seguía huellas lejos de la cabaña, cerca del barranco, y vio a la distancia una mancha rosa en la nieve. Tropezó, comenzó a correr y llegó a toda carrera hasta donde había una niñita tirada sobre la nieve, con las mejillas ya congeladas.

El señor B estaba acostado en el piso y respiraba sus últimas bocanadas de aire en un jadeo. Parecía un animal en una trampa. Los ojos confundidos estudiaron a la mujer que estaba sobre él.

Naomi recordó el folleto en la oficina de guarda, el artículo en el diario local y a Earl Strikes en la tienda que le decía: "Es sordo".

Su cara se suavizó.

—Brian Owens —dijo, y si bien él no escuchó sus palabras, sus ojos siguieron los labios de su madre al formar las palabras que había esperado toda la vida.

Su nombre. Cerró los ojos.

La niña de nieve se agachó junto al señor B, observó el mango del cuchillo que temblaba y luego se detuvo.

La niña de nieve sentía su propio pecho, escuchaba el latido de su propio corazón y se preguntó si eso quería decir que ella también moriría. Tocó el cuerpo de su captor con vacilación y luego una vez más. Puso la mano sobre su pecho con el mismo gesto que hacía siempre. "Quédate quieto", decía ese gesto.

Naomi vio que la niña comenzaba a sollozar en silencio, con alivio, miedo y angustia, inclinada sobre su captor, con las mejillas rosadas por las lágrimas.

La niña trataba de mover la boca, pero hacía tres años que ya no sabía hablar.

—La niiinaaa de neeebeee —repetía sin cesar en una voz quebrada y cascada—. La niiinaaa de neeebeee.

—La niña de nieve. —Naomi comprendió, al fin.

Madison Culver se dio vuelta y la miró. En su cara había un pequeño amanecer. Se develaba una historia: una historia sobre la verdad.

—Sí. —Naomi sonrió—. Tú.

Tú, decía su corazón, y los kilómetros y la tierra comenzaron a moverse de nuevo. Tú, y los árboles se descubrían hacia el cielo. Tú, y se despertaban el aroma y la luz.

Yo.

La nieve caía y cubría sus huellas, pero Madison conocía el terreno. Siguieron los hilos y el conocimiento de Madison. Todavía no había caído la noche, pero se sentía como si fuera más tarde. Las piernas de Naomi temblaban por el cansancio y el trauma.

Llegaron al lugar donde Dave había caído en la trampa. Ya no estaba. La nieve estaba humedecida por la sangre. Naomi vio la trampa abierta. En los dientes había pedacitos de carne. Sintió admiración. Parecía que el guarda Dave era valiente.

La huella de sangre volvía a adentrarse en el bosque hacia la tienda.

—Está bien —le dijo a Madison, que miraba la escena con una mirada anodina. Se le ocurrió que para la niña eso era normal.

Al borde del claro había ruidos. Naomi detuvo a Madison.

Eran los hermanos Murphy, que se materializaron entre los árboles con rifles en la mano. Mick Murphy le sonrió y luego se quedó boquiabierto al ver a Madison, como una aparición mágica en el bosque.

—El guarda llegó a la tienda —dijo Mick Murphy—. Estará bien. Earl nos llamó y nos pidió que viniéramos a buscarla. Hola, pequeña. ¿Quieres ir a casa?

Se adelantó para alzarla, pero Madison se dio vuelta y le estiró los brazos a Naomi.

—Ya no falta mucho. No falta nada —dijo Mick Murphy al grupo mientras los llevaba hacia la salida. Madison se aferraba al pecho de Naomi, con el pelo en su mejilla.

En la tienda Earl estaba fuera de sí, corría a buscar agua para lavar la sangre y llamaba a la policía estatal. Ya había llegado una ambulancia para Dave.

Naomi no quería esperar. Llevó a Madison a casa.

—¿Mami? —La voz de Madison comenzó con un susurro descreído desde el asiento trasero que se convirtió en un grito inmenso cuando salió corriendo por la puerta del auto y subió los escalones—. ¡Mami!

La madre abrió la puerta de un golpe, como si su corazón hubiese explotado.

En el bosque hubo una especie de funeral. Naomi sabía que el final de todos los casos exitosos era así: el nacimiento de un niño recuperado llegaba con una especie de muerte, el final de una historia.

Esperó fuera de la cabaña mientras el detective Winfield y su equipo terminaban de examinar la zona; la cinta amarilla brillante parecía estridente en el bosque sombrío.

Dave había desobedecido las órdenes del médico y se había dado de alta en el hospital para ir a ver. Los doctores pudieron salvarle la mano, pero tardaría mucho tiempo en curarse y sería muy doloroso. Tenía la cara pálida. El brazo estaba en un cabestrillo. Ella podía ver los años que le esperaban y deseó que se fuera de ese lugar. Que encontrara una tierra nueva, una vida nueva.

El equipo antidelitos retiró el cuerpo rígido de Brian Owens, que ahora estaba encerrado en una mortaja de plástico, y lo lanzó sin ceremonias sobre la nieve. Junto al cuerpo tiraron una bolsa transparente de evidencias con el cuchillo ensangrentado.

—Perdón —le dijo a Dave, que miraba el cuerpo.

—¿Por qué te disculpas? —preguntó él, y ella notó que contenía el dolor en la garganta.

—Por no ser lo que necesitas.

Él desvió la mirada, y ella pudo ver el reflejo de los árboles en sus ojos.

—Yo lo tuve una vez —dijo en voz baja.

—Puedes volver a tenerlo —dijo ella—. Y lo tendrás. Pero no aquí. Todo este bosque no es suficiente para ti ni para tu amor. Creo que Sarah hubiera querido que supieras que es hora de que te vayas.

—¿Y dónde puedo ir?

Naomi hizo un gesto hacia los árboles, como señalando miles de calles. Dave se miró los dedos, que asomaban del yeso de la muñeca. Se veía el borde de la alianza.

Hizo girar el anillo, del mismo modo que había hecho antes.

—Tal vez es tiempo de que me lo quite.

—Podría aumentar las posibilidades de que consigas una cita —dijo Naomi en broma.

—Estuve pensando en Arizona, o tal vez Nevada. Siempre me gustó el desierto.

—Nunca me lo hubiera imaginado —dijo Naomi y ambos rieron.

Oyeron un estruendo dentro de la cabaña: arrancaban la trampilla para que la policía pudiera examinar el sótano. Earl Strikes les había dicho que junto con los hermanos Murphy habían planeado ir cuando terminara la policía y prenderle fuego a la cabaña. Decían que no estaba bien que tanta enfermedad quedara en pie.

Naomi no estaba segura de que importara. Ya la estaba llamando el caso siguiente. Solo podía pensar en él porque sería diferente, más personal que todos los demás.

—¿Madison estará bien? —preguntó Dave—. ¿Luego de todo lo que ocurrió?

Naomi no lo sabía. Algunos de los niños que encontraba nunca lograban salir del terror. Pero algo le decía que Madison sería una de las pocas que no solo sobreviviría, sino que además prosperaría.

—Quité los afiches —dijo el guarda Dave—. Madison y él. Brian Owens. Ahora que los encontraron.

Ella dijo:

—Todos queremos que nos encuentren.

—¿Tú también? —preguntó él.

—Sí. Yo también.

—¿Él también? —señaló la mortaja cerrada que contenía a Brian Owens.

Naomi recordó el gesto de alivio en su rostro cuando ella pronunció su nombre.

—Sí.

—¿Mi esposa también? ¿Sarah también?

Naomi se adelantó y le dio un abrazo breve. Se alejó con ojos brillantes.

—Ya se había encontrado. Cuando tú la amabas.

El equipo de homicidios y el detective Winfield salieron de la cabaña. Naomi sabía que su parte había concluido. Era libre de seguir su camino. Era hora de que todos se fueran a casa. Pero ¿dónde estaba su casa?

Al día siguiente, la Buscadora de niños fue a despedirse de Madison.

La casa estaba llena de flores, el teléfono sonaba y los padres estaban aturdidos, confundidos, felices y apabullados.

Naomi les dedicó unas palabras poderosas.

—No atiendan el teléfono. No hablen con los medios.

—¿Qué deberíamos hacer? —le preguntaron.

—Múdense —respondió ella.

Fue a visitar a Madison en su habitación. La niña se había escondido ahí; todo lo demás era demasiado grande, brillante y cálido. Este mundo parecía falso, como una historia inventada.

Madison dibujaba en el escritorio.

Naomi se sentó sobre la cama. Junto a ella había un ropero con pulóveres brillantes de puños estirados. Todo era demasiado pequeño.

—Quiero que me escuches —dijo Naomi a la espalda—. Hay una parte de ti que siempre estará allí. Lo que tienes que hacer es hacerla tuya. Tienes que tomar cada centímetro de lo que te dio y hacerlo tuyo.

Madison dejó de dibujar.

—Tú sabes algo especial, Madison. Tienes un don. Esa eres tú.

Madison se levantó y le dio el dibujo a Naomi. Eran la niña de nieve y la Buscadora de niños. Estaban tomadas de la mano.

Naomi se agachó y le dio un abrazo inmenso a Madison.

—Ahora me iré —le dijo y le dedicó una sonrisa. Era la sonrisa más hermosa que Madison había visto en la vida.

Naomi metió la mano en el bolsillo y sacó algo: una piedra pequeña, roja y brillante.

—Tú me enseñaste esto, Madison. Tú me mostraste los hilos en un bosque que llevaban a un sendero. Tú. Tú me *pediste* que te encontrara. —Le brillaban los ojos—. Yo pensaba que había fallado. Pero no fue así. Dejé atrás bastantes recuerdos para encontrar los hilos de mi propio pasado. Y ahora seré tan valiente como tú.

Puso la piedra en la mano de Madison. Se sintió cálida, como si fuera mágica.

—Ahora —dijo la buscadora de niños y se puso de pie— debo encontrar a alguien.

Eso fue hace más de un año. Ahora tengo nueve años.

Unos meses luego de regresar, mis padres me mudaron a un lugar donde nieva siempre: el pueblo de Bear Creek, Canadá.

Puede parecer curioso que haya querido eso, pero creo que mis padres comprendieron. Les gustó porque ahí vivía una terapeuta experta en niños especializada en cautiverio, y a mí me gustó la nieve eterna.

Voy a la escuela de Bear Creek y soy muy buena para caminar con raquetas. La otra semana tuvimos una fiesta de Navidad. Hundimos manzanas en cintas de caramelo caliente, bebimos vasos de sidra de manzana y nos perseguimos entre los árboles silenciosos.

Visito a la terapeuta dos veces por semana. Ella me dice que la memoria seguirá volviendo y con el tiempo recordaré todo lo que tengo que saber en una historia larga. Dice que cuando la gente está en cautiverio, a veces olvida el pasado y escapa a un mundo de fantasía. Dice que es parte de algo que se llama TEPT-C y significa TEPT complejo. Es el tipo de TEPT[6] que se da cuando la gente no puede escapar de las cosas malas que les suceden.

Mi terapeuta dice que mi forma de sobrevivir fue inventar a la niña de nieve. Dice que debería estar orgullosa de mí misma porque convertí mi fortaleza en una persona y ella siempre vivirá dentro de mí. La niña de nieve estará ahí para ayudarme cuando la necesite. Mi terapeuta dice: "El mejor tipo de fortaleza es la que está dentro de ti".

Sigo dibujando a la niña de nieve y esos dibujos cubren las paredes de mi cuarto en la casa nueva. Pero en los últimos tiempos comencé a preferir dibujar otra cosa: mi hermanito bebé. Vendrá en unos meses, y mamá, papá y yo estamos muy emocionados.

Mi mejor amigo en la escuela es un niño que se llama Hans. Le conté a Hans sobre la niña de nieve. Hans piensa que soy mágica. Dice que cuando crezca escribiré historias. Le dije que algunas historias son ciertas. Él todavía no lo sabe, pero lo sabrá.

Cuando seamos grandes, Hans y yo nos casaremos. Él tampoco sabe eso todavía, pero lo sabrá. Quiero tener tres hijos. Incluso elegí los nombres. Serán Hans Junior, Aurora (por las luces del norte) y la última se llamará Naomi.

La Buscadora de niños dijo: "La tienes que hacer tuya". Y la estoy haciendo mía.

---

6   TEPT: trastorno por estrés postraumático (en inglés, PTSD, *post-traumatic stress disorder*) (N. de la T.).

La Buscadora de niños me llamó el otro día para desearme feliz Navidad. Dice que todos somos parte de un club secreto. Dijo que algún día conquistaremos la tierra. Dijo que será la gente como nosotras la que salvará al mundo: los que caminaron del lado de la tristeza y vieron el amanecer.

Sonaba feliz. Le pregunté cuál era su próximo destino.

—Vamos a Idaho —respondió—. Tenemos una pista sobre mi hermana.

"Vamos". Dijo "vamos".

En ese momento, me di cuenta de que estaba con alguien. Me los pude imaginar juntos, sentados uno junto al otro, conduciendo por caminos que siempre llevan a lugares mejores. Quienquiera que sea que la Buscadora de niños necesita encontrar, él la ayudará.

Esto es algo que sé: sin importar cuánto hayas corrido, cuánto tiempo lleves perdido, nunca es demasiado tarde para ser rescatado.

Reconocimientos

La vida es una historia que contamos a los demás y a nosotros mismos. Tengo suerte de tener gente en la vida que da tanto sentido a esa historia. Gracias a mis compañeros investigadores. Hacen un trabajo tan importante y a veces a cambio de poco dinero o reconocimiento.

Gracias a mis amigas maravillosas, que me enseñaron tanto sobre la importancia de la amistad. Agradecimientos especiales a Elissa, Suzanne, Chloe, Julie, Stephanie, Mary, Cheryl, Jenny, Peggy, Alex, Lidia, Sheila, Betty, Ellen, Victoria, DeAnn, Cece, Jane, Jenny, Dianah, Elizabeth, Rhonda, Cate, Ronni, Pam, Susan y muchas otras.

Gracias a mi editor, Gail Winston, a mi agente, Richard Pine, y a sus equipos maravillosos.

Y el agradecimiento más grande es para mis hijos. Adoptar fue la mejor decisión que tomé en la vida. Gracias a Luppi, Tony y Markel por permitirme acompañarlos en su viaje. Ser su mamá para siempre es una bendición.

Gracias a los niños que acogí, pero que no se quedaron. Los extraño todos los días. Recuerden, las personas amadas nunca se pierden.

Sobre la autora

Rene Denfeld es escritora, periodista e investigadora con licencia especializada en trabajos de pena de muerte; sus libros son *best-sellers* internacionales. Ha escrito para la revista *New York Times*, el *Oregonian* y el *Philadelphia Inquirer*. También escribió la novela premiada *La encantada* y tres obras de no ficción.